いつまでもショパン

中山七里

宝島社

Forever Chopin

Nakayama Shichiri

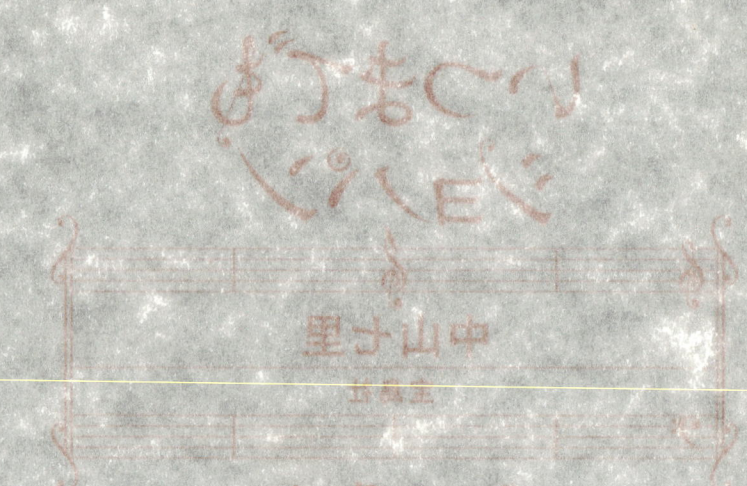

Contents

いつまでもショパン

地図作成　イマジカデジタルスケープ
装画　北沢平祐
装幀　高柳雅人

Preludio

プレリュード

二〇一〇年四月十日、ロシア西部上空。

レフ・カチンスキはアレクサンデル国家安全保障局局長との打ち合わせを済ませると、早速読みかけの歴史書を開いた。

どこの国も同様だろうが、大統領というのは国の奴隷であり自分だけのために使える時間はほとんどない。こうして機上にでもいなければ本すら読めない。

弁護士だった頃から哲学と歴史が趣味だった。文章を書くことも苦手ではない。任期が終わったら著作を出版するのも悪くないだろう。ただし、凡百の政治家のように回顧録を著すのでは芸がない。「連帯」や盟友ワレサのエピソードを読みたい者も多いだろうが、ここはひとつルーズヴェルトの顰《ひそみ》に倣い、趣味である歴史書を書いてみようか――。

そんなことを考えていると、妻のマリアがやって来た。

「あらあら。読書ですか。あと一時間もしないうちに到着するというのに」

「それだけあれば充分だよ」

「そんなに昔のお話が好きなの？」

「最近の話はどれも殺伐としているからね」

レフがそう言うとマリアは納得顔で頷《うなず》き、自分の向かい側に腰を下ろした。

最近の話。

嫌でもロシア大統領との会談を思い浮かべ、レフは少なからず憂鬱《ゆううつ》になる。あの大統領の影には絶えずプーチンの姿がある。ＫＧＢの亡霊め。最近になってようやくカチンの森事件がスターリンの命令だったことを認めたが、あれからいったいどれだけの歳月が流れたというのか。今回の追悼式典で、またあの男と顔を合わせるだろうが、あの男は右手で握手をしている時でも左手にカラシニコフを握っている。現大統領の任期が切れれば、またぞろ自分が大統領に返り咲く算段に決まっている。ニュース画像で己の肉体を誇示しているのはその布石以外の何物でもない。

ふん、胸糞《むなくそ》の悪い。

目を疲れさせるより耳を休ませたいとマリアが取り出したのはｉＰｏｄとかいうアップル社の携帯オーディオだ。

マリアの話では、そのドミノピースほどの中に二万曲以上の楽曲を収録できるらしい。デジタル技術の進歩には驚嘆を通り越して呆《あき》れるばかりだが、妻は呆れるよりも現状を嬉々《きき》として受容している。マリアのことだ、恐らくリストはショパンの曲で埋め尽くされているに違いない。

それもいいだろう、とレフは思う。自分はマリアほど音楽には耽溺《たんでき》していないが、それでも官邸のリビングルームに戻った時、ショパンが流れていると疲弊した神経を慰撫《いぶ》されるような気分になる。半年後に迫ったショパン・コンクールの授与は自分が行うが、多くの文化儀式のようにお飾り意識が少なくて済むのは、曲りなりにもショパンのピアノが自分の生活の中に溶け込んでいるからだ。

いや、違うな――レフはすぐに思い直した。ショパンのピアノが生活に根付いているのは自分だけではない。ポーランド国民のほとんどがそうだろう。国歌を歌えない子供も〈子犬のワルツ〉は口ずさめる。ショパン・コンクールは単なる文化事業ではなくポーランドの国民的行事だ。

一人の音楽家の作品群がこれほどまで国民に愛されている例をレフは寡聞にして知らない。きっと、それは弾圧と抵抗の連続であったポーランドの過去と無関係ではないのだろう。

故国に帰還したら久しぶりにマリアからショパンのノクターン集でも借りようか。

そう思った時だった。

後方で小さな爆発音が聞こえた。

がく、と機体が大きく揺れた。

その衝撃で手にしていた本が床に落ちる。

エアポケットにでも入ったのか？　それにしては衝撃が不快に過ぎる。政府専用機といっても所詮《しょせん》はツポレフTu154の内装を替えただけの代物で、ボーイングの快適さには足元にも及ばない。これだからロシア製は――。

毒づく間もなく、第二波の衝撃が襲った。機体は再度大きく震動し、今度は机の上のカップが床に落ちた。

「マリア！」

お互いシートベルトなどしていない。がくりとつんのめった妻の上半身を抱き起すと、その顔からは血の気が失せていた。

そろそろ副機長が報告に来る頃だと待ち構えていると、予想に反して飛んで来たのはガーゴル軍参謀総長だった。

「どうした」

「一基のエンジンが不調の模様です」

「不調？」

ただの不調にしては最初のあれは、はっきり爆発音に聞こえたのだが――そう問い質《ただ》そうとして、やめた。軍参謀総長の目は明らかに口とは違う言葉を語っている。そして、その視線がちらりとマリアに流れる。

彼女をこれ以上不安にさせないのはレフも同意見だ。

「大丈夫、なのですか？」

「夫人、ご安心ください。このジェット機はエンジンを三基搭載しています。一基が不調になったところで大した影響はありません」

軍参謀総長の力強い口調にも拘《かか》わらず、マリアの顔からは不安が完全に払拭《ふっしょく》されない。

「これだからロシア製はな！」

レフはそう笑い飛ばす。願わくばこの大根演技が妻を騙《だま》し果《おお》せればいいのだが。

「これは真剣にボーイングへの機種変更を検討しなければならんな。どれ、安物のエンジンに悪態を吐《つ》きにでも行こうか。お前はここで待っておいで」

「あなた……」

「このオンボロを怒鳴りつけてくるだけだ。すぐに戻る」

軍参謀総長と共に通路に出て、後ろ手にドアを閉める。これで会話が中に洩《も》れる心配はないが、自然に声は低くなる。

「それで、どうなんだ」

「垂直尾翼基部のエンジンが破損しています。爆発音を数人が確認しています。エンジン自体のトラブルである可能性は低いでしょう」

「何か仕掛けられでもしたか？」

「否定する材料は何もありません」

その目はやはり口と違う言葉を発している。翻訳すれば、「それしか考えられない」だ。

「ここは、どの辺りかね？」

「スモレンスク上空です。空港からはまだかなり離れた場所で……」

「二基で運行できるか」

「スモレンスク北空港までとなるとパイロットは難色を示すでしょう。一番最寄りの飛行場を探させています。ただ……」

「ただ？」

「濃霧が発生しており、視界は五百メートルもありません。スモレンスク北空港からＧＣＡ《地上誘導着陸装置》で誘導してもらっていますが、あの空港にはＩＬＳ《計器着陸装置》が装備されていないのでパイロットは目視による探索を強いられています」

ジェット機がジェット機なら空港も空港だ。

レフは本当に悪態を吐きたくなった。

「いけるか？」

「低空でゴーアラウンド《着陸復行》を試みます」

「頼む」

レフはそう残して妻の許《もと》に戻った。マリアは相変わらず顔色を失くしたままだ。

その目を見て、レフは後悔した。

夫の大根演技など、即座に見破った妻の目だった。考えてみれば当然だ。グダンスク大学から三十年以上連れ添ってきた女だ。自分の吐く嘘など最初からお見通しだったろう。

「ポーランド空軍のパイロットは皆、優秀だよ」

そう告げるのが精一杯だった。

マリアは何も言わずに頷いてみせた。

レフは座席に戻り粛々とシートベルトを締めた。マリアもそれに従う。

自身の重心が徐々に上がっていくのが分かる。パイロットが低空飛行に入ったのだ。

口頭による誘導と目視によるゴーアラウンド。まさか、そんなものに頼るとは思ってもみなかった。

急激な高度変化で耳の奥がきん、とする。

横からマリアの手が伸びてきた。レフは両手で包むようにしてその手を握った。

「大丈夫だ」

レフは自分に言い聞かせるようにもう一度繰り返した。

「大丈夫だ」

高度を落とし続けたツポレフは上昇に転じた。身体にずいと重力が圧《の》し掛かる。どうやら一回目のゴーアラウンドでは空港を発見できなかったようだ。

しばらく高度を保った後、ツポレフは二度目の低空飛行に移った。

今度は最初よりも更に急な降下だった。機体ががたがたと大揺れする。

緊張の中でレフは唐突に思い出す。破壊されたエンジンは尾翼基部に搭載されている。尾翼基部といえば貨物倉庫の付近だ。そこには今回の追悼行事に参加する閣僚ら九十六人の荷物が収められている。もちろん自分の分も含めて。しかも離陸前には全員分、中身を検《あらた》められているはずだ。

待て。

例外がある。自分とマリアの荷物だけはチェックされていない。官邸で荷造りをさせ、空港までは一直線だから危険物を混入させる隙などないのだが——。

不意にマリアの指に力が入った。

「大統……あなた」

「何だね」

「一緒の飛行機にいて、良かった」

「マリア……」

「あなたに先に逝かれることをずっと怖れていたわ」

レフは今すぐシートベルトを取り外して妻を抱き締めたい衝動に駆られた。

それから大統領専用機は更に二度ゴーアラウンドを繰り返したが、それが最期だった。

大統領夫妻以下、政府関係者と軍幹部ら九十六人を乗せたジェット機は四回目の低空飛行でアンテナ塔に接触、体勢を修正できないまま立木に激突して墜落した。

九十六人は全員、死亡した。

I

Molto dolente《モルト　ドレンテ》

～きわめて沈鬱に～

1

午前の乾いた陽光が、白鍵をくっきりと浮き上がらせる。

ヤン・ステファンスは浅く息を吸うと、両手を鍵盤の上に置いた。

〈ショパン　エチュード10‐1　ハ長調〉。

華やかに始まる八小節。これがこの練習曲の主題だ。打鍵は強く、しかし流麗に。絶え間ないリズムとポジション移動。だが、実際に弾いてみると分散和音の範囲が広く、指は柔軟な動きと強靭《きょうじん》さの両方を要求されているのが分かる。

左手はオクターブを押さえているだけだが、その分、右手は最初から疾走し続ける。流れるような旋律は一瞬たりとも静止しない。
一、二、四、の指でオクターブを拾い、更に上の音を五の指で押さえる。二小節目からは全てのアルペジオの最高音にアクセントをつけるが、そうなると自然に右手は限界まで広がることになる。ところが次の瞬間では、三度下を一の指で捉えるので、一の指と五の指には鍵盤一個の間隔しかない。限界まで開いた指を次は限界まで閉じる。それを強い打鍵を維持しながら三百回以上続ける。たった二分間の練習曲なのにとんでもない疲労を感じるのはそのためだ。
同じフレーズの繰り返しの中で、旋律はやがて優雅さを纏《まと》っていく。

二十二小節目は三音目と四音目がひどく離れている。以前この部分で、ヤンは四音目を左手で押さえたことがある。途端に弾きやすくなったのだが、師事していたアダム・カミンスキはこれを禁じた。左手の振りが大きいから見栄えはするが、コンテストの審査員たちには困難さから逃げているようにしか見えないのだと言う。

四十九小節目で再現部に入る。指の付け根がそろそろ疲労を訴えるが、決して音は途切らせない。上向と下向を反復しながら繋《つな》いでいく。

七十三小節目で指は更にアクロバットな動きを強いられる。一と五の指を黒鍵、二と三を白鍵に置くのだ。黒鍵同士の狭い間隔に二と三の指を押し込め、しかも鍵盤の奥を押さえることになるので殊更に力を必要とする。特に二と三の指は力が分散しないように心がける。

そして七十七小節目で最後の格闘に入る。七十九小節目のフェルマータで音を減衰させる。

放った一音がしばらく空間に漂い、そして消えた。

脱力してひと息吐くと背中で靴音がした。

「最後で音を外したな」

振り向くとヴィトルドは腕組みをしていた。ミスを見つけると靴を鳴らすのは昔からの癖だ。

「でもアルペジオのアクセントは完璧だった。それができていたら一つくらい音を外しても……」

「一つくらいという気持ちはウイルスと一緒だ。一つくらいが二つでもいい。二つでもいいが三つでも大丈夫という安直に拡がっていく」

「そんなことはないよ」

「いや。自分を律することのできる人間は多くないのだよ、ヤン」

「でも、父さん」

「お前はまだ十八歳だ」

ヴィトルドはヤンの言葉を遮る。いつものことだ。そして、それが父親として当然の行為だと思っている様子だ。

「ミスがあるのは仕方がない。しかしミスを放置するのは望ましくない」

「もう一度弾き直す」

「他のエチュードに変更するという選択はどうだ?」

ヴィトルドの言わんとすることはすぐに分かった。多少難易度を落としてでもミスは絶対にするなという意味だ。

10‐1はエチュード二十四曲中で最も難易度が高いとされている。そのため10‐1はピアニストの技術を推し量るには最適と公言する者までいる。

「国際コンクールには世界中から恐ろしい才能が集まってくる。ポーランド国内で一位を獲《と》ったとしても、ほんの少しの油断が大怪我《けが》の元になる」

「でも、だからこそ10‐1を選ぶコンテスタンツは多いんだよ。この曲で技術力が分かるから、自信のあるヤツは絶対にこれを弾く。a群の中でも選択率が一番高いからね」

ヤンはテーブルの上に置かれた紙片を指差す。それは一次予選課題曲の一覧だ。

〈エチュード2曲（a、bより1曲ずつ選択）〉

a

エチュード第1番　ハ長調C-dur Op.10-1
エチュード第4番　嬰《えい》ハ短調cis-moll op.10-4
エチュード第5番　変ト長調Ges-dur op.10-5
エチュード第8番　ヘ長調F-dur op.10-8
エチュード第12番　ハ短調c-moll op.10-12
エチュード第23番　イ短調a-moll op.25-11

b

エチュード第2番　イ短調a-moll op.10-2
エチュード第7番　ハ長調C-dur op.10-7
エチュード第10番　変イ長調As-dur op.10-10
エチュード第11番　変ホ長調Es-dur op.10-11
エチュード第16番　イ短調a-moll op.25-4
エチュード第17番　ホ短調e-moll op.25-5
エチュード第18番　嬰ト短調gis-moll op.25-6
エチュード第22番　ロ短調h-moll op.25-10

〈次の曲群より1曲〉

エチュード第3番　ホ長調〈別れの曲〉E-dur op.10-3
エチュード第6番　変ホ短調es-moll op.10-6
エチュード第19番　嬰ハ短調cis-moll op.25-7
ノクターン第3番　ロ長調No.3 H dur op.9-3
ノクターン第7番　嬰ハ短調No.7 cis moll op.27-1
ノクターン第8番　変ニ長調No.8 Des dur op.27-2
ノクターン第12番　ト長調No.12 G dur op.37-2
ノクターン第13番　ハ短調No.13 c moll op.48-1
ノクターン第14番　嬰ヘ短調No.14 fis moll op.48-2
ノクターン第16番　変ホ長調No.16 Es dur op.55-2
ノクターン第17番　ロ長調No.17 H dur op.62-1
ノクターン第18番　ホ長調No.18 E dur op.62-2

〈次の曲群より1曲〉

バラード第1番　ト短調Ballade g-moll Op.23
バラード第2番　ヘ長調Ballade F-dur Op.38
バラード第3番　変イ長調Ballade As-dur Op.47

バラード第４番　　　　ヘ短調Ballade f-moll Op.52
スケルツォ第１番　　　ロ短調Scherzo h-moll Op.20
スケルツォ第２番　　　変ロ短調Scherzo b-moll Op.31
スケルツォ第３番　　　嬰ハ短調Scherzo cis-moll Op.39
スケルツォ第４番　　　ホ長調Scherzo E-dur Op.54
幻想曲　　　　　　　　ヘ短調Fantasia f-moll Op.49
舟歌　　　　　　　　　嬰ヘ長調Barcarolle Fis-dur Op.60

この中から曲を組み合わせて二十分から二十五分程度に纏める。基礎的な技術、抒情性、構成力をアピールするために、選曲のセンス自体も問われることになる。

「今から変更は利かないよ」

「それなら、まだまだやることがある。しかし一次予選まではあと四日しかない。今までと同じ練習量で果たして足りるかな？」

「予選は六日間あるよ。抽選結果で十日後になるかも知れない」

「ヤン。少し自分の力を過信していないか」

ヴィトルドは非難めいた目でヤンを見下ろす。それは父親の目ではなくワルシャワ音楽院教授の目だ。

「これは単なる国際コンクールではない。ショパン・コンクールなのだ」

「分かっているよ」

「いいや、お前は分かっていない」

ヴィトルドは近くに椅子《いす》があるにも拘わらず、ずっと立ったままヤンを見下ろしている。ヤンはこの角度からの視線が嫌だった。

「ショパン・コンクールは別格であり、そして実力や運以外のものが作用する不可思議な領域なのだ。そんな場所に不完全な腕を持っていくのは神をも畏《おそ》れぬ所業だ。見なさい。彼らの姿を」

ヴィトルドは壁にずらりと掲げられた写真を指した。ヤンの祖父、曾祖父——遡《さかのぼ》ること三代目からはいずれもステファンス家が輩出してきた音楽家たちだった。彼らの業績については物心つく頃から何度も聞かされたから、これから父親の口から出る言葉は復唱できるほどだった。

「お前の曾祖父ヘンリクはショパン高等音楽院の校長を務めた。祖父ユゼフはワルシャワ音楽協会の会長だった。皆それぞれに名誉を与えられ、人々の称賛を受けた。それはそのままステファンス家の名声となっている」

父さんは自分の音楽院教授もその名声の一部だと思っているんだよね——という言葉は喉《のど》の奥に呑み込んだ。

「だが、名誉はあっても栄誉には恵まれなかった。わたしも、そしてわたしの父もショパン・コンクールに挑んだが二次予選で敗退した。国中の期待を背負い、会場で万雷の拍手に迎えられながらだ」

ヴィトルドの語尾は無念そうに震える。これもいつものことだが、ヤンはその度にヴィトルドが理解できなくなる。過去の失敗とは、そんなにも人に深い影を落とすものなのだろうか。少なくともヴィトルドは良き夫であり、良き父親であり、そして良き教育者だ。そんな人間がどうして卑下する必要があろうか。

「お前は期待の星なのだよ。ステファンス家にとっても、そしてポーランドにとっても。今年もポーランドは大勢のコンテスタンツをコンクールに送り込んだ。だが、世間が注目しているのはお前一人なのだ。前回に引き続きポーランドに栄光をもたらしてくれる者がいるとすれば、それはお前でしかない」

「分かっているよ、父さん」

「分かっているのなら、すべきことをなさい。お前の指はもうお前だけの物ではない。ステファンス家の、それからポーランドの物なのだ」

ヤンは立ち上がってピアノから離れた。

「気分転換。外に出る」

「どこに行く」

「公園」

「ヤン！」

「すぐに戻るよ」

ヤンはヴィトルドの手をすり抜けるようにしてレッスン室を出、そのまま玄関のドアから外に飛び出した。

気分転換という理由は本当だった。しかし、悶々《もんもん》としていたものはショパンの曲ではなく父親の言葉だった。

自宅の近くには小さな公園があるが、気分転換するならやはりワジェンキ公園に行くしかない。ヤンの家からは歩いて行ける距離だ。

空気は適度に乾いていた。

街路には落葉が絨毯《じゆうたん》のように敷き詰められている。夏場には賑《にぎ》わったカフェも半年間の休みに入り、ワジェンキ公園までの街路はどこか森閑としている。理由は分かっている。ここ数か月、ワルシャワ市街ではテロ活動が頻発しているために、外出を控える市民が多いのだ。

ワルシャワの秋は短い。あとひと月もすれば空気は尖《とが》り、この景色はモノトーンの世界に沈む。国立博物館を過ぎてしばらくすると公園が見えてきた。遠くからでも公園の木々が紅と黄色に染まっているのが分かる。ワルシャワでこれほど見事な紅葉を目にする機会はそうそうない。

紅色もあるが、ほとんどの葉は鮮やかな黄色をしている。今日は天気もいいのでその黄色が一層輝いて見える。ワルシャワが一年で一番美しい黄金の秋だ。

一際大きな樹《き》の下に赤いワンピースの女の子が座っていた。

「あ。ヤン」

「やあ、マリー」

マリーはヤンを見るなり破顔した。見ればマリーの足元では一匹のリスが木の実と格闘中だった。ワジェンキ公園にはリスが多く、特にこの季節になるとどこにでも出没している。晴れた日なら、マリーの遊び相手は大抵このリスたちだ。

「ヤン、コンクールに出るんだよね」

「うん」

「ワルツは？　ワルツも弾くんでしょ」

「弾くよ」

「〈子犬のワルツ〉弾いて」

「ああ。考えておくよ」

そう答えるとマリーの興味はまたリスに移ったようで、もうヤンの方には見向きもしなかった。

マリーは公園でしか会わない友人だ。正確な齢《よわい》も住まいも知らない。ただ母親が公園近くの花屋に勤めていて、マリーは母親が迎えに来るまでここで遊んでいるのだと言う。いつもならもう少しマリーとの会話を愉《たの》しむのだが、生憎《あいにく》今日はそんな気になれない。ヤンは「じゃあ」と別れを告げ、散策を続けた。

黄金の葉でできたアーケードを潜り、ショパン像のある池に辿《たど》り着く。聞くところによればショパン自身がワルシャワに住んでいた頃は、この公園に足繁《しげ》く通っていたと言う。

像を見上げる。二百年前に生まれ、ポーランドを愛し、数多《あまた》の音楽と心臓だけを故国に残した男。その顔は微笑しているようにも、哀《かな》しんでいるようにも見える。

もう各国からコンテスタンツが続々と入国している。そのうち何人かはこのショパン像をヤンのように見上げたかも知れない。

だけど、とヤンはショパン像に話し掛ける。

同じポーランド人の僕にだけ教えてくれないかな。あなたのコンクールで優勝するには、あと何をすればいいと思う?

ヤンはショパンからの回答を待ってみたが、当然のように像は何も語ろうとしない。

思えば、ショパン・コンクールで優勝することがヤンの生まれてきた理由だった。母親の話によれば、ヴィトルドはヤンが言葉を覚えるより早く鍵盤を叩かせていたらしい。ヤン自身も幼少時にはピアノの思い出しかない。

一人息子に自分よりもピアノの才能があると気づいたヴィトルドは狂喜し、それからは家にいても父親である以上にピアノの家庭教師だった。友達も勉強も遊びもピアノの上達に無益なものは排除された。食事も運動も睡眠も全てはピアニスト養成のカリキュラムでしかなく、ヤンに拒否権はなかった。

もって生まれた才能と環境は父親の目論見を確実に前進させた。名立たる国内コンクールでの優勝や音楽院への飛び級入学を重ねて、ヤンは神童の名を恣《ほしいまま》にした。十七歳になると二名の推薦人を容易に得てショパン・コンクールの出場権を手にした。後は父親の描いたシナリオ通りに事が進めば、ヤンに課された使命も終わる。

だが、その後は?

優勝して、世界にヤン・ステファンスの名を轟《とどろ》かせて、それからは?

コンテストで栄冠を得ることなら容易に思い浮かべられる。ショパン・コンクールもコンテストである以上、規模や栄誉の大きさが変わるだけで、今まで受けたコンクールと全くの別物ではないはずだ。喝采《かっさい》も名声も、慣れた耳には慣れたようにしか聞こえない。

だが、その後は？

父親がまるで呪文《じゅもん》のように繰り返す〈ポーランドのショパン〉とやらを後生大事に護《まも》り、それを世界中に布教していくのか。あるいはポーランドに留まり、音楽院の教授にでもなって歴史の一部として埋もれていくのか。

どちらにしても十八歳のヤンには現実感の乏しい話だった。

「ヤンじゃないか」

像の前に立っていると声を掛けられた。振り向くと、知った顔がそこにあった。

「カミンスキ先生」

アダム・カミンスキはいつものように柔和な笑顔を浮かべて、そこに立っていた。

「散策かい？　予選を四日後に控えて」

「ええ、まあ」

「何があった」

「何も……」

「わたしに君の嘘が通じるとでも？　ただ単にショパン像を見に来た訳ではないだろう。気分転換したかったから来た。つまり気分転換しなければならないことがあった、ということだ」

相変わらずの物言いにヤンは舌を巻く。

「やっぱり敵《かな》わないな。先生には」

カミンスキは得意そうに指を立てた。

アダム・カミンスキはヤンが十歳から去年まで師事していたピアノ教師だった。ヤンとしてはずっと教えて欲しいと熱望していたが、カミンスキがワルシャワ音楽院の学長に就任してからは、さすがにレッスンの時間が取れなくなった。

「ヴィトルドは元気かね」

どう答えようか迷っていると、カミンスキ教授は事情を察したように含み笑いを洩らした。

「ああ、それで家を出て来た訳か」

ヴィトルドとカミンスキは音楽院で同僚だった時期がある。カミンスキがヴィトルドとステファンス家の内情に詳しいのは仕方のないことだった。言い換えれば隠し立てする必要がないので、話す分には気が楽になる。

「よく分からないんです。ショパン・コンクールの意味が」

「君がか？　家でも学院でもピアノ漬けだった君が、今になってショパン・コンクールの意義を見出せないというのかね」

「ショパン・コンクールが一番権威のあるコンテストだってことは知っています。ただ、どうしてショパンなのかという疑問があって……聴衆は何もショパンだけを聴きに来る訳じゃありません。ベートーヴェンにモーツァルトにラヴェルにドビュッシー。ピアノ曲は世界に山ほどあるし、父がショパンに拘《こだわ》る理由がピンとこないんです」

現実逃避ではなく偽らざる心境だった。今も世界中で聴衆を魅了し続けている音楽家は星の数ほどいる。しかし、その誰もがショパン・コンクールの覇者という訳ではない。そしてまた、コンクールの順位がそのまま音楽家の未来を約束するものでもない。優勝してもその後は鳴かず飛ばずであったり、逆に二位三位に甘んじながら世界的なピアニストに上り詰めた者もたくさんいる。

「そう考えると、父のようにショパンに拘るのはあまり意味がないんじゃないかって」

「ショパンは特別なのだよ。数多のピアニストにとって。そしてこの国に生まれた人間にとって」

カミンスキはそう言ったが、ヤンは素直に聞けなかった。何といってもカミンスキは今回ショパン・コンクールの審査委員長を務めるのだ。そんな人物がショパンを軽々と扱うはずもない。

だが、その気持ちも見透かされたのだろう。カミンスキはぐいと顔を近づけてヤンの顔を覗《のぞ》き込んだ。

「人は立場によって語る内容を変えることがままある。しかし、今からわたしが語るのは音楽院学長という身分でもなければコンクールの審査委員長という肩書でもなく、君と同様ピアノに携わった者としての意見だ。だからそのつもりで聞いて欲しい」

ヤンは思わず居住まいを正した。もう、とうに六十を過ぎようとする音楽院の学長が真剣な眼差しで自分を見ているのだ。改めない訳にはいかない。

「確かに世界にショパンの音楽だけが存在しているのではない。ベートーヴェンもモーツァルトもショパンと同様に素晴らしい。だが、ここに興味深い事例がある。つまり、ベートーヴェンを難なく弾きこなした者がショパンを弾くとたちまちアラを出し、ショパンを見事に弾ききった者は他の作曲家の曲も完璧に弾いてしまうという事実だ。言い換えればショパンを完璧に弾くピアニストは如何《いか》なる曲も完璧に弾ける。ショパンを聴くまでその才能に評価を下すのは待て、という言葉さえある。ショパンの曲のみを審査対象とするショパン・コンクールの入賞がピアニストにとって最高の権威であるのはそういう理由だ」

カミンスキの説明はそれなりに納得のいくものだった。ラヴェルやリストにも難度の高い曲はあるが、ショパンの難度は基本的な指使いに起因するものが多く、練習曲とされている二十七曲を楽に弾ける腕があれば他の曲も恐るるに足らずという意識はある。

「もう一つショパンが特別な理由は、彼の曲がポーランド国民の持つ不屈たる精神の礎になっているという事実だ。君も故国が迫害された歴史は知っていよう」

ヤンは当然のように頷く。ポーランドは十六世紀以降、周辺諸国から干渉を受け続け幾度となく分割占領が繰り返された。この国の歴史はそのまま運動と蜂起と鎮圧の歴史だ。第二次世界大戦ではドイツとソ連に分割統治され、独ソ戦を経てドイツの支配下に置かれた際はアウシュビッツでユダヤ人口の九割が虐殺された。大戦終結後もソ連から絶えず介入を受け、名実共に独立を勝ち得るには一九八九年の共和国成立まで待たなければならなかった。

「ここは静かだな」

唐突にカミンスキは言った。

「柔らかな陽光が降り注ぎ、池では水鳥が悠然と泳いでいる。この風景だけ見れば平和そのものだ。しかし現実には市街地でアルカイダのテロ事件が続発し、市民は恐怖に怯《おび》えている。とても平時の状態とは言い難い。それでも尚、ショパン・コンクールは開催される。それは何故だと思う？」

そんなことは考えてもみなかったので、ヤンはしばらく押し黙る。

「何か政治的な背景があると仰《おっしゃ》るんですか」

「一部には現大統領コモロフスキのパフォーマンスという声もあるが、実際には文化庁が国民の意思を反映させたというのが真実だね。例の飛行機事故でポーランドは国を挙げて喪に服することを決めて全ての文化行事を中止にしたが、ショパン・コンクールの進行だけは継続させた。それは国がテロという国家的暴力に晒《さら》されている今だからこそ、ショパンの曲が必要とされたからだ」

「今だからこそ……」

「ワルシャワ蜂起以後はパリに移り住んだものの、彼の魂は常にポーランドと共にあった。彼の作る曲は故国への望郷と愛情の念で彩られている。ポーランドの国民もその想いを知っているからこそ彼の曲を受け入れている。ショパンの曲とはポーランドの心そのものなのだ。ロン＝ティボーでもチャイコフスキーでもなく、ショパン・コンクールでポーランドのコンテスタントが栄誉を手にする意義はそこにある」

ヤンは再び頷いてみせた。しかしショパン曲の難易度の話は素直に呑み込めたものの、こちらの方は形ばかりの肯定になる。カミンスキの言葉が理解できない訳ではない。だが、腑《ふ》に落ちることもない。父親やカミンスキの理屈が正しければ自分は国威発揚の道具でしかない。その不快感は果たして世代間の違いによるものなのか、それとも自身の無関心によるものなのか。

カミンスキはヤンの内心をまたも見透かしたように微笑んだ。

「悩まなくてもいい、ヤン。ピアニストは演奏を通じて成長し、自分と世界を深く知るようになる。ショパン・コンクールがどのような形で終わろうとも、そこで得たものは必ずや君の財産になるだろう」

そしてヤンの肩に手を掛けた。レッスンで袋小路に突き当たると、いつも平常心を取り戻させてくれた懐かしい感触だった。

「知っての通り、最近まで君をレッスンしていたわたしは君の採点に参加できない。だからここでは無難なアドバイスだけしておこう」

「無難なアドバイスってどういう意味ですか」

「所謂《いわゆる》、下馬評というものがある。データに基づいたものもあればデマじみた怪しいものもあるが、審査員間で囁《ささや》かれているものは往々にして正確な情報であることが多い。これは審査員自らが音楽誌のインタビューに答えているから君に話しても何ら問題はないが、君の対抗馬になり得る二人のコンテスタントの情報だよ」

「対抗馬。それはどこの国の誰と誰ですか」

「意外に思うかも知れないがいずれも日本人でね。一人は盲目の天才少年と謳《うた》われるリュウヘイ・サカキバ。そしてもう一人が大会最年長者のコンテスタントであるヨウスケ・ミサキだ」

2

十月二日、一次予選一日目。

今回、一次予選の出場者は予備予選を勝ち抜いてきた八十一名。一次予選は六日間でここから三十六人が選ばれて二次に進出することになる。

抽選の結果、ヤンの出番は明日になった。前日に悪足掻《あが》きしても大した収穫がないのは今までのコンクールで学習済みだったので、興味のあるコンテスタントの腕前を拝見することにした。

カミンスキからアドバイスはもらったものの、ヤン自身は極東のコンテスタントなどにあまり関心はない。どうせロボットのように楽譜の上をミスなくトレースするだけの演奏に違いない。それよりも注目しているのは別のコンテスタントであり、奇しくも同じ出身国の二人だった。

ロシア代表のヴァレリー・ガガリロフとヴィクトル・オニール。目下のところ、この二人が自分の敵になるとヤンは踏んでいる。実際の演奏は見ていないが、二人とも他の国際コンクールでは優勝や上位入賞を果たしている。幸か不幸かこの二人が初日に揃うこととなり、ヤンにしてみれば手間が省けて好都合だったが、会場の反応は違っていた。

会場の入口に立て掛けられたポスターには、大統領専用機事故の追悼を表わす黒いリボンが付されている。華やかであるはずの会場の入口を飾る喪章。それだけではない。会場周辺には制服警官の姿が目立つ。ショパン・コンクールともなれば各国から音楽界の著名人も集まって来る。

テロ対策として警官が多数動員されるのはむしろ当然で、今回の大会が異常事態の中での開催であることが改めて思い出される。

ワルシャワ・フィルハーモニー・ホールに足を踏み入れると、一瞬ヤンはここがポーランドであることを忘れそうになった。

会場に詰めかけた聴衆の多くはもちろんポーランド人だが、それ以上にアジア系の顔が多かったのだ。

理由は少し考えて分かった。今回、一次審査に残った八十一名のうち、ポーランド人は七名。だが、最多数は日本の十七名、次いでロシアの十二名、中国十名、台湾六名、韓国四名。実に半分近くがアジア人で占められている。ポーランドにとってショパン・コンクールは国民的行事だが、世界から見れば盛り上がっているのはポーランドとロシアとアジア数か国だけ——自虐的にそう揶揄《やゆ》した一部新聞の見出しもあながち的外れではない。

音楽家の養成にはカネがかかる。楽器代、レッスン代、練習場所。ちゃんとした教育を施し、国内コンクールに出場させるまでには多大な投資が必要となる。経済的に余裕のある国から多くコンテスタンツが送り込まれてくるのは自明の理だ。観客たちもその事情は承知しているので、アジア勢の台頭をどこかで容認しているように見える。

問題はロシアに対する態度だけが微妙に違うことだった。たとえばヤンの見ている前で、出場者の一覧表を通り過ぎた一人の男はロシア人コンテスタントの名前を指で弾《はじ》いた。更に言えば、少なくないロシア人の聴衆に対して、ポーランド人の向ける視線は冷ややかでさえある。

全ては四月の事故に起因していた。

事故直後、その遺族たちが現場のスモレンスクを訪れると、ポーランド語で追悼文を記した御影石《みかげいし》がいつの間にか別物とすり替わっていた。ロシア側が新たに設置した追悼碑の碑文は元のそれよりも簡略化され、ご丁寧なことにカチンの森事件への言及が一切削除されていたのだ。

第二次大戦当時、ポーランド軍将校たち二万二千人がソ連秘密警察に虐殺されたカチンの森事件を巡っては、旧ソ連側が長らく事件の存在を隠蔽《いんぺい》してきた経緯があり、両国の外交に支障を来たす原因になっていた。そしてロシア政府がやっと虐殺がスターリンの命令であったことを認めて雪解けの機運が高まっていた時に、この追悼碑のすり替えが発覚した。ポーランド国内で再びロシアに対する不信感が募ったのも無理からぬ話で、中には大統領専用機の事故もロシアの陰謀ではないかと穿《うが》った見方をする報道さえあった。

そんな状況下でのロシア人コンテスタンツの出場だった。そもそも共産党政権時代、背後で糸を操っていたソ連に好印象を抱く国民は少ない。誰もがはっきりと口にはしないものの、ロシア人に栄冠が渡ることだけは絶対に避けたいという空気が厳然と存在していた。

客席からやがてざわめきが消え、アナウンスが会場に響き渡る。

『午前の部、一人目の演奏者。ナンバー42ヴァレリー・ガガリロフ。曲目、エチュードハ長調作品10‐1、エチュード嬰ト短調作品25‐6、ノクターン第八番変ニ長調作品27‐2、バラード第一番ト短調作品23。ピアノはスタインウェイ』

音楽の祭典に政治や国家間の思惑が絡む違和感は当の本人にも伝わるのか、ガガリロフは表情を奇妙に強張らせてステージ中央に歩いて来た。配布されたパンフレットの資料によれば今年二十歳。巻き毛で顔立ちに幼さが残っており、とてもそんな齢には見えない。

『ヴァレリー・ガガリロフ。ロシア』

ガガリロフが一曲目に持ってきたのはやはりエチュード10‐1。まず技術面を審査員にアピールする戦略だろう。

左手の強い打鍵で曲が始まる。この曲の生命は疾走感だ。緩やかに走る。滑走するように走る。跳ねるように走る。闇雲に走る。左手のオクターブを刻む度に疾走感が心地よく変化していく。

聴いている限りミスはない。激しいポジション移動にも拘わらず音のバランスも取れている。運指も指示通り。問題はこの難易度の高い演奏技術に加えて抒情性が表現されているかどうかだが、その点も充分。いや充分以上で、むせ返るような熱情が放たれている。

そんな分析をしながら聴いていると、ヤンは奇妙な感覚に囚《とら》われた。自身も同じ曲を同じ技法で弾いているのに明らかに違う音が出ている。

次にエチュード25‐6。そろそろと窺《うかが》うように陰鬱なメロディが始まる。これも10‐1に負けず劣らずの難曲で、右手の三度のトリル、半音階と全音階が絶えず上向と下向を繰り返す。

ガガリロフはここでも己の技術を見せつける腹づもりらしい。右手が忙《せわ》しなく三度で動き続けるが、全体の流れを掌握しているのは左手だ。右手で旋律を刻み、左手で音楽性を表現する。従って、左手は決して単調な動きにはならない。左手のポジション移動でもただ下がるのではなく膨らみながら下向していく。

隠れていた情熱が面をさらけ出す。その情熱がうねることで昂《たか》まりを見せていく。次第にテンポは急速さを増し、右手は超高速トリルを展開していく。

ヤンの中でまたも、あの奇妙な感覚が生まれる。ガガリロフと自分との音楽性の違いはどこにあるのか――結論が出ないまま、旋律はゆっくりと速度を落とし、そして止まった。

ガガリロフは両手を下げて、ひと息吐く。

技術的には見事というより他なかった。ここでもミスと言えるものは見当たらず、ただし重箱の隅を突《つつ》くようなことを言えば、最終のテンポが若干速度不足だった程度か。技術面を最大限にアピールしたいのなら、この曲は一分台で弾ききった方がいい。

三曲目、ノクターン第八番。

窓辺で夜空を見上げながら恋人を想う情景が浮かぶ。左手で跳躍を含む大きな分散和音の伴奏をし、右手で甘く優美な旋律を作っていく。

この曲はショパンが唯一ロンド形式で書いたノクターンで、二つの主題が交互に三度繰り返される。優美な主部と情熱的な中間部の対比が、そのまま甘美で切ない曲想を形成する。

しかし、ただ主題が繰り返されるのではなく、その都度にアクセントが加えられているので全く単調ではなく、流れるように進行していく。

半音階を多用した、流れるような和声進行。

ガガリロフの表情からはすっかり緊張が消えている。自らが紡ぎ出す旋律に酔うように目を閉じ、緩やかに首を振る。

中間部も変イ長調で始まるが、ここでも静と動が絡まり合う。

不意に情熱が湧《わ》き起こる。怒りさえも含んだ切実さ。

ヤンは、はっとした。これほどまでの情動を自分は弾いたことがない。もちろん昂ぶりは表現するがオーバーになり過ぎないように自制をかける。だが、ガガリロフは一切の抑制を外して感情の赴くままに吐露しているようだ。それはさながら激情と呼んでもいいもので、ガガリロフの童顔からは想像し難い表現だった。

静と動のせめぎ合いは、不安定な和声と相俟《あいま》って次第に昂揚《こうよう》していく。

哀しみを帯びた転調。三度や六度の重音から成るもう一つの主題が歌い始める。転調による気分の昂揚で、音量も高まる。

この十八小節目で、ガガリロフの指は音程をオクターブまで拡大させる。表情が急速に強張り、拡がり続ける音を必死に抑え込んでいるようにも見える。

非和声音を盛り込んだ即興的なパッセージ。ペダルを踏み続けていても、決して高音は濁ることなく、逆にきらきらと輝き出す。当時製作されたピアノの特性を余す所なく利用した部分であり、ピアノの発達と共に作曲法も向上させていたショパンの面目躍如というところだ。

そして曲は終局に向かう。現れる主題は最初の主題を再現するために戻るのではなく、フォルテシモのままなので昂ぶりはしばらく継続する。

そして、いったん鎮まる。

甘美な喜びと感傷を交互に繰り返しながら、やがて眠りに落ちるように曲は終わった。

ガガリロフはまた両手を下げて小休止を取る。

ここに至って、ヤンはようやく自分とガガリロフのピアニズムの違いを認識した。一言で言えばガガリロフのピアノは典型的なロシア式ロマンティシズムなのだ。

もちろん、ショパンはロマン派の代表的な作曲家なのでロマン派という括《くく》りでは双方に大きな隔たりはない。ヨーロッパのピアノ教育は十九世紀に成熟を迎えたロマンティシズムの継承が根底にあり、ヤン自身もそう教え込まれた。

ただしこのロマンティシズムは、帝政から革命後の政治体制で社会的にも地理的にも隔絶されたロシアにおいて独特な発展の仕方をした。ロマンティシズム自体がロシア人の気質に合っていたことも手伝って、いささか情緒過多に過ぎるところがあるのだ。しかも、その志向はロシア音楽教育の頂点に君臨していたモスクワ音楽院において確固とした価値観になったため、かの地のピアノ教育に根付いてしまったという背景がある。

だがヤンを教えていたカミンスキは断言した。それは決して〈ポーランドのショパン〉ではないのだ、と。

ショパン・コンクールではいつものように繰り返される命題がある。このコンテスタントのピアノは素晴らしい。しかし、それは果たしてポーランドのショパンなのかどうか？　どれだけ技術に秀で、どれだけ表現が豊かであったとしても、ポーランドが解釈するショパンでなければショパン・コンクールで栄冠を勝ち取ることはできない――そんな伝説じみた話が未だに囁かれているのだ。

最終四曲目、バラード第一番。

変イ長調のユニゾンで七小節の序奏が始まる。克明な打鍵だが迷うような、躊躇《ためら》うようなフレーズだ。

ガガリロフの指が三つの不協和音を押さえる。この不協和音については最高音をDとする者もいるが、ガガリロフは原典通りにEsを押さえてきた。

陰鬱な第一主題が反復される。単純なようで捉えどころのない旋律が何度も立ち止り、また進行する。このフレーズは表現方法を心得ていないと途端に支離滅裂となる。ピアニストにとってはひどく神経を使う箇所になっている。

やがて第一主題とは対照的な第二主題が現れる。変ホ長調の華やかで情熱的な歌。最初はピアニシモで、そして変奏を重ねながら徐々に急《せ》かされるように昂まっていく。

それを聴きながら、ヤンは先刻の分析が間違いではなかったことを確認する。陰鬱な第一主題と情熱的な第二主題。その性格が対照的なのは確かだが、それでもガガリロフのピアノは対比のさせ方がいささか過剰だ。二つの主題の落差が克明に過ぎる。陰影を浮き彫りにするのは重要だが、それも大袈裟《おおげさ》にすると曲としてのバランスが崩れてしまう。

バラード第一番はその第二主題が印象的な後半部分のために人気が高いのだが、ピアニストにとって肝心なのは後半の技術面が破綻《はたん》しないかどうかだ。カミンスキをはじめ、審査員たちの多くは恐らくそこに注目するだろう。

九十四小節目で第一主題が戻る。だがイ短調で再現された主題は、陰鬱さの他に哀しみと優美さも纏っている。

殊更に深く落ち込むのではない。そこには自《おの》ずと制御が働いており、全体の曲想から逸脱しないように計算されているのだ。

第百二小節からのクレッシェンド。

ここは見事だ。紡ぎ出される緊張感が聴衆の魂をがっしりと摑んで離さない。

ガガリロフの指が荒々しく疾走を開始する。

立ち上がる激情。強い打鍵。

疾走が第百六小節でフォルテシモに達すると、不意に第二主題がイ短調で復帰する。

小刻みに繰り返される上向と下向。

右手のオクターブがフォルテシッシモまで駆け上がる。

聴衆の心拍も駆け上がる。

軽快なパッセージが爆発する。ガガリロフの両手は目まぐるしく鍵盤の上を走る。

打鍵が強さを保ったまま優美さを加えて、三度目の第一主題を迎える。

短縮された第一主題はクレッシェンドで緩やかに盛り上がり、哀調を帯びていく。

そして二百八小節でコーダに移った。

ここからがバラード第一番の白眉《はくび》になる。

半音階による劇的な急上昇。

息をするのも躊躇われる。ステージ上のガガリロフは恐らく短距離走のランナーのように呼吸を止めている。

二百四十二小節目で旋律が一挙に下降する。極限まで昂揚した後の急降下で、ピアノの音は地を這《は》う。ここからの七小節は繋ぎの部分だが、終結部の爆発を予感させる不穏さに満ちている。

二百五十七小節、ガガリロフは最後の疾走に入った。

両手のオクターブ。

半音階があらゆるものを薙《な》ぎ倒す。

激烈なフォルテシッシモ。

聴く者に太く深く楔《くさび》を打ち込んで、十分間に及ぶバラードは終わった。

ガガリロフは脱力し、天を仰ぐ。

その瞬間に拍手が沸き起こった。

ヤンも拍手を惜しむつもりはない。客席で聴く限りミスタッチはただの一ケ所もなかった。ヤンとはピアニズムの違いこそあれ、称賛に価する見事な演奏だった。

何気なく見回すと、熱烈に手を叩いているのはやはりロシア人が圧倒的に多かった。中にはポーランド人も混じっていたが、多くの同胞たちは比較的冷静にガガリロフの演奏を受け止めているようだ。穿った見方をすれば、これはヤンの分析が正しかったことを図らずも証明している。

どんなに技術が優れ、感情表現が圧倒的でも、ポーランド人の琴線に触れなければ、それは単に優れた演奏でしかない。

次にヤンは審査員席を見上げた。カミンスキをはじめとした十八人の審査委員たちは皆一様に冷静であるように見える。うち何人かは苦笑さえしている。ポーランドのショパンは依然として健在という訳か。

それでもヤンは確信していた。ガガリロフのピアノは正確で且つ芳醇《ほうじゅん》だ。ピアニズムの相違など軽々と飛び越え、必ず二次予選に駒を進めるに違いない。彼を仮想敵としていた自分の目に狂いはなかったのだ。

ガガリロフ自身も手応えを感じているのだろう。出て来た時の強張りはどこかに弾き飛ばし、爽快な顔で立ち上がった。

しかし罪なことをしたものだ、とヤンは思う。一次予選の、しかも最初の最初にこんな演奏を見せられたら他のコンテスタントのプレッシャーにならないはずがない。六日間に分散されるとはいえ、八十一人のショパンを連日聴かされ続ければどんなショパン好きも食傷気味になる。その場合、初回の演奏は印象に残り易く、それを覆すのは終盤により鮮烈なピアノを披露するしかない。

ヤンの戦闘意欲はいやがうえにも掻き立てられた。そうして安心しているがいい。明日になれば僕がロシア式ロマンティシズムなど影も形も残らないように粉砕してやる――。

ガガリロフがステージの袖に消えると、次のアナウンスが始まった。

『二人目の演奏者。ナンバー53ヴィクトル・オニール。曲目、エチュードイ短調作品25‐11、エチュードイ短調作品10‐2、ノクターン第17番作品62‐1、バラード第4番作品52。ピアノはスタインウェイ』

やがて姿を現したオニールはガガリロフとまるで対照的な青年だった。資料によれば年齢は二十四歳。背がすらりと高く、ひどく老成した顔立ちだ。顎《あご》に蓄えた鬚《ひげ》が更に見かけの年齢を引き上げている。

そして奏でられるエチュード25‐11。

半分も聴かないうちにヤンは心中で唸《うな》った。

何ということだ。このオニールもガガリロフと同様にロシア式ロマンティシズムの継承者ではないか。それもガガリロフと拮抗《きっこう》する高いテクニックと抒情性を兼ね備えている。

ヤンは自分の誤解に気がついた。己の敵はガガリロフでもなければオニールでもない。強いて言えばロシア式ロマンティシズムこそが競うべき相手だったのだ。

いささか過剰な表現。ヨーロッパの音楽界に背を向けた教育の所産。

ショパンと同じポーランド人なら異質として片づけて構わないピアニズムなのだろう。だが、不思議なことにガガリロフとオニールのピアノはヤンの心にいつまでも引っ掛かっていた。

3

『昨日午前十時、ワルシャワ・フィルハーモニー・ホールで国際ショパン・コンクール一次予選が始まりました。今年はショパン生誕二百年という記念すべき年で、各国からの出場者は過去最多に……』

テレビモニターにフィルハーモニー・ホールの外観と聴衆たちの姿が映る。入口付近には制服警官の姿もあり、一瞬彼らをアップで捉えたのは異常事態の中での開催を印象づけたい意図があるのか。

「文化庁のクソッタレめ」

アントニー・ヴァインベルク主任警部はそう毒づくと、リモコンでテレビを消した。

胸元からマールボロを取り出して火を点ける。そういえば最近は禁煙運動とかが盛んになっているらしい。国家警察には至らない点が多々あるが、一つだけ確実に称賛すべきことがある。上司の誰も禁煙などと言い出さないことだ。大体これほどタバコが好きな国でそれを禁じるなど、どこの大国に阿《おもね》っているつもりか。これも所謂グローバリズムの一環だというのなら願い下げにしてもらいたいものだ。

それにしても文化庁の決定には腹が立つ。そして、その決定を英断と評したショパン研究所にも腹が立つ。ショパン・コンクールが中止になれば彼らの仕事の大部分は消えてなくなるから必死なのだろうが、そのために多くの人命が危険に晒されることをいったいどう考えているのか。

元よりポーランド国内には不穏な空気が漂っていた。二〇〇三年と二〇〇四年にはアルカイダ幹部からテロ攻撃の標的に名指しされ、二〇〇七年からアフガニスタンに支援部隊を派遣するとポーランド軍は武装勢力から攻撃対象とされた。そして昨年は、ベルリン警察が不審な入国者から押収したアルカイダ関連文書があるのを発見したが、その中には首都ワルシャワでのテロ活動計画が含まれていた。

そして今年、悪夢は現実のものとなった。

四月に起きた大統領専用機の墜落事故。犯行声明はないものの、ポーランド国家警察はアルカイダの破壊工作である可能性を疑った。墜落現場に残されたボイスレコーダーを解析し辿り着いた仮説の一つであり、国家警察は中央法科学研究所の協力を仰いで犯人の特定を急いでいたのだ。

ところがその直後にワルシャワ市街地でのテロ活動が勃発《ぼっぱつ》した。

最初の事件は五月の旧市街市場広場だった。日曜日の買い物客で賑わう中、広場の駐車場に駐めてあったクルマが爆発。付近にいた市民八人が死亡、二十人が重傷を負った。

次の事件は七月、場所は聖ヤン大聖堂。聖堂内にあったパイプオルガンに爆弾が仕掛けられており、正午の鐘が鳴るのと同時に爆発が起こり、ミサに参列していた信者百二十人のうち十三人が犠牲となった。

そんな情勢下での催事だ。命知らずにも程があるが、その命が不特定多数ともなれば犯罪行為ですらある。

「これじゃあ、どうぞ爆弾を会場に仕掛けてくれと言ってるようなもんだ」

思わず声を大きくした時、オフィスのドアを開ける者がいた。

「主任警部。朝っぱらから早速、愚痴ですか」

入って来たのはピオトル刑事だ。元の部下だが顔を見たのはほぼ半年ぶりだった。

「どうした風の吹き回しだ。もう新しい部署が嫌になったか」

「いや。なかなかに刺激の多い部署でしてね。飽きるどころか、毎日レディー・ガガと顔を合わせているようにスリリングですよ」

レディー・ガガが何者かは知らないが、いちいち聞くのも面倒なので鼻を鳴らして会話を閉じた。ピオトル流の言い回しだが、現在の部署がまるで戦争状態になっていることはヴァインベルクにも伝わっている。

スタニスワフ・ピオトルが急な辞令でテロ特別対策本部に引っ張られたのは、旧市街市場広場の事件が起きた直後だった。対策本部の設置が必要なほどの事件であるのは承知していたが、有能な部下を取られるのはやはり痛かった。その証拠にこの半年間で刑事課の検挙率は目に見えて低下している。

「その毎日が楽しくてしようがない男が古巣に何の用だ」

「法科学研究所から戻る途中でしてね。ああ、コーヒー一杯いただきますよ」

ピオトルは勝手知ったるオフィスの奥から自分専用のマグカップを持ち出して来た。ヴァインベルクは放置しておく。放っておけば、この男は自分から話すべきことを話し始める。

「頻発しているテロ事件ですが……」

そうら、早速きた。

「例の大統領専用機の墜落事故。あれと繋がりましたよ」

「ほう。やっと特定できたのか」

「墜落現場に残存していた装置の一部が、ワルシャワ市内で使用された爆破装置のそれに酷似していました。法科学研究所は九十パーセントの確率で同一人物の犯行であると断定したんです」

「同一人物だというのか」

「ええ。アルカイダに属してはいるんでしょうけどね。実行犯は一人ですよ。手口も装置に使用している部品も一緒。たった一人の爆弾サイコ野郎がこのワルシャワの街と市民を蹂躙《じゅうりん》していやがる」

ピオトルは吐き捨てるように言った。青臭いといえば青臭いが、対策本部に引き抜かれた時に文句を言えなかったのは、本人のこういう気質を嫌というほど知っていたからだ。

テロの目的は明らかだった。現在、米軍がパキスタン北部でタリバンと交戦中だが、アルカイダはその支援部隊として出兵しているポーランド軍を撤退させようと躍起になっている。本国の首都を集中的に攻撃しているのは一にも二にもそれが目的だ。出兵で手薄になった軍隊はワルシャワ防衛のために帰還せざるを得ず、もちろん破壊工作自体も世界に対する示威行動になる。

「カチンスキ大統領はテロ撲滅には殊のほか熱心でしたからね。アメリカ大統領ともその点では意見が一致していて反アルカイダの急先鋒だった。標的にされても当然といえば当然でした」

「カチンスキに限らんさ。いわれなき暴力に反発したがるのはポーランドの国民性みたいなものだ。だからヒトラーからもあれだけ憎まれた」

そして攻撃され弾圧されればされるほどムキになって抵抗するのも古《いにしえ》からの国民性だ。ひょっとしたらポーランド人というのは世界一、強情な国民なのかも知れない。

「ところで爆弾の製造方法や使用する部品というのは指紋みたいなものでしてね。法科学研究所はそのデータをＦＢＩに照会してみたんですよ。すると……ものの見事にヒットしました」

「と、いうことは既に手配されていたテロリストってことか」

「ええ。ＦＢＩではマイケル・ジャクソン並に有名な奴らしくて。昨年のロンドン多発テロにも一枚噛んでるという話です」

「そいつは……大物だな」

「大物だろうと小物だろうと、所詮はただの人間ですよ」

ピオトルはカップの中身をひと息で空けた。

「計算してみたんですよ。そいつの拵《こしら》えた爆弾で何人の人間が犠牲になったのか。確実に判明しているのは大統領専用機の事故からですが、そこから数えても百十七人になる。大した数です。この国が死刑を廃止したことがこれほど残念なことはありません。できることなら、逮捕した後はアメリカかベラルーシで裁判にかけてやりたい」

激昂している訳ではない。嘆息している訳でもない。まるで世間話をしているような穏やかな口調。

だが、だからこそ、この男の胸に燻《くすぶ》る火が目に見えるようだった。時に冷徹にも思えるような判断をするが、犯罪者に対する憎悪は人一倍で獲物を追い詰める際の執拗《しつよう》さも半端ではない。

ピオトルを見ていると、ヴァインベルクは昔の自分と今まさに失いかけているものを思い出す。そういう刑事だからずっと下に置いておきたかったのだ。

「そいつの正体は何者だ」

「正体は未だ不明らしいです」

ピオトルは残念そうに言った。

「国籍も年齢も性別も不明。顔写真一枚ありゃしない。分かっているのは爆弾のスペシャリストであることだけです」

「何だ、それは。ＦＢＩの資料にしてその体たらくか」

「まだ活動歴が浅いということもあるんですが、当のアルカイダでも彼または彼女の素姓を知っている人間が少ないのでしょう。だから内部から洩れる情報も極端に少ない」

「まるで亡霊だな」

「ええ。でも手掛かりが一つだけ」

ピオトルがヴァインベルクを正面から見据えた。

さあ、おいでなさった。こいつがこういう目をするのは大抵上司に強引な頼みごとをする時だ。

「法科学研究所は残留していた爆発物の一部から非常に興味深い結論を導き出しました。いずれの時限爆弾も既存の物ではなく新設計だというんです。爆発物ですから輸送には危険が伴います。ましてや新設計のものであれば、製作者自らが現場で設置を担っている可能性が高い」

「おい。それはつまり」

「ええ。現在、テロリストはこのワルシャワ近辺に潜伏している可能性が大きいんです。そしてパキスタンからポーランド軍が撤退しない限り、奴はここで爆弾テロを繰り返す。奴を捕まえられるとしたら今しかない」

ピオトルはカップを机に置き、ヴァインベルクの方に上体を倒すと一枚の紙片を取り出した。

「既に税関には、ここ半年間で入国した人物たちをリスト・アップしてもらいました。主任警部には、この一覧表にある爆発物の部品がどこで調達されたかを探って欲しいのです」

一覧表に目を通してみる。

〈タイマー部分。IC555半導体素子、7490TLLカウンター。薬剤。硝酸、酢酸、ニトロベンゼン……〉

一覧表にはしめて八十三品目が並んでいる。

「どれもこれも簡単に手に入るものばかりだが……ポーランド中で入手経路を洗えというつもりなのか？」

「ぜひ」

「おい、若造。ある恩知らずが他の部署に移ったせいで、刑事課がどれほど人手不足なのか知っているか」

「まあ薄々は」

「そういう時に、こんな手間暇かかる捜査を手伝えだと？」

「奴を捕まえたらすぐに復帰して、借りは返しますから」

言いたいことだけ言い終わると、ピオトルは踵《きびす》を返してドアに向かう。こういう厚かましさは部署を異動しても矯正されなかったらしい。

畜生、面倒な仕事ばかりこっちに押しつけやがって――。

最後に詰《なじ》ってやろうとした背中が不意に向きを変えた。

「ああ。言い忘れていました。奴には別名があるんですよ」

「別名？」

「アルカイダの仲間内で通用している名前です。まあコードネームですね。他に呼称のしようがないのでＦＢＩもそう呼んでいます」

「何という名前だ」

「〈ピアニスト〉と」

＊

十月三日、一次予選二日目。

ヤンの出番はこの日の四番目だった。

一番目と二番目にはポーランド人のコンテスタントが並んだ。サミュエル・アダムスキー二十一歳とオテルヤ・エデルマン十九歳。同胞だが二人とも最初のエチュード二曲で聴く気が失せた。まずアダムスキーの10‐12〈革命〉は一聴して腰が砕けた。エチュード〈革命〉はフランスへ渡ったショパンが、ロシアのワルシャワ侵攻の報《しら》せを受け、怒りと悲しみを叩きつけた曲だ。それなのにアダムスキーのピアノは平板で、聴く者に何の興趣も感じさせなかった。譜面通りに弾くのがやっとという有様で、練習不足が透けて見えるような演奏だった。

そしてエデルマンは10‐7で七カ所も音を外した。たった一分半にも満たない曲で七カ所！　極度に緊張していたのはひと目見ただけで分かった。しかし、それなら初日のガガリロフとオニールの方がもっと条件は悪かった。どんな状況下でも滑らない運指はピアニストとして最低の条件だ。

コンテストでの失敗には二通りがある。明日に繋がる失敗とそうでない失敗だ。アダムスキーとエデルマンに関しては後者だったと言わざるを得ない。

いや、二人の明日などどうでもいい――と思った時、前列のカップルが寸評を語り始めた。

「ひどいな……これは」

「ねえ。ちょっとした国辱ものだわ。こんなもの見せるくらいならいっそ棄権してしまえばいいのに」

ヤンは思わず首を竦《すく》める。忘れていた。ポーランドの聴衆は殊のほかショパン曲にうるさい。それは時として審査委員以上に辛辣《しんらつ》で容赦なかった。

「ロシアやアジア勢に負けまいと人数を揃えたのは仕方ないが、これじゃあ他の参加者の噛ませ犬みたいなものだ。オリンピックがスポーツの戦争なら、ショパン・コンクールは音楽による戦争なんだから。ただ兵隊の頭数揃えるだけで勝てるものか」

「それなら大丈夫よ。だって、この後はヤン・ステファンスが控えているんだから」

二人の会話を聞きながら、ヤンは肩の荷が急に重くなったような気がした。

コンクールを戦場に喩《たと》えるのは父ヴィトルドの専売特許だと思っていたが、どうやらそうではなかったらしい。

これ以上、毒気に当てられたら敵わない。順番も迫ってきたので、ヤンはこの場を退散し控室に移動することにした。

三番目の演奏者チェン・リーピンのピアノに衝撃を受けたのはその直後だった。

アジア勢、分けても中国人コンテスタントの台頭はここ数年で目覚ましいものがある。経済が潤えば、その次に渇望するものが名誉というのは人も国も同じだ。きっと国を挙げて世界に通用するピアニストを輩出しようとしているのだろう。前々回の覇者がユンディ・リーであったのはその象徴的な事実だ。ただしヤン自身は彼らに興味を持ったことがなかった。アジア人がポーランドのショパンを理解できるなどとは到底思えなかったからだ。

だが、リーピンのピアノは先入観に凝り固まっていたヤンの頰《ほお》を勢いよく張り倒した。

ステージ進行を確認するために控室のモニターを見ると、リーピンがノクターン第十六番を演奏している最中だった。身長は多分ヤンよりも低い。耳にしたのは中間部だが、光の粒が煌《きら》めきながら連なるような音を聴いて背筋が伸びた。

ノクターン第十六番ほど弾き手と聴き手の印象が異なる曲も珍しい。ショパンのノクターンにしては旋律の急激な変化はなく、展開部や再現部もない。そのため平板な弾き方をするとたちまち眠気を誘う曲になってしまうのだが、音型は変わらなくても和声進行は刻一刻と変わっていく。そして左手の伴奏音域が広く、両手の一指同士が頻繁に重なり合うので音を外しやすい。

しかし、その難点を駆逐し、安定したテンポで演奏すればショパンらしい流麗さと優美さが生まれてくる。つまり演奏者のテクニックによって効果が如実に表れてくる曲なので、言い換えればショパンをまともに弾けるかどうかの試金石になっている。

リーピンは完璧だった。楽譜に忠実な弾き方であり、その解釈もポーランドの伝統を踏まえたもののように聴こえる。とてもアジア人の演奏とは思えない。

とんでもない伏兵が現れたのかも知れない。

もう、いても立ってもいられなかった。

ヤンは控室を飛び出し、ステージの袖に向かう。

廊下を走り抜け、対向する者を押し退《の》けて進むとやっと到着した。

どうやら間に合ったらしい。

リーピンが四曲目に選択したのはバラード第四番へ短調作品52。

静かな雨だれのように曲が始まり、続いてすぐにへ短調の第一主題が現れる。この主題は哀調に満ちている。哀しみだけではなく、それを包み込む優美さもある。

リーピンの視線は鍵盤から外れている。やや斜め上を向いて、舌に載せた物を味わうかのように泳ぐ。鍵盤に触れていない手を時折浮かしてリズムに合わせている。

これはかなり弾き込んだ者の仕草だ。運指やテンポが身体感覚として馴染《なじ》んでしまい、演奏中に旋律で踊ることができる。だがピアニストたちは知っている。この優雅な旋律を導き出すためにどれだけの技術と想像力が必要なのかを。

バラード第四番はショパン円熟期の作品だ。同時期には〈英雄ポロネーズ〉やスケルツォ第四番といった大曲も作られており、これ以降作品数が激減することを考えると、正にショパンの才能が頂点を極めていた頃のピアノだ。だからバラード四曲の中では技術的にも音楽的にも最も難度が高く、そして美しい曲になっている。

リーピンの指は鍵盤を愛撫するように滑る。

絶妙な運指だ。ヤンの目はしばらくリーピンの繰り出す指に釘づけとなった。二本の黒鍵の間に中指を入れるトリル、一指で押さえたままの三度のパッセージ。いずれもさりげない箇所にも拘わらず鋭敏な集中力を要求される。

そして左手のオクターブに導かれて、輝きの第二主題に入った。和音が主調となる変ロ長調がゆっくりと流れ、時折ワルツの調べが見え隠れする。複雑な和音からこの華やかさを浮かび上がらせるには、相当に熟練した腕が要る。だが、ステージ上のリーピンはまるで呼吸するかのように平然と指を走らせている。

ヤンは自分を恥じた。中国人が〈ポーランドのショパン〉を理解できないだと？　とんでもなく傲慢《ごうまん》だった。リーピンは理解するどころか、自分の血肉にしてしまっているではないか。

リーピンの打鍵がいきなり激しくなった。

深い左手のオクターブ。

弾ける右手。

強い打鍵で、旋律は踊りながら急峻《きゅうしゅん》な坂を駆け上がって行く——が、次の瞬間には急降下し、まるで足元を確かめながら歩くような低い旋律に代わる。

軽快に踊りだした旋律が、再び眠りに落ちる。

長い長いパッセージが続く。しかし緊張感は一瞬も途切れることなく、聴衆の心を牽引《けんいん》している。ふと見回してみると、誰もが意外そうにリーピンの姿を見つめている。

再現部で第一主題がまた現れた。複雑な変装だが、リーピンの指は流れるように動き、澱《よど》みがない。両手の指が絡まり、離れ、また絡まる。

左手の音階が上向するに従って、右手が幻想的な和音を繰り出す。ここから曲は終結部に向かって徐々に上昇していくのだが、その調整を誤るとたちまち音量が飽和してしまう。終結部までのエネルギー配分がこのバラードの肝要と言っても過言ではない。

ヤンは少し身構えてその終結部を待つ。ここまでは完璧に近い演奏内容だが、後に控えるコーダは一番の難易度を誇り、その終わり方で全体の印象ががらりと変わってしまうからだ。

そしてリーピンの両手がいきなり跳ねた。

フォルテから始まる急速な短調。

両手が繰り出す嵐のアルペジオ。

調性のない、狂ったような和音の連打。

ホール全体がリーピンの狂気に翻弄《ほんろう》される。

不意に音が掻き消え、静寂が訪れる。しかし、それも束《つか》の間だった。

前兆もなく襲い掛かる強烈な最終連打。

ヤンは我知らず息を止めていた。

ユニゾンで下降する旋律。しかし狂気の舞踏は尚も続く。

最後は四つの和音が聴く者の胸に楔を打ち込んで終わった。

一瞬の無音。

それから怒濤《どとう》のような拍手が沸き起こった。

一人、また一人と立ち上がる者も出てきた。

当然だと思った。今までのコンテスタントの中では最高の内容だった。高いチケット代を払わされ、どこかしら欲求不満だった聴衆たちを一気に歓喜の渦へ巻き込んだのだ。

ところが当の本人は涼しい顔で聴衆に応えている。その顔には汗一つ滲《にじ》んでいない。よほどの体力、そしてそれを上回る自信があるのだろう。

伏兵どころではなかった。

下手をすればリーピンが本命なのかも知れない。

余裕顔の中国人を見ていると、ヤンの中でむらむらと闘争心が頭を擡《もた》げてきた。いいだろう。精々、涼しい顔をしているがいい。コンクール会場を席巻しているリーピンの色を今から僕が一掃してやる——。

ヤンは深呼吸を一つすると、自分の名前が読み上げられるのを待ち構えた。

『十人目の演奏者。ナンバー75ヤン・ステファンス。曲目、エチュードハ長調作品10‐1、エチュードイ短調作品10‐2、ノクターン第三番作品9‐3、スケルツォ第二番作品31。ピアノはスタインウェイ』

ヤンはステージ中央に歩き出す。眩《まばゆ》いばかりのライトが降り注ぎ、ステージの床がぼうっと浮かび上がる。バックは赤を基調としており、ライトは青白い。

『ヤン・ステファンス。ポーランド！』

司会者の語尾がわずかに跳ね上がったが、これは多分開催国としての許容範囲だ。

ヤンの名前が読み上げられると一斉に拍手が起きた。それも今までのようなおざなりな拍手ではなく異様に熱のこもったものだ。

会場の温度が確実に一度上がった。この熱気はそのままヤンに対する期待の熱量だろう。

それでもヤンは臆《おく》することなくピアノに座る。大勢の期待を背にしてきたことは何度もある。

そして、ヤンはその度にプレッシャーを力に変えてきた。

大丈夫だ。今度も上手くいく。

ヤンは鍵盤の上に指を置いた。

一曲目、エチュード10‐1。

技術的な難度は衆目の一致するところだろう。だからこそガガリロフをはじめとして、腕自慢のコンテスタントの多くがこの曲を選択していた。

当然、審査委員たちも、そして聴衆もそろそろ聴き飽きた頃だった。もちろん、ヤンはそれを計算した上で10‐1を選んだのだ。

左手の強い打鍵から始まる八小節。レガートを多用し、メロディを途切らせないようにしながら疾走を開始する。

同型のフレーズを積み重ね、そこに左手で丸みを加えていく。右手でメロディを紡ぎ、左手の伴奏で格調を被せていくのは容易なことではないが、この曲が指の速さ以上に要求されているのが、正にその点だ。ヤンはそのことを知り尽くしている。

アルペジオの最高音にアクセントを。

複雑極まりない運指を保つために、肩から先に力を集中させる。

上向と下向の反復で指の筋肉に乳酸が溜まっていく。

集中した神経が会場の反応を感知する。皆、薄々と気づき始めたらしく、ヤンの一挙手一投足から目を離せない。耳を覆えない。

エチュード10－1の演奏時間は約二分間。この曲のスピードではそれが妥当であり、同時に限界だ。ガガリロフも二分を三秒だけオーバーした。

ヤンの戦略は演奏時間二分を大幅に切ることだった。目標は一分四十秒台。曲全体の時間を一割速くすると疾走感は実際以上に高まって聴こえる。

しかし喩えて言うなら、それは研ぎ澄ましたナイフを更にヤスリがけするようなもので、鋭さと同時に脆《もろ》さも内包してしまう。演奏効果は抜群だが、ミスをする危険性も倍になる。加えて疲労度はそれ以上になる。

七十七小節目で一つだけ音を外した。最後の練習で外したのと同じ場所だった。だが、それくらいは想定していた範囲だから構わない。ミスタッチのデメリットと高速演奏のメリットを比較検討した上での戦略なのだ。

果たして演奏が終わった瞬間、会場から声にならないざわめきが洩れた。

こんなもので驚くなよ――。

ヤンはひと呼吸する間もなく二曲目を弾き出した。

エチュード10‐2、通称〈半音階〉。

陰鬱なメロディを走らせ始める。それだけで聴衆の息を呑む音が聞こえそうだった。

このエチュードは右手を際限なく酷使する曲だ。単純な半音階の曲に聴こえるが、右手は力の弱い三、四、五の指だけで半音階をレガートで鳴らし、一と二の指は和音をスタッカートで弾くためだけに使う。二分にも満たない曲なのに、エチュード中の最難度と評する者がいるのはそういう理由だ。しかも速さを要求されている。

エチュードでも難度の高いものを二曲、しかもほとんど休止を入れずに演奏する――これがヤンの立てた戦略だった。

ミスタッチやテンポの遅れ、つまり楽譜の指示に従えないことが致命的な減点対象となるコンクールでこんな選曲をするのは自殺行為に近い。しかもエチュード10‐1に至っては通常よりもスピードを上げているのだ。

だが逆に言えば、その条件で弾き果《おお》せた場合の印象は単に正確に弾いただけの演奏を遥《はる》かに凌《りょう》駕《が》する。そしてヤンには弾ききるだけの自信があった。

一と二の指で奏でられる和音はこのエチュードの主旋律でもある。この和音の音量を保つために、二の指に神経を集中させながら力の弱い三本を叱咤《しった》し続ける。

旋律が上向と下向を小刻みに繰り返す。左手は主にスタッカートを伴奏するくらいだが、休ませる余裕はない。10‐1で蓄積された乳酸が更に増加する。

何かに追われるように焦燥と不安が旋律を加速させていく。

さすがに右の指の第二関節が悲鳴を上げ始めた。先端はともかく、関節から感覚が麻痺《まひ》していく。焦燥に向かうメロディはそのままヤンの心理に重なる。あと数小節。それまで指の力が持ちこたえられるか。

三部に入って音量がフォルテまで上がる。右手は限界との境界線で最後の疾走を試みる。

昏《くら》い情熱を掻き立ててフィナーレに向かうと、鍵盤の境目がぼやけてきた。

くそ。まだだ。

ヤンは奥歯を嚙み締めて指を動かし続ける。

旋律を徐々に下降させ続け、そして最後の一音を放つ。

ヤンは肩を下げて深く息を吐いた。さすがにここは小休止するべきだ。だらりと下げた右手が酷使から解放されて安堵《あんど》する。

客席からは尚も熱い視線を感じる。針のような緊張感がステージの上にいても伝わってくる。ちらと審査員席に視線を移すと、彼らもまた息を潜めて自分を注視しているようだった。エチュード10‐1と10‐2を連続演奏したことはやはり功を奏したようだ。

リーピンが創りだした空気を一掃することはできた。今度は会場をヤン・ステファンスの色に染める番だ。

三曲目、ノクターン第三番。

先の二つのエチュードと違い、穏やかな序奏から始まる。張り詰めていた緊張感が見る間に解けていく。

馴染みの深い街路を散策するような平穏さ——これが主部の旋律だが、後から到来する暗く激しい旋律と対比するような構成になっている。これは第三番以降のノクターンにショパンがしばしば用いた作曲技法で、いわば原点と位置づけられるものだ。

ヤンがこのノクターンを選択した理由は一にも二にも抒情性の表出にある。前二曲のエチュードで技術面での確かさと持続力を見せつけ、一方ノクターンではショパンの感情を表現する——。

プログラムの構成力も審査対象であるなら、それが相応の戦略のように思えたのだ。

次第に旋律の音量を上げ、穏やかさに不穏さを紛れ込ませる。左手の伴奏は音域が広く、特に第二音と第三音はオクターブの広さなので運指が難しい。また、右手は不規則で速いパッセージが頻出する。主眼は感情表現だが、求められている技術も高いレベルにある。

中間部に入った。ヤンは昏い情熱を噴出させる。ショパンの苦悩、千々に乱れる心をさらけ出す。

ここで左手の二の指で一の指を跨《また》ぎ、更に一の指で二の指を潜らせる。今回のコンテスタントの中にはこの部分をポジション移動で対処する者もいたが、ヤンは安易さに背を向ける。ショパンが指示しているのなら、それに従うのが彼のピアノを弾く者の義務だ。

穏やかで明るい主部との対比で、曲の陰影が深くなる。

次第に打鍵が強くなると、ショパンの憤りが胸に迫ってきた。ショパンのピアノは不思議だ。弾けば弾くほど演奏の難度が分かる一方で、作曲者の想いが明確な形を伴って奏者の裡《うち》に去来する。

第三部でリズムが緩やかになると主部のメロディが再現される。中間部の激しい苦悩を経た分、再現された主部には穏やかさと共に優美さを重ねなければ意味がない。

緩やかに、緩やかに、まるで眠りに落ちていくように音量を絞っていく。

そして最後の弱音がステージの上から会場へと消えていった。

ミスはなかった。

ヤンは呼吸を整える間、聴衆の反応を見る。

緊張は未だ途切れていない。

最終四曲目、スケルツォ第二番。

まず休符の多い三連符を放つ。相手の顔色を窺うような変ロ短調の囁き声——だが次の瞬間、力強い和音がフォルテシモで打ち鳴らされる。この二者の対話が曲の主題になる。フォルテシモを放った瞬間はヤンの身体にも爽快感が伝わる。

スケルツォ第二番はショパンを代表する曲の一つだ。当時ショパンは肺結核を発症し、同時期に永遠の恋人ジョルジュ・サンドと出逢《であ》っている。言わば絶望と希望の両方に直面していた頃で、このスケルツォにはその影響が色濃く反映されている。

旋律を変ニ長調に転調する。左手でアルペジオを伴奏し、右手の下降する音型を二回反復させせて、宙空をどこまでも転がっていくような軽快なリズムを作り出す。恋人と手を繋いでいるショパンの姿が見えるようだ。

ヤンは双方の声の明暗を際立たせて、よりドラマティックに加工する。最初に提示した休符を今度は低音のトリルで繋ぐ。メロディが高く高く上昇して朗々と歌う。この上なく美しい旋律にヤンの魂も躍動する。

中間部でいったんメロディは鎮静する。第一部の荒々しさを中和するような穏やかさだが、このフレーズもまた美しい。短調でありながら曲全体に明るさが宿っているのは、各フレーズが分散和音などで装飾されそれぞれに美しいからだ。

続く嬰ハ短調で哀しみが到来する。

だがショパンの描く哀調は哀しみが甘く包まれている。まるで過去を思い起こさせるような甘い感傷だ。

ハ短調から変イ短調への転調に時折主題が顔を覗かせる。

わずかにテンポを速めながら、切なく訴えるように指を走らせる。

そしてアルペジオを繰り返した後でいきなり右手を炸裂《さくれつ》させた。

三つの和音による嵐のような連打。この激烈な音量が克明なコントラストを浮き上がらせる。

左手はオクターブで咆哮《ほうこう》し、右手は鍵盤を破壊せんばかりに暴れ回る。

ショパンの鬱積《うっせき》した昏い怒りが爆発し、会場の壁を震わせる。

自分の力ではどうしようもない、運命に対する怨嗟《えんさ》。神への呪詛《じゅそ》──。

終結部に至り、ヤンは主題を再現する。

絶望と希望。

激情と平穏。

二つの音を交互に繰り出した後、ヤンはいきなりフォルテシモで駆け上がった。

半音を下向させて平行調の変ニ長調を躍らせる。

繊細にして大胆。

華麗にして激烈。

ヤンは息を止めて渾身《こんしん》の力を両腕に集中させる。

最後はピアノを穿つような強烈な打鍵で、太い楔《くさび》を深々と打ち込んだ。

そしてヤンが両手を高く掲げた時だった。

津波のような喝采がステージの上に襲い掛かった。

「ブラヴォーッ」の歓声があちらこちらから噴き上がる。これはもうコンクールではない。会場はヤン・ステファンスのコンサートと化していた。

ヤンは立ち上がり、声援に応える。最終曲にスケルツォ第二番という有名曲を持ってきたのは劇的効果を狙ってのことだったが、どうやら成功したようだ。

会場は歓喜の渦に包まれてなかなか鎮まらない。ステージからいったん姿を消しても、再三呼び出されることは予想に難くない。

袖に向かう途中でもう一度審査員席に視線を移した。席のやや真ん中に陣取ったカミンスキは満足そうな笑みを湛《たた》えている。師の評価も上々の様子だ。

ガガリロフもオニールも恐るるに足らず。

リーピンの躍進が何するものか。

ポーランドの救世主、ヤン・ステファンスここに在り。

4

翌日の夕方、ヤンはワジェンキ公園に向かっていた。

一次予選三日目。午前を含めて八人ほどの演奏を聴き続けていたのだが、さすがに聴き疲れてしまった。今日は下馬評で騒がれているコンテスタントもおらず、予想通り演奏は低調だったので途中で切り上げてきたのだ。

真直ぐ家に帰ろうとは露ほども考えなかった。予選二日目での演奏を会場で見ていたヴィトルドは聴衆を沸かせたことを誉《ほ》める一方で、ミスタッチの指摘も忘れなかった。

「だから完璧に仕上げろとあれほど言ったのに」

どこの父親もこんな風に煩わしいものなのだろうか。自分の夢を息子に押しつけている父親は、こんなにも惨めったらしいものなのだろうか。

そんな父親の顔を拝むよりは、公園でマリーやリスの顔見ていた方が数倍マシだ。

夕暮れ近くの淡い光が公園の色彩を適度に沈ませる。弾けるような喧噪《けんそう》も夕闇《ゆうやみ》にすっぽり覆われた静けさも両方苦手なヤンには、この時間帯のワジェンキ公園が一番好ましい。

風が吹いた。黄金の秋に特有の、軽くて優しい風だ。

彼女の指定席となっている大木に行くと、マリーの他に青年が一人佇《たたず》んでいた。青年はマリーの目線まで腰を落とし、何事か熱心に話し掛けている。

まさか、こんな時間に誘拐魔か。それにしては青年の物腰はどこか優雅だ。

「あ。ヤン」

振り向いたマリーはあっけらかんとしている。どうやら怪しい誘いを受けていた訳ではないらしい。

「何をしてるんだい？」

「ポーランド語、教えてたの」

と、マリーは得意げに答える。教えるだって？　マリーの知っている語彙《ごい》は精々『テレタビーズ』の四人が喋《しゃべ》る言葉くらいなのに。

「この子のお知り合いですか」

青年がヤンの方に振り向いた。

それでマリーの言葉が納得できた。その青年は東洋人だった。口にしたポーランド語もわずかにたどたどしい。

「この公園でたまに会うんだけど」

「そうですか。もうすぐ、この子のお母さんが迎えに来ると。それまで相手をしようと思いました」

「マリー、人さらいなんか怖くないよ」

「でも、こんな広い公園であなた一人なんて……」

「ママに教わったの。変な人が近づいたら大きな声で叫びなさいって。マリー、声の大きさには自信あるんだ」

「何て叫ぶのさ、マリー」

「火事だあああって。人さらいだって叫んでも誰も来ないけど、そう叫ぶとみんなが集まって来るんだって」

ヤンは少し感心した。会ったことはないが、マリーの母親は結構聡明《そうめい》な母親なのかも知れない。青年も同じことを考えたのだろう。得心のいった顔で頷いていた。

改めて青年を観察した。年齢は二十代後半、身長はヤンよりも十センチほど高い。筋肉質なのだろうか、無駄な肉がどこにも付いていないので姿勢の良さがはっきりと分かる。優れた演奏家にとって体重移動は重要な条件なので、ヤンは初対面から姿勢にすぐ目がいってしまう。

顔を正面から見ても国籍は分からなかった。ヤンの東洋に関する知識はひどく貧しく、まともに地図も描けない。人種民族についてはそれ以上に漠然としており、中国人も朝鮮人も日本人も全く区別がつかない。

ただ青年の表貌《ひょうぼう》はヤンの知る東洋人と相違点があった。

それは瞳の色だ。ブルーグリーンの混ざったブラウン。確か東洋人はほとんどがダークブラックのはずなのに、この青年の目はまるでロシア人のそれだ。

そのブラウンの目がヤンを不思議そうに見つめた。

「ひょっとしたらショパン・コンクールにエントリーされたヤン・ステファンスさん、ですか？」

「ええ」と、答えてからヤンは後悔した。

ここ連日、音楽関係の雑誌に限らずヤンの顔は新聞やテレビに晒されている。有名税だと父親は誇らしげだったが、ヤン自身は街中を歩いていても周囲から注目を浴びて鬱陶《うっとう》しいことこの上ない。この青年もそうしたにわかファンの一人だろうが、折角落ち着こうとした場所でサインをねだられるのも気が進まなかった。

だが青年の口から出た言葉は意外だった。

「はじめまして。僕もコンテスタントの一人で岬洋介《みさきようすけ》といいます」

「ミサキ……ヨウスケ？」

名前を呟いて思い出した。カミンスキが自分の対抗馬として挙げた日本人コンテスタントの一人だ。ヤンよりも九歳年上の最年長者と聞いていたが、実物は案外に若々しい。そう言えば、日本人は押しなべて童顔なのだと聞いたことがある。

「昨日のあなたの演奏は非常に素晴らしかった。特にスケルツォの二番は今まで聴いた中で最もエレガントでした」

おや、と思った。あのスケルツォについての称賛は何度も耳にし、また目にもした。しかし、この青年のように「エレガント」と評した者は初めてだった。

ヤンはすっと差し出された右手を握る。自分よりも大きく、そして中心に芯があることを感じさせる柔らかな手。

間違いなくピアニストの手だ。

この手が奏でるピアノはいったいどんな音を出すのだろうか。やはりロボットのように唯々楽譜を正確になぞるだけの演奏なのだろうか。

ヤンの思いを知ってか知らずか、岬は静かに笑っている。

「ミサキはもう……演奏が終わったのかい？」

「ええ。わたしは今日の最終でした。さっき終わったばかりなのです」

年下のヤンに対して殊更丁寧な言葉を選んでいるのは、やはりポーランド語に不慣れなせいだろう。だが、妙にこの青年に似つかわしい響きに聞こえる。

「ああ、それは間が悪かったな。僕はそれより前に会場を出て来たから聴きそびれてしまったよ」

「途中で出て来た？　何か急用でしたか」

「いくらコンクールでも無様なショパンを聴き続けるのは辛《つら》いと思う……。それよりさ、一つ質問してもいいかな」

「何でしょうか」

「さっき、僕の弾いたスケルツォの二番をエレガントと言ったよね。あれはどういう意味？　あの演奏を躍動的だとか劇的とかいう批評は沢山あったけど、エレガントと言ったのはあなた一人だけだ」

すると岬はああ、と申し訳なさそうな声を上げた。

「言葉が不充分だった。いや、表現を間違えたのかな。うーん、あの演奏ならノーブルというのかな……。やはり慣れない言葉は不用意に口に出してはいけませんね」

「ノーブル？」

「気品が感じられたというか……あの日のコンテスタンツの中では一番〈ポーランドのショパン〉のように聴こえたのです」

ぎょっとした。

〈ポーランドのショパン〉――カミンスキは言及したものの、あまり公にはされない伝統的なショパン解釈、そしてポーランド人だけが頑《かたく》なに抱いているショパンに対する確固とした印象。

ポーランド以外の国の人間には、まるで他国人の締め出しを狙った隠語のような言葉に思えるだろう。逆に言えば他国の歴代コンテスタンツはその隠語を無視するか、あるいは反駁《はんばく》することで自身の存在理由を示してきた。

だが岬は至極当然のようにその解釈を捉え、その尺度でヤンの演奏を聴いていた。

音楽は世界共通の言語だ――と言う者は多い。しかし、それは音楽というものの最大公約数しか感知できない半可通の戯言《ざれごと》でしかない。実際には、特定の場所、特定の関係性の中でしか成立しない音楽がいくらでも存在する。ゴスペルの声の美しさに酔い痴《し》れることはできても、その成立までの背景を血肉として理解できる者がいったいどれだけいるのだろうか。

ショパンにしても同様だ。彼の遺したエチュード、ノクターン、スケルツォ、バラード、ワルツ。どれもが宝石の如く光り輝いているが、原石の黒さと研磨の過程を知ると知らないとでは理解度も天と地ほど違ってくる。そして彼の苦しみを皮膚感覚で知り得るのは、やはり弾圧を受け虐げられ続けたポーランド人しかいないのだ。

多くを語らずとも分かる。この岬という東洋人はショパンとポーランドを深い場所で理解している。ポーランド人の排他性を甘受している。

ヤンは急にこの青年が気になりだした。

そして質問しようとしたその時に機先を制された。

「ヤン、ずるい。ミサキの最初の友達はマリーなのに」

ヤンが返答に窮していると、岬が上手くあしらってくれた。

「友達の前にマリーは僕の先生ですよ」

「じゃあ、授業料ちょうだい」

「えっ」

「ミサキもピアニストなんでしょ」

「ええ、まあ……」

「マリーのためにピアノ弾いてちょうだい」

「ええっと」

子供相手だから適当に話を合わせておけばいいものを、何故か岬は生真面目に受け答えしようとする。

「ごめんなさい。ピアノは持ち運びが難しいから、今ここで演奏するのは無理です」

マリーは少し不機嫌そうな顔で頷く。

「いいわ。時間と場所はミサキの好きにしていいから。でも曲はあたしの好きな曲じゃなきゃダメ」

「リクエストは？」

「あのね、こういう曲。タン、タン、タン。タラララン、タタン、タン……」

マリーの音程は正確だった。しかし、それ以上に有名過ぎるほど有名なメロディだったので、一聴して曲名は分かった。

「ああ。ショパンのノクターン第二番ですね」

「マリー、曲の名前は知らない」

「このメロディですよね。タン、タン、タン。タラララン、タタン、タン」

「そうそう！　タン、タン。タラララ、タタン、タン。タ、タラララン……」

岬とマリーは声を合わせて歌い始めた。そこに割って入るにはタイミングを要した。

「マリーのお好みは〈子犬のワルツ〉じゃなかったのかい」

「ヤンはどうせ短いのしか弾いてくれないんでしょ」

「ミサキ。もう一つ訊いていいかな」

「ええ。どうぞ」

「ショパン・コンクールのエントリーには音楽関係者二名の推薦が必要だ。ミサキを推薦したのは誰と誰だい？」

「一人は日本ショパン協会の戸部《とべ》教授です。そしてもう一人は最期まで現役のピアニストだった方です」

「最期まで現役だったピアニスト？」

「あなたもご存じだと思います。世界中の音楽ファンから愛され、尊敬された柘植彰良《つげあきら》氏です」

「アキラ・ツゲ……！」

ご存じも何もない。ピアニストを目指す者でその名を知らぬ者などいない。惜しくも昨年他界してしまったが、稀代のラフマニノフ弾きとして長らくクラシック界に君臨していたマエストロの一人だった。ヤンのライブラリーにも彼のＣＤは相当数収められている。ラフマニノフに興味を持った者なら必ず通らなければならない里程標のような存在だ。

その柘植が実力を認めた男――ヤンはしげしげと岬を見つめた。

今になって、カミンスキのアドバイスをもっと真剣に受け止めれば良かったと後悔した。


十月七日、一次予選最終日。

会場の入口は既に鈴なりだった。

ヤンは人混みを縫うようにしてホールに向かう。朝から会場にやって来たのは、以前からある理由で騒がれていたコンテスタントの演奏を観るためだった。

ホールの入口で上背のある男と肩をぶつけた。

「ご、ごめんなさい！」

「こちらこそ」

振り向いた相手と目が合い、しばらく顔を見合わせた。

「ヴァレリー・ガガリロフ？」

「君は……ヤン・ステファンスか？」

そして、どちらからともなく手を差し出した。ガガリロフの手は表面が白磁のように滑らかだったが、関節は不恰好に膨らんでいた。これもまたピアニストの指だ。

「君のスケルツォ二番を聴いた。素晴らしい演奏だった」

「君のバラード一番だって。ポーランド風の演奏には飽き飽きしていたから、凄く刺激的だった」

「それにエチュード10‐1の速弾きと10‐2の連続演奏には恐れ入ったよ。そんなになりでとんでもない体力だ。ショパン・コンクールの次はオリンピックにも出るつもりかい」

「ガガリロフ、君はポーランド語を？」

「ああ。この国には何度も来ているからな。日常会話くらいはできる。だけど、言葉は通じても考えはあまり通じないみたいだね」

ガガリロフは卑下するように肩を竦める。

「祖国との因縁は知っているが……この国の人たちは音楽に政治を持ち込むつもりなのかな。俺はただピアノを弾きに来ているだけなんだが」

「観客なんてカボチャの頭くらいに思えばいいさ。どうせ審査するのは十八人しかいない」

「観客に聴かせない演奏なんてつまらない。いくらコンクールでもね」

ああ、この男は本気のコンテスタントではない――ヤンはそう思った。コンクールはコンサートではない。あくまでも審査員たちに己の技量を見せつける場所なのだ。

「まあ、いいさ。もし勝ち進むことができたら、俺のピアノで観客全員を沸かせてやるさ……。ヤン・ステファンス。ひょっとしたら今日は彼の演奏を聴きに？」

「うん。とても興味のあるコンテスタントだからね」

「俺もそうだ。なあ、彼をどう思う」

「どうって？」

「この国でも同様だろうが、以前はスポーツも文化も国の管理下にあった。管理下というと語弊はあるが、逆に言えば才能さえあれば国の英雄になれた時代だ。しかし、それも国の形が違ってからは、才能だけ持っていてもチャンスに恵まれない者は泥濘《でいねい》から浮き上がることができなくなった。君も背後に加護の手が存在していることは否定しまい？」

ヤンは小さく頷く。

「その意味でここに集う奴らはみんな似た者同士だが、彼だけは違う」

「どこが違う？」

「俺たちの見えるものが彼には見えない。だが、俺たちの聞けないものを彼は聞くことができる。俺たちは音楽を選んだが、彼は音楽から選ばれた。そうは思わないか」

「それは演奏を聴いてから考えることにするよ……。それじゃあ」

ヤンはガガリロフと離れて客席に向かう。

恩師カミンスキから対抗馬の一人として挙げられていた人物——日本人、榊場隆平《さかきばりゅうへい》。彼の演奏が気になるのはヤンだけではなかったらしい。会場内を見渡すと、ガガリロフの他にもオニールとリーピン。そして岬の姿が確認できる。それからエドワード・オルソンとエリアーヌ・モローの顔も見える。皆、優勝候補者の一人に数えられているコンテスタントだが、その彼らが全員榊場の演奏を待ち構えているのだ。

ヤンも彼について多くを知っている訳ではない。岬に逢ってから自分の不勉強さを顧み、慌てて資料を読み漁《あさ》った程度だ。しかし、それだけでも充分に興味をそそられる内容だった。

年齢十八歳。生まれながらの盲目であり、色と光を閉ざされた青年。

だが、神は彼から視力を奪った見返りとして素晴らしい才能を与えた。榊場は楽譜なしでピアノを弾くことができるのだ。

榊場がまだ幼児だった頃、母親はせめて音で遊ばせてやりたいとオモチャのピアノを買い与えた。榊場は夢中になって鍵盤を叩いたのだが、驚いたことに一度弾いたフレーズを完璧に反復させていたのだ。更に驚くべきことに、テレビやラジオで流れた歌を聴くや否や、すぐに自分のピアノで再生してしまった。

榊場を診察した医師は、彼を絶対音感の持ち主であると確信した——と、ここまでは巷《ちまた》によく聞く感動的なエピソードに過ぎない。だが榊場隆平に周囲が注目したのは絶対音感という特質ではなく、その類稀《たぐいまれ》な音楽表現の豊かさだった。本格的なレッスンを開始すると榊場はめきめきとその才能を開花させ、瞬く間に国内の主なピアノコンクールで栄冠を勝ち取ったのだ。

ただ、榊場の活躍した舞台は日本国内に限られており、世界的に認知された訳ではなかった。言うならば、このショパン・コンクールが事実上の世界デビュー戦ということになる。ここに集った有力な候補者たちは、その実力を自身の目と耳で確認しようとやって来たのだ。

この日、榊場の演奏は午前の部、三人目の予定だった。二人目のコンテスタンツが演奏を終えてステージの袖に消えると、いやがうえにも聴衆の期待度は高まっていった。

だが、そこで異変が生じた。

司会者がいつまで経ってもステージ上に現れない。時間は刻一刻と過ぎていくのに何のアナウンスもされない。

五分。

十分。

そして十五分。

さすがに客席が騒ぎ始めた頃、やっと司会者が現れたが、その第一声は意外なものだった。

『会場にお集まりの皆さん。本日の予定が変更となりました。事故のため、本日のプログラムは全て中止となります』

何だって？

観客席は一瞬、水を打ったように静まり返る。

『これより先に予定されていた演奏については後日延期となります。詳細については本日中に会場入口の掲示板とショパン協会のウェブサイトで告知しますので……』

最後の部分は聞き取れなかった。観客席から質問と抗議の声が一斉に上がったからだ。中には早々と席を立つ者もいた。

これ以上、ここにいても仕方ない。ヤンもまた席を立って出口に急ぐ。チケットの払い戻しや突然の中止に怒る客で受付がごった返すのは時間の問題だった。今のうちにホールを出なければ待たされる羽目にもなりかねない。

だが、それでも遅かった。

ホールのドアを開けると、そこは既に出て来た客で一杯だった。予想通り受付に大勢が群がっているのだろう。見たところ出口にも人が溢《あふ》れ返っており、もはや立錐《りっすい》の余地もない。

待つしかないな――そう諦《あきら》めたヤンが二階出口に視線を移すと、そこにカミンスキの姿があった。階上も一階フロアと同様に混雑しており、カミンスキは珍しく不機嫌そうな顔を見せていた。

カミンスキなら何か聞いているかも知れない。ヤンは人々の流れに逆らって階上の恩師に近づく。

「カミンスキ先生」

「ああ、ヤンか」

カミンスキは眉間《みけん》に皺《しわ》を寄せてヤンを見た。右手の甲にすうっと赤い筋が引いてある。そして、表情は緊張で強張っている。

「先生、右手が」

「混雑で通りすがりの誰かに引っ掛けられた。こうなると、ちょっとしたパニックだな」

カミンスキはしかめっ面のままゆるゆると首を振る。

「いったい何があったんですか」

「あってはならないことだ」

カミンスキはヤンの肩を抱いて二階フロアの隅に連れて行く。

「あの、先生」

「どうせ昼になればこのニュースで大騒ぎになる。直にワルシャワ首都警察も到着するから、今、君に話しても構わんだろう」

「首都警察?」

「この階に出場者用の控室があるのは知ってるな」

「ええ」

「さっき、警備員が発見した。控室で男が一人死んでいる」

言葉が意識を上滑りしていく。

「死んでいる?」

「殺されたんだよ。何者かに」

「誰が。誰が殺されたんですか。もしかしてコンテスタントの一人ですか」

「いや。警備員の話では刑事らしい。身分証を所持していた。名前は確かピオトルとか言ったか」

「それにしても、どうして殺されたって分かるんですか」

「警備員の話では胸に一発撃たれているらしい。だが、問題はその死体の有様だ。そんな状態なら殺された以外には有り得ないのだよ」

「……そんな状態って？」

「手の指がな」

カミンスキは苦いものを呑み込むような顔で言った。

「十本全て、第二関節から切り取られている」

＊

自分の部屋に戻ると、〈ピアニスト〉は長椅子に深く身体を委ねた。低反発の感触がゆっくりと疲労を呑み込んでくれる。

だが、脳裏に残存する嫌悪感までは呑み込んでくれない。〈ピアニスト〉はやむなくホームバーからミュウト・ピトヌィを取り出した。琥珀《こはく》色が美しい蜂蜜酒。〈ピアニスト〉の好みはオン・ザ・ロックだった。

指で氷を掻き回す。指先が冷たさで麻痺する頃合いを見計らって、ひと口含む。

甘い香りと共に喉奥が冷やされると、少しだけ頭が軽くなった。

嫌悪感の原因は分かっている。久しぶりに接近戦で人を殺したからだ。〈ピアニスト〉はトカレフのトリガーを引いた感触を思い出して怖気《おじけ》をふるった。銃弾が相手の胸に撃ち込む音がまだ耳に残っている。

やはり自分には爆弾いじりが向いている。目的地に仕掛け、遠く離れた場所でその瞬間をじっと待つ――その方が遥かに文化的ではないか。

それにしてもあの刑事め。自分の居場所をどうやって突き止めたのだろうか？　いや、それ以前にどうやって自分の正体を見破ったのか？

最初に顔を見た瞬間に刑事の思惑が分かった。物腰は柔らかだったが自分を疑っているのは間違いない。

刑事は自分が即座に対応するとは想像もしていなかったようだ。そこで〈ピアニスト〉は即断した。トカレフを素早く取り出し刑事に抱きついた。刑事は激しく抵抗したが、胸元にあてがった銃口を外す暇はなかった。

発射音も相手の身体でくぐもり、部屋の外には洩れなかったので、〈ピアニスト〉は最低限の始末だけして控室を出ればよかった。

証拠は何も残していない。死体発見現場から自分が捜査線上に浮かぶ可能性は皆無だ。

だが、気をつけなければ。これからはより一層の慎重さを纏う必要がある。

自分には大いなる使命があるのだから……。

Ⅱ

Senza tempo《センツァ　テンポ》

〜 厳格に定めず　自由に 〜

1

既にピオトルの死体は搬出された後だったが、床にはまだ血痕《けっこん》が残されていた。そのほとんどは銃創からのものではなく、切断された指から出たものだという。

十本の切断面から噴出したにしては量が少ないのは死亡後に切断したためだろう、と検視官は言っていた。つまり生活反応が認められないという意味だ。殺す際に麻酔をしてくれるような温情溢れるテロリストはいないだろう。ヴァインベルクは、ピオトルの最期が激痛に染まらなかったことだけは神に感謝したい気分だった。検視官の見立てでは弾丸は心臓に一発。慣れたプロの手際で即死だったらしい。

死体は午前九時三十分、控室を訪れたコンテスタントの一人によって発見された。コンサートホールは昨夜午後十一時には全館の見回りが終了して閉場されている。検視官によれば死亡推定時刻は午前八時から九時までの間というから、ピオトルがこの部屋で殺害されたことはほぼ間違いない。

凶器となった拳銃と切断に使用された道具も現場に放置されていた。ラドムP‐64、ポーランド軍の制式拳銃だが、軍からの横流しもあり市中には不法に所持している者もいる。ご丁寧に製造番号も削られている。

だが拳銃よりも禍々《まがまが》しく見えたのは刃先が血に塗れたニッパーだった。工具用だが刃渡りは人の指を切断するには充分だった。

「銃からもニッパーからも指紋は一切検出されません。恐らく使用直後に拭き取ったのでしょう」

刑事の報告は事前に予想し得たことだった。もし犯人がピオトルの追っていた世界的テロリストなら、指紋など残すヘマなどするまい。拳銃やニッパーを残していったのは、その証拠品からは足跡を辿れず、所持していては却《かえ》って危険と判断したからだ。ポーランド国家警察もずいぶんとなめられたものだが、確かにこの二つから犯人を特定させるのは困難と思えた。

「指は、やはりありません」

拳銃にニッパー。しかし肝心のものがどんなに探しても見当たらない。

床を這いずり回っていた数人の刑事が遂に白旗を上げた。

「一本もありません」

「じゃあ、犯人が残らず持って行ったというのか」

ヴァインベルクの詰問口調に刑事たちは顔を見合わす。納得しがたい話だが、渋々そう解釈するしかないという表情だ。

「殺害の後、指を切断して持ち帰る。それが流儀だとしたら、えらく猟奇的な癖を持ったテロリストだな。仕事が済んだら切り落とした指を眺めながら一杯やってるのか」

「主任。まだテロリストの仕業と決まった訳じゃないでしょう」

もちろん犯人が一人なのか、それとも複数なのかも分からない段階で早計は禁物だが、ヴァインベルクと別れる際、ピオトルは〈ピアニスト〉の名前を挙げその行方を追っていると言い残して行った。それを考えた時、彼が返り討ちに遭ったという可能性が一番大きく頭を占めた。

何にせよ、このままでおくものか——日頃の沈着さを取り戻そうとしたが無理だった。職業意識の前に私怨が噴出する。犯人を逮捕した暁には、ピオトルではないが死刑制度の存続している国で裁判にかけてやりたいと思う。

若いが優秀な捜査員だった。憎まれ口も慣れてみれば耳に心地よかった。同じ班で同じ事件を追っていると、時折は自分の息子のような気がした。

それをこんな風に殺しやがって——。

ヴァインベルクはともすれば湧き起こる憤怒を必死に押し留める。現場で冷静さを欠くなど自分には許されない。怒りは執念に、口惜しさは気力に転化して捜査に当たるだけだ。第一、そんなことではあいつに笑われる。

私怨を晴らすために捜査はしない。しかし、私怨を執念に転化するとなれば話は別だ。

コンサートホールのアドラー支配人は図体だけは大きかったが、小心そうな男だった。

「すると何か。ホールの警備員は誰一人として被害者と加害者が控室に行くのを目撃しなかったというのか」

「た、大会期間中だけ関係者は午前八時に入場できます。もちろん観客はコンクール開始前の九時三十分に。警備員もその時間に間に合えばいい規則になっていまして」

「それなら警備員の来る前は誰でも出入りが可能ということになる」

「いいえ。二階控室は審査員用とコンテスタント用に合計八室の控室が用意されていますが、それぞれのドアは電子ロック式になっており、このＩＤカードがない限り入室できません」

　アドラー支配人は胸から下げていたカードを提示した。写真入りの身分証。中心部が円形に少し盛り上がっているのは、そこにチップが埋め込まれているせいだろう。

「このカードは大会関係者に配布されているんですな」

「運営委員と審査員、それからコンテスタンツにです」

「ほう。それでは事件発生時に誰がこの部屋に入室したか、すぐに分かる訳だ」

「いや、それが……」

　アドラー支配人は言い澱んだ。

「ＩＣチップは識別タイプではなく共通のものなので、入室者の特定まではできません」

「……防犯カメラは何台、設置してありますか」

「一階フロアに三台。二階には設置していません」

「何故」

「何故と言われましても。カメラが回っていたりすればコンテスタントが集中できなくなってしまいますよ」

　ヴァインベルクは軽く舌打ちする。企業の機密情報を保護するというのならともかく、参加者のプライバシーを護るだけの用途ならその程度のセキュリティで充分という理屈だ。確かにそれも一理あるが、市内にテロが頻発する情勢にあって、海外からの来賓を多数招いている現状、ショパン協会の危機管理能力は甚だ希薄と言わざるを得ない。現にこの部屋では最も凶悪な犯罪が行われたのだ。

「ＩＤカードは何人に配布されていますか」

「わたしを含めて二百八十六人です」

ＩＤカードを持った者なら誰でもこの控室に入ることができた。入室すればピオトルを招き入れることもできたはずだ。だが、その容疑者は二百八十六名に及ぶ。アリバイの確認だけでどれほどの人員と時間を要するか――ヴァインベルクは改めてショパン協会に苦情を申し立てたい気分になった。

「とにかくＩＤカードを所持する者の一覧表を即刻提出してもらおう」

「あの……ところで今日のコンクールはどうなりますか」

一瞬、自分の耳を疑った。

「支配人。あなたはこんな事態になっても、まだコンクールが開催できると思っているのか」

「まあ、それもそうですが……スケジュール変更には協会の許可がないと」

思わず怒鳴りそうになる。自分にとって決して小さくない存在の若者が殺されたというのに、この男はショパン・コンクールの行方の方が重要であるかのように言う。たかがピアノの優劣を競うのと犯人逮捕のどちらが優先すると思っているのか。

「それは国家警察の仕事ではありませんな。少なくとも今日一日ホールは刑事課の貸切になりますからそのおつもりで。ああ、それからまだ関係者と観客を外に出してはいけませんよ。一人一人、氏名と住所を確認した後にお帰りいただきます」

「……それはどのくらいの時間を要するでしょうか」

「まあ、一日仕事でしょうな」

「国賓も、ですか」

「国賓も、です」

　ヴァインベルクがそう告げるとアドラー支配人はひどく悲しげな顔で退出した。肩を落としている理由は、断じて死者への哀悼ではない。

「死体の第一発見者を呼んでくれ」

　第一発見者はコンテスタントの一人で、控室に入った際、死体と遭遇したとのことだった。しばらく待っていると、刑事に付き添われてその人物が姿を現した。

　彼を見てヴァインベルクは激しく絶望した。第一発見者から有益な情報が得られるかも知れないという期待は瞬時に粉砕された。

　彼は盲人だった。

「さ、榊場隆平といいます」

　日本人、小柄で背丈は百六十センチ未満といったところだろうか。年齢は十八歳と聞いているが外見はもっと幼い。白杖《はくじょう》と二本の足。物理的にはこの上なく安定しているはずなのに榊場の足元は傍目《はため》から見ても危うい。ヴァインベルクは迷うことなく椅子を勧めた。

　榊場を見ていると失意が増幅していく。もし彼の目が盲《めし》いていなければ、部屋から飛び出してくる犯人の後ろ姿くらいは目撃していたかも知れない。

榊場は目を閉じたまま、ヴァインベルクの位置を確かめるかのように首を動かす。表情はアドラー支配人よりも不安げで、まるで迷子のように見える。

「あなたが最初に死体を発見……いや、確認したんですね」

「そ、そうでした」

「その時の様子をできるだけ詳しく話してください」

「僕は……一番最初に、今日は、エントリーされていたので、三十分前に控室を来ました。部屋に入った途端に、すぐ、とても変な臭いがしたので、誰かいるんですか、と尋ねて、返事は完全に、ありませんでした」

たどたどしいポーランド語の中で気になる単語があった。

臭い？

ヴァインベルクは訝《いぶか》しんだ。

死亡推定時刻は一番早くても午前八時。死体発見の九時三十分までは九十分しか経過していない。それなのにこの青年は異臭がしたと言う。

「それはいったい、どんな臭いだったんですか」

聞き取りはできるが不自由なく話すまでには習熟していないのだろう。榊場は語彙を必死に思い出そうと呻吟《しんぎん》していた。

その時、榊場の窮状を見かねたように刑事の一人がヴァインベルクにそっと耳打ちした。

「あの……同じコンテスト参加者の一人ですが、この青年よりはポーランド語を話せる日本人がいます。その人物を通訳にしては如何ですか」

本来、同一事件の関係者を事情聴取の場で会わせることはしない。捜査本部の手の内や秘匿情報を明かすことになるからだ。だが刑事課に日本語に堪能な者がいないことを考えるとやむを得ない処置とも思える。それに万が一、秘匿情報が洩れると察知したらその時点で質疑応答を停止すればいい。

「そいつを呼んでくれ」

しばらくしてやって来たのは、妙に人好きのする青年だった。穏やかな表情の中で、眼差しが理性の色を帯びている。日本人という触れ込みだったが、その面立ちはどことなくスラブ系を思わせる。

「岬洋介です」と、その青年は名乗った。

「彼、リュウヘイ・サカキバと同じ日本人だな」

「ええ。そして同じくショパン・コンクールのコンテスタント同士でもあります」

成る程、ゆっくりで丁寧な口調はまだ不慣れな印象があるが、これなら事情聴取のような込み入った話でも支障はないだろう。

「彼から事情聴取したいのだが、通訳をお願いできるかな」

「先ほど少しお話を伺ったのですが……わたしも事情聴取の対象者に入っているようですね。対象者同士がこの場に同席することで榊場さんの心証が悪くなることはありませんか？」

「そのことなら安心してよろしい。彼にこの犯行が不可能なのは誰の目にも明らかだ」

「それはどうしてですか」

「どうしてって……彼は盲目じゃないか」

ヴァインベルクは射殺というマスコミに公表する事実のみを説明した。

「標的が見えなければ撃つこともできまい」

あまりにも明白なことだ。呆れていると、岬は少し困ったような顔をして何事かを榊場に囁いた。

「警部さん。榊場さんによれば、あなたはマールボロを愛好されているようですが」

思わず口に手をやった。いくらヘビー・スモーカーでも事件現場でタバコを咥《くわ》えるような真似《まね》はしていないはずだ。

「どうやら当たったようですね」

「……何故、そんなことが分かる」

「榊場さんは視力以外の感覚が健常者のそれを遥かに超越しているからです。もちろん一番素晴らしいのは聴覚なのですがね。彼はあなたの身体と衣服に染み込んだタバコ臭から銘柄まで嗅《か》ぎ当てました」

「ま、待ってくれ。彼とわたしの間は一メートル以上離れているぞ」

「ええ。その距離こそが榊場さんと常人との距離なんです」

慌ててジャケットの裾に鼻を近づけてみるがタバコ臭など微塵《みじん》もしない。

ヴァインベルクは違う意味で呆れた。

「榊場さん本人が納得してくれたので言ってしまいますが、標的が見えないという理由で彼を容疑者から外すことはできません。彼の聴覚と嗅覚をもってすれば標的の位置を捕捉することはそれほど困難ではないからです。加えて健常者の方は、相手が盲人の場合には警戒心を解いて接近する傾向がありますから、捕捉はより容易《たやす》くなるでしょうね」

　検視官の報告ではピオトルの銃創からも硝煙反応が検出されており、犯行が極端な至近距離で行われたことを示唆している。岬の言説と考え合わせれば、確かに榊場の犯行は可能だ。

「盲人という理由で彼を容疑者から外すことはできない、と言ったな。では別の理由があると言うのか」

「至近距離での犯行なら、榊場さんの衣装に返り血が付着する可能性があります。それを目視できない彼は付着するしないに拘わらず着替える必要が出てきますが、彼は宿泊先のホテルを出てから着替えはしていないと明言しています。そのことはホテルの従業員とホールの関係者から証言が得られるでしょう」

「返り血を浴びない可能性だってある。そう考えたら敢《あ》えて着替えはすまい」

「拳銃やら指を切断する道具を用意している犯人が、そんな危険な賭けをするのは理屈に合いません」

　ヴァインベルクは改めて榊場の衣装を確認する。ジャケットは紺漆黒色だが、シャツは白色で返り血を浴びれば間違いなく目立つ。岬の説明を検討してみるが論理的な破綻はない。

「しかしそれだけ嗅覚が鋭ければ、着衣に血液が付着したのも分かるのではないかね」

「そこまでいくと、まるで犬並みの能力ですが無理でしょう。床にこれだけの血痕が残っていれば、その臭いで服に付着した分など紛れてしまいますから」

どうやら、ここは納得せざるを得ない場面のようだ。

だがヴァインベルクは榊場の服装から新たな疑念を抱いた。

「彼はいつも手袋を嵌《は》めているのか」

榊場は見るからに分厚そうな革手袋をしているが、室内はもちろん戸外もそんな重装備が必要な寒さではない。凶器から指紋が掲出されなかった事実が、手袋に視線を集中させる。

「彼が常時手袋をしているのはピアニストだからです」

「はん？」

岬は見ている前で自分の両手をズボンのポケットに突っ込んだ。

「ピアニストは手が命ですからね。ピアノを弾く時以外は、大抵のピアニストがこんな風にして庇《かば》っています。しかし榊場さんの場合は歩行に杖《つえ》を必要とするので、手はどうしても外に出さなければなりません。それで仕方なく防護用の手袋をしているんです」

そして岬が耳打ちすると、榊場は頷いてから右の手袋を外して見せた。

「ただ、どれだけ慎重にしていても手袋を外している時、うっかり傷つけてしまうこともあるようですね」

さらけ出された右手の甲には微かに打ち身の痕が残っていた。ごく最近のものらしく浅黒く変色している。

しかし、それにしても――。

「ヨウスケ・ミサキ。ひょっとして君は警察関係者か何かなのか」

「とんでもない。わたしはもっぱらピアノ弾きをしています。公務員の余技で出場できるほどショパン・コンクールは甘くないですよ」

何が気に障ったのか、岬はわずかながら不機嫌そうな口調で答えた。

「……まあいい。それでは彼に死体発見時の様子を聞いてくれないか」

岬は再び榊場と言葉を交わす。ヴァインベルクは聞き耳を立ててみるが、東洋の言葉はまるで魔女の呪文のようにしか聞こえない。

「部屋に入った瞬間、硝煙と血の臭いがしたそうです。榊場さんは『誰かいますか』と声を掛けたそうですが、室内に人のいる気配はありませんでした。恐る恐る手を伸ばすと人体らしきものに触れたのですが、押しても揺すっても動かないし肌が冷たくなっているので急病人かと思い、いったん外に出て人を呼んだ……そういうことらしいですね」

この証言自体に不審な点は見当たらない。常人で冷静な者ならば、指先が切断されているのを目の当たりにした段階で心臓の鼓動なり脈拍なりで生死を確かめるだろうが、盲人では致し方ない。反応がないからといって指先を確認しろというのも妙な話だ。

「その直前か最中、部屋の外に人の気配は？」

「それもなかったようです。まあ、彼の操る白杖から逃れた上で完全に気配と体臭を消せる人物が存在した可能性はありますけど」

体臭――そうか、榊場はこれだけ離れた場所にいる自分のタバコ臭を嗅ぎ分けてみせた。体臭で他人の存在を察知することもできるはずだ。

だが、そこまで彼の感覚に全幅の信頼を置いていいものだろうか。実際に榊場の嗅覚の鋭さを見せつけられても彼の証言を鵜呑《うの》みにすることにまだ抵抗がある。これは自分でも無意識のうちに偏見を持っている顕《あらわ》れなのだろうか。

他人の顔色を読む術《すべ》に長《た》けているのか、岬はヴァインベルクの顔を覗き込んで言った。

「警部さん。お気持ちは分かりますが、榊場さんの知覚は充分信用に足るものですよ。それは彼のピアノを一聴すれば納得してもらえるはずです」

「たかが演奏を聴いたくらいで、そんなことが分かるのかね」

「ええ。それを聴けば、やはり音楽の神様は存在するのだと実感されるはずです。同じくピアノを弾く者としては嫉妬《しっと》するばかりなんですけれどね」

俄《にわか》に考え込んだヴァインベルクに岬が笑いかけた。こういう笑いを東洋の仏像で見たことがある。アルカイック・スマイルという顔だ。東洋人というのは皆こんな風に謎めいた笑い方をするのだろうか。

「どうでしょう、警部さん。守秘義務に抵触しない限り、この事件について教えていただけることはありませんか。そうすればわたしも榊場さんも協力できる部分が広がるような気がします」

2

十月九日、第二次予選初日。

一次予選最終日が七日、たった一日しか間を置いていないのに、ホールの中が久しぶりに感じられるのは昨日の事情聴取がこの上なく鬱陶しいものだったからに相違ない。

ヤンは刑事とのやり取りを思い出してまた不愉快になった。

当日の午前八時から九時までの間、どこで何をしていたのか。

殺されたピオトルという刑事に面識はあるのか。

そんな愚にもつかないことを証言するために榊場の演奏が見られなかった。突然に起きた事件のため一次予選最終日は翌日に持ち越されたのだが、折悪くヤンは大勢の関係者と共に事情聴取を受ける時間と重なってしまったのだ。死んだピオトルという刑事には気の毒だが、とんだ時間の浪費だった。

しかし、それも今日の演奏で帳消しになる。第二次予選初日のしんがりは榊場の演奏だ。今まで噂《うわさ》でしか触れられなかった演奏を間近で確認できる。

第一次予選の通過者は三十六人。事情聴取に時間を取られたヤンの代わりに、結果はヴィトルドが確認してきてくれた。ヤンは危なげなく通過していたが、当然と言えば当然の結果にヴィトルドも、そしてヤン自身もさほどの感慨はなかった。だが第二次予選はこの三十六人から更に十二人に絞られる。ショパン・コンクールの白眉はまさにここから始まると言っても過言ではない。

一次予選でほとんどのレパートリーが出尽くした後ではテクニックのない者から先に脱落していく。その意味で盲目のピアニストがどんなテクニックを披露するのか、同じコンテスタントでなくとも榊場のパフォーマンスは否応《いやおう》なく興味を誘った。

カミンスキは彼をヤンの対抗馬と評した。ヤン自身が仮想敵と目していたガガリロフは音楽の神から選ばれた人間と評した。

しかし実際のところヤンは眉唾《まゆつば》な話だと思っていた。音楽の神はいつも冷徹でしかも気紛れだ。身体の一部に障害があるという理由だけでその者に恩恵を施すはずがない。

要はパラリンピックと同じ理屈なのだろう。障害を抱えた者が懸命に闘う不屈の姿はいつでも向こう受けのする題材だ。ショパン協会としては諸手《もろて》を上げてこういう客寄せパンダを歓迎したいのだろうと邪推する。当たり前にショパン・コンクールの一位を選ぶ以外にオプションとして話題を提供してくれる。コンクール一位とか特別賞を与えなくともショパン・コンクールを盛り上げてくれるのならこれに越したことはない。盲人としての演奏ならば驚愕《きょうがく》、しかし一般のコンテスタントとしてはぎりぎり及第点――恐らくはそれが実態だ。ならばお手並み拝見とばかり、ヤンは高見から見物していれば良い。

一昨日、控室に死体が転がっていたにも拘わらずホールには新しい才能を見極めようとする観客で溢れ返っている。

この日のトップバッターはアメリカ人だった。

『一人目の演奏者、ナンバー52エドワード・オルソン。曲目、バラード第三番変イ長調作品47……』

曲名が挙げられている最中にオルソンが登場したが、その姿を見るなりヤンを含めて観客は呆《あっ》気《け》に取られた。

多くのコンテスタントがダーク・スーツに身を飾る中、ステージに現れたオルソンの服装はと言えばスカイブルーのシャツの上にピンクのジャケットという出で立ちだった。そしてまた大抵のコンテスタントたちが緊張で顔を強張らせているのに、オルソンはまるでハローと言い出しかねないような愛想を客席に振り撒《ま》いている。

こいつは〈ツーリスト〉だ、とヤンは即断した。

気さくで陽気で自信に満ちたピアニスト。まるで自分のリサイタルに駆けつけたファンをもてなすような立居振舞い。ところが、演奏を始めるや否やミスタッチを繰り返し、テンポを狂わせ、遂には楽曲の結構を滅茶苦茶にして終わってしまう――。関係者たちは、コンクール会場へ物見遊山の片手間にやって来たような彼らを〈ツーリスト〉と呼ぶ。要は、会場に長居できない場違いな者たちへの蔑称《べっしょう》だ。

開けっ広げな外見が印象的なせいか〈ツーリスト〉の多くはアメリカ人だった。逆に言えば、アメリカからのコンテスタントにはコンクールを勝ち抜くような実力者があまりにも少ない。

その主な理由は指導者不足だった。かつて一九七〇年代から八〇年代にかけてアメリカ音楽教育の中枢を担っていたのは亡命して来たユダヤ系ロシア人たちだったが、世代交代に失敗し彼らが物故するとたちまち優秀な教師がいなくなってしまったのだ。

モーツァルトのような天才がそうそう生まれるはずもなく、優秀な教師なくして優秀なピアニストが育つはずもない。かくしてアメリカはことピアノに関しては後進国のレッテルを貼られて現在に至る。

この会場に集った観客たちにもその事情は遍《あまね》く知られている。だからオルソンが椅子の高さを調節し始めると、気の早い観客はもうくすくすと笑っていた。見れば審査員の中にも笑いを必死に噛み殺している者がいる。

『エドワード・オルソン。アメリカ』

まあ、こういうのがあってもいいよな――ヤンはインターミッションを楽しむような気分で腰を深く沈めた。数日間ショパンを聴き疲れた観客には、調子外れのピアノがいい耳休めになるかも知れない。

恐らく同じように考えたのだろう、ヤンの隣に座る若いカップルは小声を交わしながらすっかりリラックスしている。

そして、いきなり不意打ちを食らった。

オルソンの指は静かに鍵盤の上を滑った。流れ出した音は小川のせせらぎのように緩やかだった。戸惑うような運指。ピアニッシシモと間違うような弱音だが、それでもしっかりと客席に届いているのは、打鍵の強弱だけではなくニュアンスを駆使してそう聴こえるようにしているからだ。

ヤンは椅子に沈めていた背を浮かせた。何が〈ツーリスト〉なものか。これは冷やかし半分で聴くような演奏ではない。

そして自分の迂《う》闊《かつ》さを責めた。何と言っても一次予選通過者だ。見てくれの軽薄さに誤《ご》魔《ま》化《か》されたが、テクニックの未熟なコンテスタントがこのステージに立っているはずがなかった。

ハ長調から始まるこの曲は付点リズムが特徴的なロンド形式だ。ショパンの作曲したバラードは各音が柵《さく》に縛られて逸脱できず陰鬱な印象があるが、この第三番だけは性格が異なる。軽快かつ華やかで、どちらかというとスケルツォのような印象を受ける。

下向する半音階と上向する全音階で、せせらぎは急流に変化していく。オルソンは自らが踊っているような顔で鍵盤を刻んでいく。

テンポが徐々に上がっていくように聴こえるが、楽譜の指示に逆らうものではない。仔細に聴くと分かるが、打鍵の強弱で陰影を与えてアップテンポを演出しているのだ。

ここでヤンは困惑した。いくらバラード第三番の性格が軽快さであったとしても、これは逸脱し過ぎではないのか。音型がたゆたう箇所でもオルソンのピアノは妙に楽しげだ。ペダリングも細かく、音の濁りは一切ない。ここでポーランドのショパンなら気品さを湛えるところだが、オルソンは気品さよりも躍動感を主軸にしているようだ。

オルソンのピアノは陽気で自由闊達《かったつ》だった。聴いているとコンサートホールではなく、どこかの酒場でダンスのパートナーを探しているような気分にさせられる。

ロンド形式の変奏が続き、変イ長調になると更にピアノは昂揚していく。まさに踊るようなリズムで、ヤンの周囲にいる観客の顔も意外な幸せに綻《ほころ》んでいる。ヤン自身、聴いていてこんなにも楽しげなバラード第三番は初めてだった。

　中間部、嬰ハ短調になると主題は軽快さを失い、陰鬱さと葛藤し始める。昂揚しようとする主題が低音部に囚われてのたうち回る。オルソンの右手は分散和音を執拗に叩き続け、左手は広音域のパッセージを疾走する。バラード第三番で一番難度の高い箇所だ。一聴すると不協和音めいているが、これは主題の苛立《いらだ》ちを表現しており、オルソンのピアノは饒舌《じょうぜつ》にそれを語る。沈鬱と昂揚。相反する二つの動機がせめぎ合いながら嵐のようにホールを席巻する。ヤンは思わず身を乗り出した。しかし怒濤の演奏をする最中でもオルソンは微笑している。ピアノを弾くのが楽しくて仕方ないという風に笑っている。

　変イ長調に戻るとオルソンの右手が四つのトリルを弾き終えた後、豊かなオクターブを奏で始めた。旋律が短い葛藤から抜け出して再び軽快さを取り戻す場面だ。

　打鍵が一層、激しくなる。しかし曲想を貫いているのは切実な対立ではなく、過剰なまでの陽気さだ。葛藤さえも軽いアトラクションとして楽しんでいるように聴こえる。

　そして第一主題が再現されてその陽気さに拍車が掛かる。オルソンは身体と指を踊らせながら終結に向かう。優雅さと陽気さを保ったままコーダになだれ込む。

　そして、ダンスの終了だと言わんばかりに最後の一音まで軽快なタッチで曲が終わった。

　ステージ上のオルソンは涼しい顔でちらと観客席を振り向いた。本来なら不遜《ふそん》に映るであろう行為も、オルソンがすると不思議と嫌味が感じられない。きっと天性のものだからだろう。周囲を見回して、不快や侮蔑《ぶべつ》を露《あらわ》にする観客は皆無で、それよりは意外な宝物を発見した嬉しい驚きの方が圧倒的だった。

ポーランド人にとってショパンの曲は自身のアイデンティティーを形成する一部だ。だから曲解も歪曲《わいきょく》も頑なに認めようとしない。自分の中に確固とした曲想があり、それは外国のピアニストにしばしば排他的とも受け取られる。だが、その一方でポーランド人は音楽に率直でもある。心を揺さぶる演奏には躊躇いなく拍手を送る。

オルソンの演奏がちょうどそんな演奏だった。この後、ワルツ第四番、マズルカ三十から三十二、ポロネーズ第六番へと続いたが、その印象はバラード第三番から受けたものと大きな隔たりはなかった。オルソンは悲痛さを弾いても陰鬱を弾いても、どこかに陽気さを感じさせたのだ。そして観客たちは、その個性に概《おおむ》ね好意的だった。証拠は選曲した全てを弾き終えたオルソンに向けての反応で、この異質なショパンに対してポーランドの観客は温かみのある拍手で祝福した。

物心ついてからポーランドのショパンを基準にしていたヤンにとってそれは新鮮な体験だった。カミンスキなら決して提示しようとはしなかっただろう。ヴィトルドに至っては激昂しただろう。本来、邪道と評されても仕方のない演奏が清新な響きで耳に残っている。

ひたすら陽気で軽快なショパン。選曲の妙とオルソン自身の印象も手伝って、そのピアニズムは抵抗なく観客に受け入れられた。ショパン本来の気品さはないものの、それを補って余りある魅力を内包している。

何やら自分の中に在る規範が掻き乱されたような落ち着きのなさが残った。次の演奏までには十五分の休憩時間があったので、ヤンは気持ちを鎮めるために席を立った。

一階フロアのトイレは一般客でごった返している。ヤンは関係者の役得を生かし、ＩＤカードで二階のトイレに向かう。

トイレの入り口で興味深いツーショットに出くわした。岬洋介とオルソンの二人連れで、岬が相手の両手を包むように握手し英語で何かを伝えている。

ヤンは英語が不慣れだったが、二人の表情で岬がオルソンを称賛していることだけは分かる。

やがてオルソンを放免した岬が、ヤンに気づいてこちらにやって来た。

「ああ。やっぱり今日は来ていたんですね」

「今日は……って、どういう意味だい」

「アメリカのエドワード・オルソンさん、そして榊場隆平さん。今日、出場するコンテスタントはいずれもあなたには興味ある対象でしょうから」

「どうして、そんなことが分かるのさ」

「二人の〈ポーランドのショパン〉に対するアプローチの仕方がひどく対照的で、しかもユニークなものだからです。優勝の行方はともかくとして、二人の演奏は審査員の方々を大いに悩ませるでしょうね」

オルソンの演奏が自分の琴線に触れたことは確かだが、それをすんなり認めてしまうことが何となく癪《しゃく》で素直に頷けなかった。

「あの、カントリーみたいにやたらと陽気なピアノがかい？　確かに審査員たちは悩むだろうね。

アメリカ人コンテスタントをショパン・コンクールから合法的に締め出す決まりを作るのに」

　すると岬は子供に言い聞かせるような口調でこう言った。

「仰りたいことは分かります。ただ……〈ポーランドのショパン〉、というのはショパン・コンクールに挑む他国者にとって越えなければならない壁みたいなものですが、実はその定義も時代による変遷があります。表現の振幅が大きいことを望まれた時代もあれば、端整な演奏が好まれた時代もあります」

　ヤンは言い澱む。岬の言うことはその通りだったからだ。

「何故そんな風に変遷したかといえば、ショパンの曲自体が様々な魅力に溢れ、様々な解釈を可能にしたからなのだとわたしは思います。また、そういう懐の深さがなければ世界中の人々から愛される音楽にはなり得なかったでしょう。現在ではショパンの性格から、気品ある演奏というのが一般に流布するショパンらしさですが、一部には時代遅れだという声もあります。特にポーランド人の方はショパンを自分流の解釈しか許しません」

　ヤンは否定しない。それこそがポーランド人の佳《よ》き頑固さだと思っているからだ。

「しかし、ショパン本人が感受性豊かなだけではなく、実験精神に満ちた革新的な音楽家であったことを忘れてはいけないと思うのです。もしもこのコンクールの後、オルソンさんや榊場さん、更には従来のショパンらしさを逸脱した他国のコンテスタントたちが世界を席巻したら、またショパンらしさという概念は変化を迫られるでしょう」

「ポーランドのショパンが一時の流行に左右されるって訳かい」

「一時の流行というよりは潮流と言うべきでしょうね。いかなる芸術家も時代に無関係ではいられないのと同じように、いかなる音楽も時代と無関係ではいられません。昨日まではただ人を癒《いや》すためだけだったイージー・リスニングが、今日は闘う人々を鼓舞するシュプレヒコールになることもある。そういう時代の激動を何度も生き長らえた音楽こそがスタンダードになっていく。ショパンの曲というのは、それだけ強靭で奥の深い音楽なんです」

「……何だかうんざりするな」

「え？」

「君の話すことは僕の先生の話すことにそっくりだ」

「あなたの先生、ですか」

「アダム・カミンスキ先生。今回のショパン・コンクール審査委員長」

「ああ、それは……とても素晴らしい先生に師事されたのですね」

「君もヤポーニャではピアノの教師だったのかな」

「ええ。しがない代理教員でしたが」

成る程、それでカミンスキと喋り方が似ているのか。どうやら教師という人種は、どこでも同じらしい。

「でも、たとえエドワード・オルソンのピアノが世界の潮流になったとしても、ポーランド人はそれを認めないと思うよ。ポーランド人は君が思っている以上に頑固で強情だからね」

「それ以上に、音楽に関しては自由な考えを持った人が多いのではないですか。少なくとも彼の演奏に拒否反応を起こした観客は少なかったように見えました」

「観客のことを言っているんじゃないよ。あの雛壇《ひなだん》に座っている十八人の審査員たちが強情だと言うのさ。ロシアのガガリロフもそうだったけどショパン・コンクールは観客に聴かせるコンサートの場じゃない。並み居る審査員たちの審美眼を捻《ね》じ伏《ふ》せる場所なんだ」

ヤンの言葉を聞いていた岬は静かに笑っている。

「その見識は立派だと思います。世界に冠たるショパン・コンクールですからね。それくらいに考えてなければ到底獲れるものじゃない。しかし……」

「しかし……何だい」

「榊場さんのピアノはそういう諸々の規定や約束事を超越していますよ」

「まさか独学だったとでも言うのかい」

「いいえ。彼にも立派なピアノ教師がいます。しかし、いみじくもそのガガリロフさんが仰ったのですが、わたしたちは音楽を選んだ者です。しかし彼は音楽から選ばれた者のような気がします」

それはヤンも聞かされた言葉だった。

「君はガガリロフとも面識があったのか」

「一昨日、偶然にお会いしただけですよ。そしてわたしは、ガガリロフさんの言葉はなかなか的を射ていると思いました」

「彼が障害を背負っているから神様のご加護があるって意味なのかい？　日曜日のミサでは感動

もののエピソードだろうけどショパン・コンクールじゃ通用しやしないよ」

そしてもう一つ。これは岬の手前、話すつもりはないが、今回も日本と中国の企業がコンクールにスポンサーとして多額の出資をしている。榊場のような障害者がコンテスタントになれるのもそうした事情が一因なのだろうと、ヤンは密かに思っている。

「それでも榊場さんの演奏は見て損はないですよ。彼の演奏は我々のそれとは明らかに異質です。しかし見方を変えれば、彼の演奏こそが最もショパンらしいと言うことができるかも知れません」

「どういう意味さ」

「ああ、あなたは彼の演奏をまだご覧になっていないのですね。それならちょうど良かった。彼の出番は次になります。必見ですよ。それじゃあ」

そう言い残して岬は立ち去って行った。

思い返せば、岬の言葉がいちいち癪に障ったのは自分の隠したがっている本音を突いてきたからだった。

ガガリロフやオルソンのピアノを聴いた時、ヤンは自分の中で〈ポーランドのショパン〉の概念が揺らぐのを感じた。〈正しいショパン〉、〈ショパンらしいショパン〉でなくとも聴く者の心を揺さぶるのならば、それこそが本当のショパンらしさではないのか。

今まで父親から、そしてカミンスキから骨の髄まで叩き込まれてきたことは、ひょっとしたら間違っていたのではないか。

そう考えると、もう訳が分からなくなった。

とにかく、今は榊場の演奏を聴くことだ。カミンスキ、ガガリロフ、そして岬洋介。三人もの大会関係者が口を揃えて彼の演奏に注目している。もちろんヤン自身を含めて。このもやもやした気持ちも、その演奏を聴けば何らかの回答が得られるように思えた。

ホールに戻ると、ちょうど榊場が呼び出されるところだった。ヤンは急いで自分の席に腰を据える。

『三人目の演奏者。ナンバー73リュウヘイ・サカキバ。曲目、スケルツォ第一番ロ短調作品20、ワルツ第二番変イ長調作品34‐1、同じくワルツ第七番嬰ハ短調作品64‐2、マズルカ第十番から十三番まで、ポロネーズ第六番変イ長調作品53。ピアノはヤマハ』

ステージ袖から人の袖を摑みながら榊場が姿を現した。

資料によれば十八歳。自分と同様にまだ少年でも通じるような面立ちだ。背丈はヤンよりもずっと低い。百六十センチあるかないかだろう。両目を閉じたまま光の方向を探るように首を振る様は、まるで迷子になった子供のように見える。

『リュウヘイ・サカキバ。ヤポーニヤ』

観客席は一瞬静まり返った後、割れんばかりの拍手を送る。ここに座る観客の多くは第一次予選で榊場の演奏を既に聴いた者が多いはずだ。だからこの沈黙の後の拍手はそのまま期待値を示している。

日本人コンテスタントはどこのピアノ・コンクールでも押しなべて真面目だ。いや、真面目と言うよりは面白みがない。機械のようにノーミス、楽譜に記された指示も完璧にこなすが音楽的な興趣に欠ける。技術的な間違いはないが、再び聴きたいと思う演奏ではない――そういった評価が半ば定説化しており、ヤン自身の印象も同じだった。

ところが、榊場にはその拠《よ》り所《どころ》となる楽譜がない。点字の楽譜でも使用するのかと想像していたが、ピアノの譜面台には一枚の紙片すら見当たらない。

楽譜の奴隷であるはずの日本人コンテスタントが、命令書なしでどんな演奏をするというのか。ヤンは興味深く榊場を注視した。

椅子に座った榊場はそろそろと鍵盤の位置と椅子の高さを確認すると、安堵した表情で徐《おもむろ》に両手を翳《かざ》した。

一曲目、スケルツォ第一番。

最初のかん高い一音がヤンの胸を貫き、次の低い一音が身体にずん、と圧し掛かった。

あの弱々しい腕のどこからそんな音が出るのだろう。たった二つの不協和音で金縛りに遭ったように身体が動かない。

苛立ちと悲痛が不規則なリズムに乗って迫りくる。左手の鋭い旋律に右手のパッセージが応える。戸惑うような和音を挟んで、今度は左手と右手が交錯しながら不協和音のパッセージを走らせる。ショパンの不協和音はただ不協和ではなく、くすんだ響きが仄《ほの》かに美しい。だから抵抗なく胸の中に入り、聴く者を緊張に誘う。不協和音がそのまま痛みとなって心の内側を刺す。

スケルツォ第一番はショパンがポーランドを離れて最初に手掛けた曲なので、〈革命のエチュード〉と同時期の作品になる。第一番全編を支配する怒りと悲しみは〈革命のエチュード〉に漂う祖国への想いと同じものだ。

シューマンは「ショパンのスケルツォはスケルツォ《冗談》と呼べない。冗談がこんなに暗い服を着ているのなら、陰鬱はどんな格好をすればいいのか」と評したが、この旋律を聴けばその言葉も確かに頷ける。

神に向ける呪詛を孕《はら》んで情熱的な主題が上向を繰り返す。何者かに追い立てられるように疾走し続ける。そして不意に立ち止り、さまよう旋律。

ヤンはもう身動きもできなかった。自分が弾いてもこれだけの感情を表現できるかは疑問だった。榊場のピアノはただ激烈に歌うだけではない。ショパン本来の気品が感情の吐露を爆発する直前まで抑制している。

決して激情に流されず、また楽譜の奴隷にもなっていない。そのバランス加減が絶妙だった。

曲は中間部でロ長調に転調する。曲調はがらりと変わり穏やかで抒情的なものになる。旋律を広く分散させた音型は、野に遊ぶような静かな安堵感をもたらす。この優美な旋律はポーランド古のクリスマス・キャロルに由来する。主部の激しさと対極にある静謐《せいひつ》な甘いメロディだ。

理不尽さえも寛容するような平穏に身を委ねていると、張り詰めていた神経がゆるゆると弛緩《しかん》していく。今までに何度もこの曲を弾き、また自らも弾いてきたが、これほど安息を味わったことはなかった。

演奏中の榊場は顔を心持ち天に向けて微笑んでいる。まるで自らが天上の野に遊んでいるような表情。そこには抑圧も緊張もなく、ただピアノを弾く幸せを享受している人間の姿があった。

その指は鍵盤の上を決して離れず、愛人の肌を愛撫するかのように滑り、まさぐる。

ヤンは俄に嫉妬する。自分はあんな風な顔をして弾いたことがあっただろうか。あんな風に幸福そうにピアノと対話したことがあっただろうか。

不意にあの不協和音が放たれた。

昏く、そして圧倒的な情熱が最後の疾走に入る。

胸が張り裂けんばかりの訴えを繰り返しながら、旋律が上昇していく。自分の立ち位置を確かめながら這い上がっていく。

ここで初めてフォルテシッシモが現れた。それは悲愴なまでの勇猛さを覗かせる音だ。両手で連打される密集和音。不安定な音程と打鍵の強さで緊張感は頂点に達する。

もう息継ぎさえできない。

榊場は先刻までの微笑をかなぐり捨て、獲物を追い詰めるような切迫した顔で鍵盤を刻み続ける。

そして最後の一音が聴く者の胸に楔を打ち込んだ。

榊場はほう、と溜息を吐いて首を二、三度振る。その仕草を見て、観客もようやく音楽の呪縛から解かれる。

その時、ヤンは気づいた。両の掌《てのひら》が知らず知らずのうちに握り締められ、内側がじっとりと汗を掻いていた。慌てて手の平をズボンの裾で拭いながら、どうやって榊場はこんなピアニズムを獲得したのだろうと不思議に思った。岬の話によれば、榊場にもピアノ教師がいるということだったが、ではいったい目の見えない彼にどんな指導をしたというのか。

ヤンの疑念が解消されないまま、演奏は更に続く。

二曲目、ワルツ第二番〈華麗なる円舞曲〉。

いきなり弾けるような音から旋律が溢れ出す。この優美な序奏から変イ長調の主部に移る。右手が六度の音程を保ちながら主題を奏でる。テンポの軽やかさはまるで水の上を跳ねるアメンボのようだ。榊場の指は目にも止まらず、奏でられる旋律がホールの中を所狭しと踊り出す。

ショパンのワルツは踊るために作曲されたウインナ・ワルツとは一線を画し、あくまでもワルツのリズムを借りて感情を表現した抒情詩なのだが、それでもこのメロディを聴いていると自然に身体が動き出す。見回すと、多くの観客が多幸感に包まれた顔で身体を乗り出している。今やステージ上の榊場は観客全員を指先で操る催眠術師となっていた。

中間部で変ニ長調に転調すると、榊場の右手は六度のゆっくりとしたパッセージを弾きながら、四と五の指でさりげなくプラルトリラーを弾く。指先と鍵盤が見えていても運指の難しい箇所なのに、榊場は平然と指を動かしている。

こんな馬鹿なことがあるはずがない――ヤンは心中でこの状況を否定する。たとえヤンでも、目を閉じたまま全曲を弾き果《おお》すことはどだい不可能だ。各鍵盤の配置や幅を指が憶えていたとしても、それだけで演奏できるような曲ではない。

信じ難いのは運指だけではない。聴いている最中に気づいたことだが、榊場のショパンはナショナル・エディションに基づくもののようだった。

ショパンの楽譜には自筆譜や筆写譜、その他三カ国で同時出版された初版譜、またコルトー版のように演奏者の解釈が入った校訂版など数多くが存在する。そこで可能な限りオリジナルに近いものを目指して編まれたのがヤン・エキセル編によるナショナル・エディションだ。だが、その版を拠り所にしようにも楽譜が読めなければどうすることもできない。それを榊場や彼のピアノ教師はどうやって指に教え込んだというのか。

旋律はいったん落ちるが、軽快さは失わない。躊躇いがちにそれでもくるくると旋回し続ける。和音の六連打とパッセージ。この難関を榊場は何の気負いもなくやり過ごす。曲調はわずかに哀愁の色を帯びてくるが、次のフレーズでは逆に華やかさを纏って更に昂揚し盛大に溢れ出す。踊らずとも聴く者の胸に音楽の悦《よろこ》びを響かせる。

そして主部が再現された。変イ長調からコーダに突入すると、音階がより高速になる。

もう分析しながら聴くことが無意味に思えてきた。ヤンの魂は目まぐるしいテンポに引《ひ》き摺《ず》られて輪舞する。

息を詰めて榊場を見る。

榊場の身体が不意に大きく見えた。短いと感じた両腕が、今では八十八の鍵盤を大きく包み込むほどに見えた。ステージに現れた時には迷子のような人間が、玉座の皇帝のように振る舞っていた。

曲はいよいよ終結に向かう。

榊場の腕が四散する。

鍵盤が弾ける。

メロディが炸裂する。

天上に突き抜ける最高音。

そして最後の低音。

一瞬時間が止まり、やがてゆっくりと静寂が流れた。

魂のダンスが終了したものの、辺りにはまだ興奮の残滓《ざんし》が漂っている。咳一つなく、代わりにあちこちから溜息が洩れる。縛《いまし》めを解かれた安堵だけではない。これは極上のワインを流し込んだ後に洩れ出る法悦の溜息だ。

榊場はそんな観客の反応など一顧だにせず、三度鍵盤の上に指を置く。観客の何人かが慌てて居住まいを正した。

三曲目、ワルツ第七番。

それは第二番とは打って変わった思索的な一音から始まった。左手が六度の和声でワルツを刻み、右手がマズルカ（四分の三拍子を基調リズムとしたポーランドの民族舞踊）を奏でる。荒野を一人で歩くような孤独と哀愁が胸まで迫る。

ワルツ第七番はショパンの生前に出版された最後の作品群の一つで、言わば晩年の作品にあたり、実際この二年後に彼は生涯を終えることになる。愛人ジョルジュ・サンドとの破局を間近に迎えた時期でもあり、曲調も哀しみの色を帯びている。だが、榊場の奏でる旋律は哀調を帯びていてさえ優雅さを失わない。

小刻みなテンポと緩やかなテンポが交錯すると、ショパンの憂いが目に見えるようだった。人生の夕暮れ時に父親と愛する者を失い、言葉も通じない異国で日に日に衰弱していく我が身——絶望と哀感、そして諦念《ていねん》が死の予感と共に曲の通奏低音となっている。

意外なことにヤンの胸も締めつけられていた。同じコンテスタントの演奏にこうまで反応してしまうとは予想もしていなかったが、きりきりとする痛みは決して錯覚ではなかった。

極東の、しかも楽譜も読めないコンテスタントのピアノに何故こんなにも胸を搔き毟《むし》られるのだろう。

悔しさと不思議さでヤンの心は千々に乱れる。いったい榊場と自分を隔てているものは何だ。才能か。それともテクニックか。

中間部で変ニ長調に転じると、ようやく穏やかな半音階が現れる。そして音階は下向を基調として装飾を伴いながら繰り返される。ひたすら優美な旋律は、過ぎ去った過去の平穏を回想させて仄かに輝く。だが、この十六小節で歌われる和声にはどこか翳《かげ》りがあり、平穏の下にやはり絶望が潜んでいる。

情動に流されまいとする意識の中で、このワルツ第七番もナショナル・エディションであることを確認する。つまり本来ショパンが意図したものに近い演奏ということになる。

その時、唐突に岬の言葉が甦《よみがえ》った。

彼の演奏こそが最もショパンらしいかも知れない——。

そして彼が絶対音感の持ち主で、テレビやラジオで流れた歌をすぐにピアノで再生してしまったというエピソード。

ヤンは不意に理解した。

榊場は元々、楽譜など必要としていなかった。脳内に入ってくる音をそのまま吐き出していただけだったのだ。

ピアニストはまず楽譜を開き、そこに記された作曲者の意図と指示を弾きながら読み取ろうとする。つまり視覚で得た情報をいったん音声信号に変換して脳に記憶させる訳だが、この変換過程で情報の一部が欠落したり歪曲する可能性がある。人間の五感は機械ほど正確ではないから、むしろそうなるのが当然だ。

ところが榊場の場合、脳内に入ってきた音は原音のまま記憶される。絶対音感の能力の下、音階も音質もテンポも何もかもが原音に忠実な状態で。もしもその耳にナショナル・エディションのショパンが記憶されれば、紡ぎ出される音はナショナル・エディションの音と寸分違わぬものとなる。ショパン本来の優雅さや気品も容易に再現できる。

いや、そればかりではない。

原典に味付けや新解釈をしたい時に、いちいち楽譜を引っ張ってくる必要もない。その部分の音を聴かせてやるだけでいいのだ。

何ということだ。頭の中に高性能のデジタル録音機を備えつけているようなものではないか。

完璧なショパンが根幹にある以上、榊場自身の個性を上塗りしようと本質が変わる訳ではない。

ガガリロフが口走った榊場にしか見えないもの、そしてまた岬の指摘した特性とはまさにこのことだったのだ。

驚愕するヤンを尻目にワルツの調べは終結部を迎える。冒頭の主題が再現され、旋律は死神に追われるような切迫感を伴って、再び走り始めた。

榊場のピアノは死に向かうショパンの心情を代弁し、せめぎ合いの中にも憂愁を湛えてコーダに向かう。哀しみを背負い、死に向かう孤独と対峙しながらも気品を失わない。激することが少なかったと言われるショパンならきっと抑制したであろう悲痛を、胸に抱いて最後の旋律を掻き鳴らす。

そして最後の音が力尽きるようにして幽《かそ》けく消えていった。

榊場は疲れた様子など露ほども見せず、真正面を向いている。穏やかに目を閉じた表情は哲人のそれを思わせる。

だが、それを見ているヤンの心中は平穏どころか恐慌状態にある。

自分の推察が正しければ――いや、恐らく間違いないだろうが――榊場はピアニズムを追究する必要がない。生演奏であれ録音であれ、これと思うものを聴けばそれが即座に彼の資産になる。

無論、運指のための練習は必須だろうが、凡百のピアニストたちのように何百回も弾かずとも効率よく脳内にあるピアニズムを引き出すことができる。

自分が十時間を費やす過程を、榊場なら一時間でこなせる。自分が一曲を理解する間に、彼は十曲をデータバンクに仕舞い込める。

文字通りの天才だ。

榊場の演奏はマズルカに移っても終始乱れることがなかった。

マズルカはその語源となった舞踏に様々な形式があるように、多種多様の感情を内包している。これを他国人に明確に説明する言葉は乏しく、敢えて言うなら〈ポーランドらしさ〉としか表現できない。民族性に起因するものは、やはりその民族でなければ理解するのが困難になる。そして他国のコンテスタントが最も難渋するのが、やはりこのマズルカだった。どれほどテクニックに優れようとも、他国の人間がポーランド人の魂を知ることはできない。ましてや極東アジアの人間には尚更無理――それが多くのポーランド人の偽らざる気持ちだった。

だが、榊場はそんな先入観をあっさりと覆してしまった。

マズルカ第十三番は全編が憂いに満ちている。大きなスケール感はないものの、受難の連続だったポーランド民族の悲哀が連綿と綴られている。そして流れる曲調は単純でありながら表現が難しい。

ところが榊場の弾くマズルカは、まるでポーランド人のコンテスタントが弾いたような感興をもたらした。感心する、というレベルではなく、ポーランド人の観客たちは同郷人に共感するような表情でステージ上の榊場を見ていた。

圧巻は最終曲のポロネーズ第六番だった。

〈英雄〉の副題で知られるポロネーズの傑作。最初にどろどろと地を這うような音で、はや観客の高まりが肌に感じられる。

序奏は荘厳な七度の和声と四度の連続するパッセージ。

そしてオクターブが瞬く間に駆け上がって、誰もが耳にした有名なフレーズが高らかに歌いあげられる。変イ長調第一主題――この勇壮な輝きに満ちた旋律はポーランドの誇りを謳ったものだ。

絢爛豪華《けんらんごうか》で躍動感に溢れたメロディがホールを揺るがさんばかりに響き渡る。最終曲で榊場はありったけの体力を使うつもりなのか、渾身の力を込めて鍵盤と格闘している。後半部分には今以上に腕を酷使するフレーズが待ち構えているというのに、余力を温存しようなどという素振りは欠片《かけら》も見えない。突撃ラッパだ、とヤンは思った。この演奏でこのフレーズを聴いたポーランド人で胸を熱くしない者は恐らくいないだろう。

何度も迫害を受けながら、その度に雄々しく立ち上がってきた民族。

文化も都市も完膚なきまでに破壊され、それでも粘り強く再生してきた民族。

副題となった〈英雄〉とはポーランドの国民一人一人を指す。このポロネーズこそは彼らが胸に抱く誇りの象徴なのだ。

高貴さと優雅さを纏って、主題はますます上昇しながら反復する。ポーランド人の血を滾《たぎ》らせる旋律は聴いていると立ち上がりたい欲求に駆られる。胸奥から闘志が湧き上がってくる。周囲の観客は老若男女を問わず、込み上げる熱情に顔を紅潮させている。

榊場もこの時ばかりは両腕を振り上げながら歓喜の表情を浮かべている。

奏者と観客の一体感――この瞬間、間違いなく榊場はポーランドの観客から祝福を浴びていた。

中間部で曲調はホ長調に転じ、左手のオクターブ連打の上にメロディが乗る。左手は低音での下向を繰り返すだけだが、その分筋肉への負荷が大きい。馬のひずめとも軍隊の行進の音とも取れる長いオクターブだが、この緊張感を維持しなければ曲全体が破綻してしまう。だが榊場のピアノは決して破綻しない。

やがて音が幾重にも重なり、怒濤の旋律となった。観客は息をするのも忘れているかのようにステージを注視する。

この体力勝負に榊場は一歩も退かない。聴いている限りでは左手を逆回転させた後も鍵盤の上を移動し続けている。分散和音の箇所で腕を休める様子もなく、恐らくこの後に控えるト長調への転調まで突っ走るつもりなのだ。

あの小さな体でよくあんな演奏をしようなどと考えるものだ。よほど肩と握力に自信がなければできるものではない――ヤンは榊場に畏怖《いふ》さえ覚え始めていた。

ト長調に転じると、メロディはいったん沈静し緩やかに流れる。右手は単調な十六分音符を弾き続けるだけだが、それでもノクターンを思わせる美しさを放つ。

そして、この壮大なポロネーズは遂にコーダを迎えた。旋律が聴く者の魂を鷲《わし》摑みにして徐々に駆け上がり、またも第一主題を朗々と歌う。

榊場の強い連打が胸に突き刺さる。

心拍がメロディと同期する。

指が跳ね、魂も跳ねる。

最後の打鍵。打ち終わると、榊場は両腕を高々と振り上げた。

その途端、嵐のような拍手がステージを襲った。観客の誰もが立ち上がって驚異のコンテスタントを祝福する。

運命の悪戯《いたずら》によって失われた視力。しかし神はその代償として、もっと巨《おお》きな才能をこの青年に与えた。観客はその事実にも心を打たれたようだった。盲目であろうが、極東の国の人間であろうが、もうそんなことは何の関係もなかった。観客たちは彼をショパンの正統な継承者として認めたのだ。

会場は興奮の坩堝《るつぼ》と化していた。拍手は一向に鳴り止まない。称賛と共感が熱狂の渦となってホールを席巻している。

しかしその中でヤンは絶望の淵《ふち》にいた。

何というピアニズムなのだろう。岬の言葉は本当だった。榊場のピアノは自分の中に確固としてあった〈ポーランドのショパン〉を軽々と超越した上で圧倒的なパフォーマンスを見せつけた。

自分の存在がひどく矮小《わいしょう》に思えた。

一次予選の出来で鼻を高くしていた自分はまるでピエロではないか。

轟々《ごうごう》と降り注ぐ拍手と歓声が肌に突き刺さる。榊場に向けられた祝福は、そのままヤンへの嘲笑《ちょうしょう》だった。

勝てると思っていたのか？

音楽の神はお前など選ばなかった。

所詮、お前は少しだけピアノの上手い凡人に過ぎないのだ。

何度頭を振り払ってもその嘲笑が消えることはなかった。

3

十月十日、ポーランド国家警察の本部庁舎は騒然とした空気に包まれていた。テロ特別対策本部の面々は全員呼び出しを喰らい、すっかり臨戦態勢に入っている。

ワルシャワ市内のホテルで爆弾テロが起きたのは昨夜のことだった。玄関前に駐まっていたライトヴァンが爆発炎上、ホテル従業員と宿泊客合わせて重軽傷者四名と死者一名。国家警察は即座に検問を敷き、未明に犯人グループの一員と見られる男を逮捕した。

今、ヴァインベルクはその男アズハル・オマールを前にしていた。テロ特別対策本部の取り調べを受けた後に刑事課が割り込んできた格好で、本部長からはやんわりと非難されたがヴァインベルクとしては一歩も退くつもりがなかった。〈ピアニスト〉に関する情報ならどんな些細《ささい》なものでも必要だったからだ。

アズハルは顎鬚を蓄えた眼光鋭い男だが、わずかに怯えていた。

その怯えの理由は聞き知っていた。対策本部の担当者が、犠牲者の中にアメリカ人観光客がいたことを根拠に本人をアメリカ司法当局に移送すると脅したのだ。無論、そんな手続きが可能かどうかは検討すらされていなかったが、イスラム人の目にアメリカという国はよほど野蛮な国に映るらしい。それまで不遜だったアズハルは急に態度を軟化させたということだった。

世界を恐怖させるテロ組織といっても一人残らず命知らずという訳ではない。中には家族があるがゆえに死を恐れる者もいる。アズハルはそういう男の一人だった。

通訳を介して尋問が始まった。言葉尻で恫喝《どうかつ》できない以上、顔で脅すしかないがその点は心配無用だ。ピオトルの死に様を思い出せば表情は自然に強張った。

「刑事課のヴァインベルクだ。お前が昨日のテロ行為以外に何をしてきたか訊くつもりはない。お前に命令したのが誰かとかアジトの場所を訊くつもりもない。訊きたいのはたった一つ、〈ピアニスト〉って奴のことだ」

その名を聞くと、アズハルはすぐに眉を上げて反応した。

「知ってるのか?」

アズハルはこちらの真意を探るように覗き込む。

「それを喋ったら、何か俺に得があるのか」

「つまり、知ってるんだな」

「俺に対する扱いが変わるのなら言う」

「勘違いするなよ。交渉できる身分だと思ってんのか、このクソ野郎」

ヴァインベルクは殊更に口調を抑えて、ぐいと顔を近づけた。感情を殺した目。人殺しをやった人間に厳《いか》つい顔など通用しない。こういう死人のような目の方が粗暴さを想像させやすい。

「喋れば少なくとも今より悪くなることはない。だが秘匿すれば更に心証は悪くなる。アメリカ兵がタリバン兵にした仕打ちは憶えているよな。アメリカ人のすることをポーランド人ができないと本気でそう思うか」

　通訳が驚いた顔をしたが、構わなかった。

「いっそ、この世にはコーランを燃やされるよりも恐ろしいことがあるってことを体験してみるか」

　通訳の語学力が高いのか、それともヴァインベルクの目がモノを言ったのか、アズハルは明らかに動揺し始めた。

　もうひと押しだ――ヴァインベルクはポケットからライターを取り出す。すると思惑通り、勝手に勘違いしたアズハルは慌てた様子で喋り始めた。

「詳しい話は知らない。知っているのは〈ピアニスト〉って渾名《あだな》と、そいつがアラブ人じゃないということくらいだ」

「アラブ人じゃないだと」

「だからヨーロッパやアメリカに潜入しても疑われにくいとボスが言ってた。それだけだ。後は齢も人相も性別も分からない。俺だけじゃない。アルカイダでもそいつの顔を見たのは幹部のごく一部だという話だ」

　さしずめテロ組織の秘密工作員といったところか――何やらペーパーバックのスパイ小説もどきの話で鼻白む思いがするが、実際にその人物の手で何人もの罪なき市民が爆死させられている。笑える話ではない。

「昨夜の爆破にヤツは絡んでいるのか」

「聞いていない。それに〈ピアニスト〉はいつも単独行動だ。チームは組まない。計画するのも実行するのも一人。だから誰も素顔を知らない」

それもピオトルが殺されなければならなかった理由の一つだったのだろう、と推測できる。一人で行動するがゆえに〈ピアニスト〉は尚更一般人の仮面に固執している。組織の中ですら正体を知る者は少ない。だからこそ自分に辿り着いたピオトルを抹殺したのだ。

しかし、それならピオトルはどうやって〈ピアニスト〉の素顔を暴いたのだろう。

「ヤツは単独行動すると言ったな。じゃあお前たちのような別働隊とは全く連絡を取り合っていないのか」

「ないな。向こうはこちらの計画を聞き知っているかも知れないが、俺たちは〈ピアニスト〉がいつ、どこを狙うか全然知らされてない」

厄介だな、とヴァインベルクは思う。ムハンマドの証言通りなら、テロの実行部隊はどうやら各々が独自行動をとっている。まるで蜘蛛《くも》の子を散らすようなものだ。統率された動きならばこちらにも防衛や反撃の手段が講じられるが、ゲリラ戦を展開されては手も足も出ない。

「〈ピアニスト〉は爆弾以外の殺しもやってるのか」

「爆弾以外でか？　いや、聞いたことないな」

「それにしても何だって〈ピアニスト〉なんて渾名がついたんだ。テロってのは相手に怖れられて何ぼだろう。どうせなら、〈悪魔〉とか〈死神〉とか、もっとそれらしい名前をつければよかったじゃないか」

「別に渾名という訳でもないんだ」

「渾名じゃ……ない？」

「伝説じみた話だが、最初に幹部がそいつと会った時のことさ。アラブ人の同胞じゃないから、きっと面通ししたんだろう。場所は一流ホテルのスイートでピアノが置いてあった。面談が終わるとそいつは気晴らしするみたいにピアノを弾き始めたんだが、これが滅法上手かったらしい。それで幹部が『趣味にしちゃあレベルが高い』と言ったら、そいつはこう答えたのさ。『本職だ』ってな。それが渾名の由来だ」


尋問を終えるとヴァインベルクは目の前にリストを広げた。先日、アドラー支配人から入手したＩＤカード所持者の一覧表だ。

その総数は二百八十六人。だが、当日会場内にいた者はそのうちの百二十二人だった。

ＦＢＩに照会しただけでも〈ピアニスト〉はポーランドのみならず、フランスパリ市内で起きた爆破事件にも関与している。〈ピアニスト〉は普段は素顔で行動している可能性が高い。そこでこの百二十二人の中からフランスへの渡航歴がある者を拾い上げると、更に十八人まで絞り込むことができた。もっともこのうち十一人はアダム・カミンスキをはじめとした審査委員たちであり、各国コンクールの審査を掛け持ちする立場から渡航歴があるのはむしろ当然のことだった。

従ってヴァインベルクの目は残りの七人に向けられた。

ヴァレリー・ガガリロフ（20）国籍ロシア
ヴィクトル・オニール（24）国籍ロシア
エドワード・オルソン（23）国籍アメリカ
エリアーヌ・モロー（22）国籍フランス
チェン・リーピン（21）国籍中国
ヤン・ステファンス（18）国籍ポーランド
リョウヘイ・サカキバ（18）国籍日本

フランス在住のエリアーヌ・モローは別として、他の六人は全員フランスに渡航している。理由はいずれもロン＝ティボー国際コンクールに出場あるいは観覧目的と申告されていた。そして、このロン＝ティボー国際コンクール終了の翌日に爆破事件が発生している。

コンクールのために渡仏して、その一方でテロ活動に勤しむ——ふざけた話だが隠れ蓑としては最適だ。二十代前半かそれ未満という年齢はテロリストにそぐわない感もあるが、二〇〇四年にヨルダン川西岸パレスチナ自治区で自爆テロを試みた少年はわずか十四歳だった。精通前の爆弾魔、初潮前の殺人犯など世界には数えきれないほど存在する。

しかしヴァインベルクがこの七人に注目した理由は他にもあった。アズハルの話した逸話が事実だとすると〈ピアニスト〉は単なる渾名ではない。つまり〈ピアニスト〉には以下の条件が附帯することになる。

一　ピオトルが殺害された際、会場にいた者。
二　フランスで爆破事件が発生した時期に現地にいた者。
三　本職がピアニストである者。

この中に〈ピアニスト〉がいる。この中の誰かが、ピオトルの命と指を奪い去った——ヴァインベルクはそう確信した。

今回、刑事課はテロ特別対策本部と緊密な連携を取るよう本部長から命令されている。知ったことか。

あいつらが追っているのはテロリストだが、俺が追っているのはただの殺人犯だ。

＊

第二次予選二日目、コンクール会場は異様な雰囲気に包まれていた。

昨夜、ワルシャワ市内のホテルで起きたテロリストによる爆破事件。巻き込まれて命を失ったのは本日最初に出場を予定していたイギリス人コンテスタントだった。

会場入口の掲示板には大きく弔意が掲げられていたが、それで不吉さが解消されるものでもない。集まって来た観客は沈痛な顔を見合わせ、まるで葬儀に赴くようにホールに入って行く。

だがコンテスタント客死の報せは、他のコンテスタンツに更に深い影を落としていた。コンクール優勝の栄冠を勝ち取る可能性が三十六分の一にまで高くなった今、さすがに棄権する者はいなかったが、体調の不安を訴えるコンテスタントが続出した。無理もなかった。打鍵一つに細心の注意を払う神経の持ち主たちが、姿の見えないテロリストに怯えないはずもなかった。

本音を言えばヤンも今日の予選は延期して欲しい気分だった。しかも予定では二番目の登場だったのだが、先述の理由で一番目に繰り上がってしまった。

自分は人一倍神経質だから、こんな騒然とした中で実力を充分に発揮できない――。

それが予め《あらかじ》用意していた言い訳だったが、本当は自分にさえ隠したい理由が他にあった。

榊場の存在だ。

あの演奏を聴いてからというもの、ヤンは何も手がつかなかった。どうやって家に帰ったかも定かではない。父親とどんな会話をしたかも憶えていない。食べたものの味も分からない。目を閉じても彼の姿が浮かび、耳を塞いでもあのピアノが頭の中を駆け巡った。

頑固なポーランド人を捻じ伏せるようなショパン解釈。鍵盤が見えないにも拘わらず機械のように正確なキータッチ。そして圧倒的な感情表現。

とても教育や反復練習で培われるものではない。

あれこそが天賦の才なのだ。

凡庸な自分ごときが勝てる訳などない。

だが、それでも自分はステージに立たなければならない。由緒あるステファンス家の人間として、祖国ポーランドの栄えある代表として、敵前逃亡は決して許される行為ではなかった。

控室から呼び出しを受けた時にはびくりと身体が震えた。ステージに続く通路は刑場までの道程だった。

『一人目の演奏者。ナンバー75ヤン・ステファンス。曲目、スケルツォ第一番ロ短調作品20、ワルツ第五番変イ長調作品42、ポロネーズ第五番嬰へ短調作品44、マズルカ第三十番から三十二番、舟歌嬰へ長調作品60。ピアノはスタインウェイ』

ピアノまでの距離がひどく遠く感じられる。引き摺る足は鉛のように重い。

『ヤン・ステファンス、ポーランド！』

足元から拍手の音が肌に突き刺さる。

最初の曲はスケルツォ第一番。奇しくも榊場が弾いた一曲目と重なってしまった。ああ畜生どうして昨日のうちに選曲の変更を申し出なかったんだあの演奏と比べられたら一層みじめじゃないかでも昨日の今日で他の曲に変更したとしても満足に弾ける自信はない何だと自信だとそれじゃあ別のスケルツォで対抗できるとでも思っているのか何を弾いたところで勝てやしないお前と彼との間には眩暈《めまい》がするくらいの開きがある――。

ヤンははっとした。

いつの間にか椅子に座ったまま呆然《ぼうぜん》としていた。

慌てて気を取り直す。

最初の強い打鍵。榊場に負けてはいけない。あれよりも鮮明な一打を叩かなければ。

カン！

叩き出した一打が天上に刺さる。

しまった。少し強過ぎた。

気品だ。まず気品を保たなければ。それでなくてはポーランドのショパンではない。

左手の旋律に右手のパッセージを加えて不協和音を刻んでいく。強拍の位置をずらしたままの急速なテンポ。前半部分はこれを二回半繰り返す。

しかし、どうもおかしい。不協和音が榊場のピアノよりも濁って聴こえる。この不協和音はもっとくすんだ響きなのに、これではただ耳障りなだけじゃないか――。

もう一人の自分が背後からいちいち分析している。

反復が冗長になっているぞ。

そこはもっとテンポを速くしないから音が濁るんだ。

うるさい！

ヤンは声を振り払って中間部に突入する。

主部の非旋律とは対照的に静謐なメロディ。しかし、静謐な中にも情熱を内包させる。気品を保ちながら血の滾りを忘れてはならない。

三百二十小節目で転調――よし、上手くいった。ここを無事にやり過ごしたら、後は主部に戻って導入部のミスを挽回すればいい。

待て。今、この十六小節であの桃源郷に誘うような悦楽感を観客に与えられているのか。お座なりに指を動かし、自分で納得しているだけじゃないのか。

うるさい！　うるさい！

曲は遂にコーダに入る。昏く激しい不協和音をこれでもかと叩きつける。

両手で連打。大丈夫だ、まだ握力には余裕がある。

ひたすら続く密集和音。両手の一の指が共にEisとGを同時に押さえる。ロ短調のG、B、Hの順で懸命にフレーズを進めていく。

そして連続するフォルテシッシモ――。

だが四打目で予期せぬことが起きた。

指先から不意に力が抜け、打鍵がフォルテシモに落ちた。

まさか。

力の調節を間違えたのか。

ヤンはありったけの神経を指先に集中して握力を復調させる。最後の一音までは辛うじてフォルテシッシモに戻すことができた。

弾き終わった瞬間、嫌な汗がこめかみを伝って落ちた。腋《わき》の下からも同じ汗が横腹にたらりと流れている。

啞然《あぜん》とした。

こんなことは今までになかった。

何て、何てざまだ。

ヤンは両手を何度か開閉させる。しかし疲労は別段感じない。十本の指は命令通り的確に動いている。それなのにどうしてあんなミスをしたのか、皆目見当もつかない。

二曲目、ワルツ第五番〈大円舞曲〉。

導入部はトリルによる八小節。速度標語はvivace《ヴィヴァーチェ》でallegro《アレグロ》よりも速い。

この曲の主題は左手で四分の三拍子のリズムを刻み、その上に右手による八分の六拍子を載せる。それが終わると右手が八分音符の高速パッセージを奏でていく。傍《そば》で聴いているとCDを早回ししているような印象を受けるが、それくらいの高速演奏でなければショパンの指示に従うことができない。そしてこの特異性がありながら、ワルツ本来の端整さを失っていないことがこの曲の白眉になる。

二つの異なるリズムを重ねて曖昧《あいまい》な調性を演出する。この揺れ動く調性と、半音程が紡ぎ出す独特の和音が真の主題といっても過言ではない。両手は一拍も休むことなく鍵盤の上を走り続ける。先のスケルツォの連打が響いたのか、指の付け根に乳酸が溜まってきているのが分かる。

畜生。

榊場がポロネーズで魅せた連打はもっと長く、そしてもっと激烈だったのに、あいつは疲れなど微塵も感じさせなかった。

それなのに自分は――。

中間部で旋律がいったん落ちて、やっと指先は解放される。だがこれはほんの小休止に過ぎず、四十一小節まではまた運指を加速させなければならない。

そして第二主題が現れる。アルペジオを走らせながら音を重ねていく。この第二主題は四回繰り返されるが、見方を変えれば続くコーダの助走期間とも言える。このワルツのもう一つの特色、一分近くの長いコーダに立ち向かうには、ここから一気呵成《いっきかせい》に駆け上がる体力が必要になる。

だが指先は既に悲鳴を上げ始めていた。

コーダに雪崩《なだ》れ込む。

フォルテシモからフォルテシッシモへ。

ピアノの躯体《くたい》に叩きつけるような打鍵が続く。

脳裏には榊場の誇らしげな笑顔が浮かぶ。嗤《わら》われているのは自分だ。たったこれしきの連打で潰《つい》えそうな握力と、神に選ばれなかった哀れさを嗤われている。

ヤンは渾身の力を込めて終結に向かう。指先の感覚が薄れ始めたが、まだミスタッチはしていないはずだった。

変形のユニゾンを打ちつけて、ようやくコーダが終わった。

肩が下がるのと同時に、どっと疲労感が圧し掛かった。疲労感？　まさか！　まだたったの二曲、時間にすれば十二分弾いただけだというのに。これからポロネーズとマズルカ、そして舟歌と三十分近くの演奏が残っているというのに。先の二曲とも余分な力を消費したということなのか。

こんな馬鹿な――ヤンは焦り出した。

何かが狂い始めている。そして、自分はその修正が可能かどうかを見極められていない。

観客の反応が感知できないのも不安に拍車を掛けた。いつもなら感嘆や称賛が空気として感じられるのに、今日は全くそれがない。

三曲目、ポロネーズ第五番。

ヤンは不安に駆られながら上体を倒す。

嬰ハ長調の三連符から始まる序奏。不気味なユニゾンは四連符、オクターブへと奏法が変わる。この延々続く序奏は悲劇の予兆ともいうべきフレーズで第一主題の予告になる。

榊場の演奏した第六番が雄渾なポロネーズなら、こちらは対照的な悲劇のポロネーズだ。ショパンが祖国ポーランドを襲った悲劇を苦悩と憤怒で描いたような曲で、第六番に対抗するにはこのポロネーズしかない。

第一主題。左手でポロネーズのリズムを刻み、右手で三度の和声を歌う。旋律は唸りを上げて過酷な運命の中に身を投じていく。

第五番は強弱指示が異様に少なく、主部はフォルテが延々と続く。選曲した時点では強い打鍵に自信のあるヤンならではのポロネーズだったのだが、今となっては連打続きの曲順が自身を苛《さいな》む格好になっている。

主部はいったん転調してわずかな希望を見せるがすぐに立ち消え、猜疑《さいぎ》と怒りを綯《な》い交《ま》ぜにした旋律が頭を擡げる。

主題が繰り返される度に打鍵はますます強くなり、内包された恐怖も増大していく。

やがて左手のリズムも音階となり、両手の奏でる常識外れの大音響がホールを揺るがす。

和音の連打。

急激なオクターブの上昇。

指の腹が痛みを訴えるが、それよりも気懸りなのはやはり握力の限界値だった。コーダまではまだ七分強。それまでこの握力が維持できるかどうかが目下の問題だった。

中間部に入ると曲調は一転、マズルカの優美な旋律に変貌する。イ長調で三度の和音を用いた、郷愁を誘うメロディがホ長調に転調しながら反復する。ポロネーズの中にマズルカを挿入し、ポーランド舞踏曲を合体させているのが、この曲の特異な点だった。

溜息にも似たいくつかの動機が見え隠れするうちに平穏さとたおやかさが漂う。これは故郷を思い起こした時の慰めに満ちている。この後に広がる悲運が明らかなだけに、このマズルカには一層安堵感を覚える。

ヤンはこの安らぎの部分をフォルテシモで弾くつもりだった。本来であれば己に課した強弱の指示を変更することはない。だが、残り時間と握力の兼ね合いからフォルテに落とさざるを得なかった。

やがてマズルカの旋律を絞り、落とし、消していく。序奏の音型で曲調を奈落に突き落とす。そして再度、悲憤を再現する。和音をフォルテシッシモで叩きつける。ここから先は体力と集中力の勝負だ。

ヤンは指先に怒りを込める。ショパンの愛国心がどれだけ深く大きいものであったのか、同時代を生きることのなかったヤンにはピアノを通じてしか知る由もない。ショパンの魂が宿るようにと願う。ショパンの怒りが憑依《ひょうい》するようにと願う。それでなければ、この第五番で審査員を納得させることは到底適わない。

力の限りの連打。戦乱の中で何人もの人間が斃《たお》れていっても悲劇が終わることはない。人は為す術もなく、死せる者を悼むことしかできない。ヤンはその哀しみと憤りを一際強い打鍵に込める。

コーダの終結、腕も千切れんばかりに鍵盤を刻む。

だが、その途中で右手に違和感を覚えた。

力が上手く伝わらない。蓄積した疲労が肘《ひじ》から上の神経を浸食していた。

思いもかけない落とし穴だった。

ポコ・ア・ポコ・リテヌート・ディミヌエンド——次第に音量を下げるべき部分だが、その小節に入る直前でがくりと力が抜けてしまった。

鍵盤を打ち下ろしきれない。

しまった！

今のタッチが審査員にはどう聴こえたのだろうか。

解釈の違いと取られるのか、それともミスタッチと評価されるのか。

焦燥と困惑で頭の中が真っ白になる。

どこで挽回する？

駄目だ。いずれにしてももう後には戻れない。後は低音を切らさぬように引っ張り、最後のフォルテシッシモで形にするしかない。

へなへなとした右腕の様子を窺いながらピアニシモで怨念を繋いでいく。

最後の一打、ヤンは上半身の体重を両腕に載せて咆哮した。

音が宙中に紛れていく。いつもならその消え去る余韻を楽しむのだが、今は空気が濁っていて音の行方が分からなかった。

空気が白けている。観客の落胆が皮膚に伝わってくる。ここから審査員たちの表情を窺い知ることはできないが、彼らもまたポーランド人コンテスタントの不甲斐《ふがい》なさに嘆息しているに違いない。

ピアノさえあればヤンは無敵だった。ヘラクレスよりも強く、アキレスよりも速く走ることができたのに、これではまるで地に墜ちた惨めなイカロスだ。

その後、マズルカと舟歌で大きなミスをすることはなかったものの、決してヤンの満足のいく内容ではなかった。鍵盤から指を離し、ゆらりと立ち上がった途端に多くの拍手を浴びせられたが、鼻白む思いしかない。

石もて追われるようにステージの袖に引っ込む。足は来る時よりも更に重かった。

ロビーに出たらＩＣレコーダーやマイクを握った奴らが自分を啄《ついば》みに来るのが分かりきっている。ヤンはそのまま控室に戻ろうとした。

その時、通路に設置していたモニターから聞き覚えのあるメロディが流れてきた。〈雪の降るまちを〉に借用された有名な一節——言わずと知れた幻想曲の序奏だ。

耳に留まったのは聴き慣れていたからではない。葬送行進曲のように鬱々とした旋律なのに、どこか優しい響きがあったからだ。

自然に足が止まった。

演奏しているのはフランス人コンテスタントのエリアーヌ・モロー。長い金髪に華奢《きゃしゃ》な身体。演奏中の姿を見るのは初めてだったが、ヤンの目はその端整な面立ちとピアニストには珍しい細くしなやかな指に注がれた。

幻想曲はショパンが愛人ジョルジュ・サンドと生活を共にしていた頃に着想された、生涯で最も充実していた時期に着想を得た曲だ。雄大な構想を誇る一方で、別離と死という不吉な動機が見え隠れする。冒頭の葬送行進曲はその一例だ。

ところが重々しい序奏が、耳に入ってくると心の底に下りた澱《おり》を浄化してくれる。

不思議な感覚だった。

序奏が終わると三連符のソナタが始まった。転調した甘い調べがヤンの中にするすると何の抵抗もなく滑り込む。エリアーヌの指は躊躇うように鍵盤に触れ、その様にヤンは釘づけになる。

一転、その指が大胆に急下降した。シンコペーションが切迫するメロディを刻む。本来は激情に駆られる主題だが、それでもエリアーヌのピアノは底流に聴く者を包み込むような柔らかさがある。

幻想曲には様々な主題が現れては消える。三度重音の短い主題の後に、また新しい主題が顔を出す。やがて旋律は嵐のように吹き荒れ、フォルテシモが連打される。しかし、ここでもエリアーヌの指は優美に動き、まるでピアノと戯れているように映る。激しいフォルテシモまで胸に心地よく響く。

こんなに優しい幻想曲は初めてだった。

どうして、彼女はこんなに優しい音が出せるのだろう。

控室に向かいかけた足が再びステージ袖に向きを変える。とてもモニターテレビで見ているだけでは満足できない。あの音を、そして姿を間近で味わいたい。

砂漠を彷徨《さまよ》う者がオアシスに導かれる。

ステージ袖に辿り着くと、客席の雰囲気ががらりと変わったことに気がついた。

曲は中間部に入っている。瞑想《めいそう》的なロ長調は甘やかな回想を誘う。静謐なメロディに耳を傾けていると、祖国に向けるショパンの祈りが聴こえてくる。

観客たちは皆、エリアーヌの魔法にかかって安寧の波間に漂っていた。表情はすっかり弛緩し、身体は椅子に深く沈んでいる。

違和感は確かにある。幻想曲にはショパンの不安と猜疑心が通奏低音として流れている。それなのに全編を覆う慈悲は間違った解釈とは言えないまでも、決してポーランドのショパンではない。

だが、この快楽を否定する気にもなれなかった。自分を含め、彼女のピアノに酔い痴れる者があんなにもいる。彼女のピアノを否定することは、自分たちの感性をも否定することになるではないか。

旋律はやがて急峻な坂を上り始める。唐突に現れたアルペジオが復活し、うねりながらホールを席巻する。

曲想だけに留まらず、この曲には左右のオクターブ跳躍や右手の変則的なポジション移動など演奏技術も非常に高度なものが要求される。だがエリアーヌはそんな技巧臭さなど微塵も感じさせずに、ショパンの思い描く幻想に明確な形を与えていく。

疾走するピアノが、立ち消えたいくつもの主題を再現しながらコーダに向かう。長大な幻想曲を牽引する怒濤のパートだが、ここでもエリアーヌは慈しみを漂わせる。押しつけがましくもなく、全ての悲劇をも肯定する愛が聴く者の魂を包み込む。

ヤンはステージの袖で立ち尽くしていた。榊場への対抗心から自爆した自己嫌悪がフレーズを追う毎に薄まっていく。かさついた心にじわりと羊水が融けて罅割《ひびわ》れに沁《し》みていく。

アルペジオの咆哮が次第に小さくなり、テンポは緩やかになる。

最後にフォルテシモの和音が二打。

そして曲は静かに終わった。

しかしヤンの胸にはまだ余韻が棚引いている。熾火《おきび》でもなく熱情でもなく、母親の胎内にいるような温かさが広がっていた。


エリアーヌが全ての演奏を終えた時、気がつくとヤンは彼女の控室の前にいた。二階にはＩＤカードを持った関係者しか上がって来られないので待ち伏せするには都合がよかった。

待ち伏せ？

違う。疚《やま》しい気持ちなどこれっぽっちもない。とにかくあんな規格外のショパンを弾いたコンテスタントがどんな奏者なのか、同じピアニストとして興味があるだけだ。

そして気がついた。

興味があると言いながら、何を訊こうとしているのか自分でも判然としていなかった。

まだ顔を合わせたこともなく、それどころか言葉が通じるかどうかも分からない。

それなのに、どうして自分はこんな所に立っているんだ？

馬鹿か、僕は？

今すぐ回れ右をして逃げろ！

ところが急に慌て出した時、目の前に当の本人が現れた。

思わず息が止まる。

その場に立ち尽くすヤンに、エリアーヌは不審げな視線を投げかけた。

当然だろう。だが、その小さな唇から意外な言葉が洩れた。

「ヤン・ステファンス？」

彼女が自分を知っている！　一瞬、驚いたが、よく考えれば彼女も写真つきの出場者リストを持っているはずだ。自分の顔と名前を知っていたとしても不思議ではない。

「何か用？」

ヤンはもう一度驚いた。エリアーヌが口にしたのは綺麗《きれい》なポーランド語だった。

「君はポーランド語を？」

「アウェイで闘うんだから言葉くらいマスターしてるわ。十年前のコンクールから何度も来ているしね」

彼女の声はピアノから受ける印象と少し違い、硬質で高かった。しかし耳障りな声質ではなく、ヤンには却って心地よかった。

「それで、何」

「あの……君のピアノ、とてもよかった」

そう告げると、彼女の眉がぴくりと動いた。

「い、いや。社交辞令とかそういうんじゃなくて、本当によかったんだ。あんなに優しい幻想曲は初めて聴いた」

「それ、皮肉なの？」

「え」

「ポーランドの悲劇を客観視した、甘さの目立つ幻想曲。とてもじゃないけどポーランド人の納得するショパンじゃない……そういう趣旨？」

「違うよ！　本当に僕は聴き惚れちまったんだ。何かいきなり頬をぶたれたような感じで、でも痛いというよりむしろ気持ちよくて……ああ、うまく言えないな。でも僕と同じように君のピアノに陶酔してた観客は沢山いた。ケチをつけるつもりなんてない。ただ、素晴らしかったって」

「……それを言うためにわざわざ？」

途端に顔から火が出た。

本当に馬鹿だ。

ただ演奏の感想を伝えたいがために本人を待ち伏せるなんて、まるで追っかけじゃないか。全く、何でこんなことをしたんだろう。

「ごめん」

そう言って立ち去ろうとすると、硬かったエリアーヌの表情が不意に緩んだ。

「意外よね」

「え」

「ポーランド期待の新星ヤン・ステファンスがこんな直情型だったなんて想像もしてなかった。四代続く音楽一族の出なんでしょ。もっと育ちの良さが鼻につくような、蹴り飛ばしたいヤツだと思ってた」

「それって……ひどいな」

「わたしも初めてよ、あなたみたいにストレートな感想を言うポーランドのピアニストって。やっぱり本場のピアノ関係者の反応が知りたくて、何人かポーランド人の先生にも聴いてもらったけど、大抵苦笑するだけで明快なことは誰も言わなかった」

言われてみると改めて思い当たるフシがある。恩師カミンスキからは聞いたことがないが、他のピアノ教師はよくそういう物言いをする。あたかもショパンが祖国の伝統であり、他国人が理解できるはずがない――そんなニュアンスだ。

「それも、あれだけポーランド風のショパンを演奏できる新鋭に誉めてもらえれば光栄よ」

「あのさ、期待の新星とか新鋭とか、そっちの言い方の方がめげるよ」

「あ。気に障った？　ごめんなさい。でも、嫌味でも何でもないのよ」

会話を続けるとエリアーヌの口調はどんどん崩れていく。元来は開けっぴろげな性格なのだろう。それもまたヤンには嬉しい誤算だった。

「演奏、聴いてくれてたの」

「聴いてくれてたのかって——あなた、それ本気で言ってるとしたら無自覚もいいところよ。あの、会場で殺人事件が起きる日までは優勝最有力候補だったんだから。悔しいけど。わたしも率直に言わせてもらうけどエチュード二曲とノクターン第三番は鳥肌が立った。こんな相手を敵にするんだと思ったら、ちょっと絶望したくらい」

殺人事件が起きるまでは、という箇所で引っ掛かった。

勘もいいのだろう。ヤンが一瞬沈黙したのをエリアーヌは見逃さなかった。

「ガゼッタ、読んだ？」

ガゼッタは第一次予選の途中からほぼ毎日、会場の観客に無料で配られている。見開き四ページ、時には八ページにもなる日刊紙で、出場者や審査員へのインタビューや批評家たちの批評が掲載されている。

「観客たちの取り合いになってて、まだ読めてない」

「結局は下馬評だから気にしても仕方ないんだけど……」

「多分、サカキバが注目の的なんだろうな。身体的なハンディも人目を引くだろうし」

「彼の演奏は聴いたの？」

「うん。聴いてからハンディがあるのはこっちの方じゃないかと思った」

「わたしも。楽譜開いて暗譜するのが馬鹿らしく思えてきたもの」

ヤンが榊場に対する自分の推察を披露すると、エリアーヌは同感だという風に頷いてみせた。

「そうね。サカキバの頭の中には音符や記号の概念は存在していない。音素と音階が信号として認識されているだけだから間違えようも歪みようもない。全く、とんでもないコンテスタントが現れてくれたものよ。基本にナショナル・エディションのショパンが腰を据えていれば、バージョンなんていくらだって変えられるしね」

「見方によればサカキバのピアノが最もショパンらしい、か。ミサキが絶賛するのも当然だな」

「ミサキ？　あなた、あのヨウスケ・ミサキの知り合いなの」

「いいや、知り合いというか何度か話をした程度だけど……ミサキがどうかしたのかい」

「下馬評でミサキはダークホース扱いよ。一次の最終日に出てきたから、評論家たちもノーマークだったのね。驚いた記者が調べてみたら推薦人の一人が、あのアキラ・ツゲだったから二度びっくり。さしずめマエストロを継承する逸材の登場といったところ」

「残念ながら、まだミサキの演奏は聴いてないんだ」

「彼の演奏、サカキバと一緒よ。どうせ日本人コンテスタントだと思って油断していたら足元掬《すく》われるから」

「どんな演奏？」

「ショパンは大袈裟な表現やこれ見よがしの技巧は避けている印象があるけれど、一方では人一倍愛国心が強くて、しかも激情家だった。ミサキの演奏はまさにその激情にスポットを当てている。あんな飄々《ひょうひょう》とした物腰なのにピアノは激烈で、まだ演奏途中なのに思わず立ち上がる観客がいたくらい」

日本人は個性を押し殺し、楽譜通りひたすら正確に弾く——それがヤンを含めた各国コンテスタントたちの共通認識だったが、どうやらそれは改めなければならないらしい。

「ミサキ本人も確かに日本人らしくないところがあるわね。知ってる？　彼って審査員やコンテスタントを見かけたら必ず握手を求めてくるのよ。言葉が通じるか通じないかも構わず。あんなに明け透けに社交性を押し出す日本人って珍しい。何だかビジネスマンみたい」

これには少し違和感を覚えた。初対面の時、岬にそれほど押し出しの強さを感じなかったからだ。

「サカキバとミサキ。二人ともきっと三次まで勝ち上がってくると思うわ」

「僕は、きっと駄目だな」

普段なら吐きそうにない言葉がするりと口をついたので、ヤン自身が驚いた。

「我ながらひどい演奏だった。音の強さやテンポは間違うし、マズルカと舟歌に至っては他人の指で弾いてるみたいだった」

「あのね、ヤン・ステファンス」

「ヤンでいいよ」

「そんなに自分を過小評価する必要ないよ」

「いや、過小評価でもなけりゃ謙遜でもない。本当に酷《ひど》かったんだから」

それが榊場の演奏によるプレッシャーのせいだとは言えなかった。言わなくともエリアーヌなら察してくれそうな気がした。

「わたし、社交辞令が言えない人間だからそのつもりで聞いてね。わたしもヤンの演奏を聴いてたけど、そんなに悲観しなくていいと思うよ」

「へえ。その根拠は」

「だってヤン以上に乱れるコンテスタントがこれから続出するから。会場の外ではテロ、中では殺人事件。そんな状況で平常心を保っていられる人間なんて、そんなにいやしないわ」

自分はつくづく鈍感だと思った。榊場のピアノから受けた衝撃が大き過ぎたせいなのか、そんなことは全く頭になかった。

「それで、これは個人的な願望なんだけど……あなたのソナタは聴きたいと思う。だからお互い頑張りましょ」

ヤンは差し出された手をおずおずと握った。傷一つない陶磁器のような手だったが、芯は硬そうだった。

それじゃあ、と別れた直後、途端に心臓が早鐘を打ち始めた。気がつけば、胸の底に下りていた塊はいくぶん薄らいでいた。

訳が分からない。

自分はこんなに訳の分からない人間だったのだろうか。

驚きと羞恥と、そしてそれを上回る嬉しさでヤンは口笛を吹きそうになった。


結局、ヤンは最後のコンテスタントが演奏を終えるまで会場にいた。

一にも二にもエリアーヌの言葉の真偽を確認したかったのがその理由だが、彼女の予言は見事に的中した。エリアーヌの後に六人のコンテスタントがステージに現れたが、うち三人は見ている方が辛くなるほどミスを連発したのだ。一つのミスが次のミスを引き起こし、奏者は自滅していく。あるコンテスタントなどは演奏途中で涙ぐんでさえいた。

さもしい話だが、選ばれる立場の人間としては競争相手の失点ほど心安らぐものはない。コンテストというのはそういう場所だ。

会場を出てからレストランで食事を済ませる。母親が入院してからもう二年、父親の手料理にもすっかり舌が馴染んだものの、こんな日ぐらいは外食で気分を変えたいと思った。

家に戻った時には十一時を過ぎていた。「ただいま」と声を掛けたがヴィトルドの返事はない。もう寝たのかも知れない——そう思いながらリビングを通ると、テーブルの上の新聞に目がいった。

ガゼッタ十月十日号。会場内で配布されていたものだが、自分で買った覚えはない。

この家で自分の他にはヴィトルドしかいない。ならばこの新聞は今日、ヴィトルドが会場にいたことを示している。

一面に榊場の写真があった。

『ノーヴィク・ハラシェビチの寸評。

日本人コンテスタントに対する印象はここ数十年の間に大きな変動がなかった。真面目ではあるが面白味のない演奏。あたかも、かの国の特産品である工業用ロボットに演奏させたかのような正確なだけのピアノ。しかし、その固定観念はリュウヘイ・サカキバの演奏によって刷新を余儀なくされた。スケルツォ第一番の不協和音の美しさ、ワルツ第二番の華麗さも素晴らしかったが、やはり特筆すべきはポロネーズ第六番だろう。驚いたことにサカキバは、この隠れたポーランド国歌ともいうべき曲に我々ポーランド人しか感応し得ない闊達さと勇壮さを響かせることに成功した。いや、恐ろしいのはそれが少しも技巧を感じさせない点だ。一般に知られる通りサカキバは先天的に視力を奪われており――』

その先は読む気が起こらなかった。

安寧を取り戻していた胸に、また重い澱が下りた。どうせ明日の新聞にはヤン・ステファンスの凋落《ちょうらく》ぶりが書き立てられていることだろう。

腹立ち紛れに新聞を丸めてゴミ箱に放り込むと、寝室からヴィトルドがのそりと姿を現した。

「何だ。起きてたの」

「まだ仕事が残っている」

「じゃあ、おやすみ」

そそくさと自室に逃げ帰るつもりだったが、一瞬遅く肩を摑まれた。

「今日の体たらくは、いったいどうしたと言うんだ」

「……やっぱり会場に来てたんだ」

「今日だけじゃない。日参している」

「音楽院、どうしてるのさ」

「どうせ多くの生徒がショパン・コンクールを見に行って教室はまばらだ。期間中は休講で構わんさ。それより、どうしてあんなミスをした」

直接ミスをするのは指先だ。理由を知りたかったら指に訊いてくれ――そんな言葉が喉まで出かかった。

「どうしてって……分かんないよ。疲れていたせいかも知れないし、自分で意識しないうちに焦ったのかも知れないし」

「理由は分かりきっている。選曲ミスだ」

いつもの断定口調に苛ついた。抗弁できない自分に更に苛ついた。

「スケルツォ第一番、ワルツ第五番、ポロネーズ第五番。どれも連打が続く、疲労度の高い演奏だ。そんな曲を三曲連続しても完奏できると過信したからだ。だからポロネーズの中間部から力が持続できなくなってスコアの指示に従えなくなった」

「それだけ分かってるなら、もういいじゃない」

「言ったはずだぞ、ヤン。ほんの少しの過信が命取りになると。ショパン・コンクールに不完全な腕で挑むのは愚か者だ。演奏効果よりも、自分の体力に合致した選曲をするべきだったんだ。そもそも練習量も足りなかった。体力に不安があったのなら筋力トレーニングを欠かすべきではなかった」

「もう、いいだろ。今日は寝かせてよ」

「明日からピアノ漬けの生活を再開させろ。家から出るな。他のコンテスタントの演奏を聴いたところで何の意味もない」

「家に閉じ籠っていたからミサキの演奏を聴きそびれた」

「ミサキ？　ああ、あの日本人コンテスタントか。気にするような相手じゃないだろう」

「毎日、会場に足を運んでいるのなら父さんはミサキのピアノを聴いたはずだ。それでも気にするなって？　ガゼッタじゃダークホース扱いなんだろ」

「たかが日刊紙に審査員がどれほど本音を言うものか。日本企業から多額の援助を受けているなら期間中のリップ・サービスは当然だしな」

　そのたかが日刊紙をわざわざ家にまで持って来ているのはあんたじゃないか。

「カミンスキ先生はミサキとサカキバが僕のライバルになると言った」

「ライバルにはなるだろうが、所詮〈ポーランドのショパン〉ではない。優勝はせんさ。カミンスキはお前の怠惰に警告を発しただけだ」

「〈ポーランドのショパン〉は時代遅れだと言ったヤツもいる」

「時代遅れ？　それがどうした。ショパンのピアノには永遠の生命が宿っている。時代に阿《おもね》る必要なんかない。カミンスキもそれは承知しているはずだ。だからポーランドの伝統を無視するような演奏に、彼は栄冠を与えない。いいか、もう一度言っておく。〈ポーランドのショパン〉を継承しポーランドの音楽界を牽引する者。それはステファンス一族以外にあってはならんのだ」

「そんなに君臨したいのなら父さんがなればいいじゃ……」

いきなり左の頬に平手が飛んできた。

「二度とそんな口を叩くな」

ヴィトルドは声を震わせて言った。

頬の痛みがヤンの怒りに火を点けた。いつもなら項垂《うなだ》れる面を父親の正面に向ける。

「ポーランドの音楽界を牽引するって？　たったの四代音楽家が続いただけの一族が？　そんなの誇大妄想だよ。それとも国からそんな要請されたことでもあるのかい」

「……要請はない。だが、逆ならある」

「逆？」

「わたしも若き日にショパン・コンクールに臨み、そして二次予選で敗退した。それはいつも言っている通りだ。しかし落選したのは技術のせいではなかった。別の理由がある」

「何だよ」

「わたしが徴兵を忌避したからだ」

この国にはかつて徴兵制があった。二〇〇九年に廃止されたが、以前は高校を卒業すると一年半、軍隊に行かなくてはならなかったのだ。

だが、この話は初耳だった。

「軍事教練が怖かった訳ではない。ショパン・コンクールを一年後に控えて時間が惜しかっただけだ。それでフランスに留学し、コンクールに出場した。ピアノはほぼ完璧でミスもなかった。下馬評では間違いなく私の圧勝だった。にも拘わらず二次で敗退したのは、わたしの徴兵忌避を糾弾したかったポーランド人審査員たちが挙《こぞ》って反対票を投じたからだ。長年祖国の音楽界に寄与したステファンス家の功績を彼らは否定し、圧殺した」

ヴィトルドの声は昏く、呪詛に満ちている。

「だからこそステファンス家に生まれたお前は、ショパンのピアノを継承することでポーランドの音楽界を捻じ伏せなければならない」

「そんなの、代理戦争じゃないか」

「お前はステファンス家の当事者だから代理戦争という言葉は当て嵌まらない」

「僕のピアノはそんなことのためにあるんじゃない」

「いいや、最初からその目的のためにお前はピアノを弾いている」

ヴィトルドは事もなげに言う。

「どういう意味だよ」

「言葉を覚えるよりも早く鍵盤に触れさせた。ピアノ以外には興味を向けさせないようにした。十歳になった時、カミンスキに教師を願ったのにもちゃんと理由がある。彼なら順当に出世街道を駆け上がり、いずれはコンクールの審査員に名を連ねるだろうことが予想できた。一人息子を失くしていた彼が、お前を息子代わりに思うだろうこともだ」

「審査員は自分の教え子の採点には加われない決まりだろ」

「だが、他のコンテスタントの点を増減させることはできる。カミンスキにとってもお前は栄冠を与えるに相応《ふさわ》しい人材に育った。彼にそれを躊躇《ちゅうちょ》させる理由がどこにある。持って生まれた才能と習熟。それから環境の整備。全てはお前がショパン・コンクールの覇者になるための布石だった」

聞いている最中に心の温度が下がっていく。

ステファンス家の名誉のため？

嘘吐《うそつ》け。

結局は自分がコンクールで落とされたことの腹いせではないか。

そんなことのためにピアノを与えられたのか。

そんなことのために友達やオモチャを取り上げられたのか。

自分はマリオネットなのか。この猜疑心に凝り固まった妄想狂の道具に過ぎなかったのか。

心の温度は下がっているのに、頭の隅で何かが膨張し始めている。

「全部、計算通りってことかい。でも今回は不確定要素がある」

「不確定要素だと」

「テロさ。今、ワルシャワ市内で起きているテロ騒ぎ。さすがにそれは計算外だろ。現にコンテスタントの一人が巻き添えを食って死んだ。もし事件が拡大すればショパン・コンクールが中止になるかも知れない。いや、その前に僕が巻き添えを食って吹っ飛んでしまうかもね」

「何だ、そんなことか」

ヴィトルドは嘲《あざけ》るように笑った。

「それこそ杞憂《きゆう》だな。ショパン・コンクールが中止になるはずがない。また、お前が爆弾騒ぎに巻き込まれる心配もない」

「どうして言いきれるんだよ」

「可能性が極端に小さなものは無視しても構わんからだ」

「馬鹿な。人命が関わるのなら文化行事なんて即刻中止が当たり前じゃないか。外国から国賓級のゲストまで呼んでいるんだ。もしもそのゲストに被害が及んだら国際問題に発展する」

「お前が心配することではないのだ、ヤン。お前はただ、ショパンのピアニズムをトレースすることだけを考えていればいい」

ヴィトルドはヤンの両肩を鷲掴みにすると、近くの椅子に無理やり座らせた。

「お前は護られている。音楽の神から、そしてお前の守護者から」

そして抱き締めた。

「心配は無用だ。だから心置きなく弾け」

＊

自室のテーブルの上には起爆装置をはじめとした材料一式がずらりと揃っている。その端にはBOSEのパーソナルオーディオからショパンのノクターン第一番が流れている。〈ピアニスト〉はミュウト・ピトヌィを湛えたグラスを横に置き、時限装置の製作に余念がなかった。

昨夜、別働隊の起こした爆破テロは噴飯ものだった。怪我人四人と死者一人。爆発の規模を考えれば被害は最小限と言っていい。

要は効率が悪いのだ、と〈ピアニスト〉は嘆息した。テレビニュースを見た限りではライトヴァンの下部に爆弾を仕掛けたらしい。恐らくはガソリンへの引火を目論んでいたのだろうが、この場合最も有効なのはホテルのロビーで大勢の人間を集めてからの自爆だ。コストも技術も要らず、死傷者の数は多く、視覚効果も期待できる。テロの目的が示威行為だとするならば是非ともそうするべきだったのに、臆病者を選んでしまったのがそもそもの失策だった。アラーの名の下に命を投げ出す人間など他にいくらでもいただろうに、あろうことか逮捕者さえ出してしまった。

だが、まあいい、と〈ピアニスト〉は思い直した。別働隊の標的が不特定多数の人間だったのはいい目眩ましになる。自分にとっては格好の陽動作戦にもなった。

〈ピアニスト〉はカウンターに打刻されている製造番号をヤスリで丹念に削る。今まで失敗したことはなかったが、万が一不発に終わった場合、部品から入手経路を探られるのを防ぐためだ。

時限式ではあるが指定時刻前に発見された場合の対処としてリモート型も併用する。起爆装置からサイリスタを経由させて携帯電話の着信アラームに接続する。これで、いざとなればボタン一つ押せば瞬時に起爆する。唯一気懸りなのは送信時の電波状況だが、これは明日にでも現地に行って確認するとしよう。

本物の着信アラーム以外に、ジャンクショップから購入させたパソコン部品と意味のないＩＣ基盤、それからリード線を配線しておく。容器には鉛の筐体《きょうたい》を使用してエックス線透視に備えているが、パワーを上げれば透視されないとも限らないのでこうした攪乱《かくらん》作業は必須となる。この他に数台の携帯電話を仕込み一斉に電源を入れておけば、これも爆弾処理班を混乱させる材料になる。

トラップ、フェイク、そしてブラフ――刻一刻と変化する状況に対応するための最低限の心構え。プロフェッショナルとアマチュアの違いはここにある。アマチュアは爆弾作りも規定通りだから不測の事態に対処しきれないが、プロフェッショナルはそれこそ臨機応変だ。どんな状態に置かれても現場判断で行動できる。楽語でいうならばSenza tempo《センツァ　テンポ》――厳格に定めず、自由に――といったところか。

ノクターンが第二番に移る。〈ピアニスト〉の好きな曲だった。

ショパンか。

思えばこの男と楽曲には愛憎半ばある。自分はショパンによって全てを得、ショパンによって全てを失った。憎んでも憎みきれない、愛しても愛しきれない相手、それがショパンだった。

まあ、いい。その相克もいずれ終わる。

その時、壁の時計が深夜零時を告げた。日付は十一日に変わった。

あと十日だ。

気持ちが逸《はや》る。

もうじきこの国は断末魔の叫びを上げる。

その時、自分の耳に鳴り響いているのは〈革命のエチュード〉か、それとも〈葬送行進曲〉か。

震えて待っているがいい、ポーランド。

III

Con fuoco animoso

コンフォーコ　アニモーソ

〜熱烈に　勇敢に〜

1

十月十四日付けガゼッタより抜粋。

『十月十三日、第二次予選終了当日に通過者が発表された。通過者は次の十二名。

10　レオノラ・アルジェント　イタリア
12　スコット・ブラウン　オーストラリア
42　ヴァレリー・ガガリロフ　ロシア
49　ヨウスケ・ミサキ　日本
50　エリアーヌ・モロー　フランス
52　エドワード・オルソン　アメリカ
53　ヴィクトル・オニール　ロシア
71　チェン・リーピン　中国
73　リュウヘイ・サカキバ　日本
75　ヤン・ステファンス　ポーランド
80　アンドレイ・ヴィシンスキー　ポーランド
92　サイモン・ヨー　香港

第三次予選は十四日から十六日の三日間に亘《わた》って行われる。尚、今回の第二次予選における審査のポイントをアダム・カミンスキ審査委員長に聞いてみた。

――全体的なレベルはいかがでしたか?

例年よりはハイレベルでした。ただ会場外の要因によって集中力を乱されたコンテスタントが多く存在し、彼らには不運な予選となりました。ただ、本来真のピアニストというものはどんな時、どんな場所であっても聴く者に感動を与えなければなりません。その意味で、外部のノイズが理由で充分なパフォーマンスを示せないコンテスタントはやはりファイナルに残ることは難しいでしょう。

――今回から本大会の審査員のメンバーが変更になりました。これによって要求されるピアニストの傾向も変わるのでしょうか?

今回の変更は教育者ばかりにならないよう、かつてショパン・コンクールに入賞したピアニストに多く参加してもらいました。影響としては聴き手よりも演奏者の立場から審議する機会が増えるかも知れません。つまり、技術の深い部分が問われる可能性があります。

――どんなピアニストを求めていらっしゃいますか?

ヴィルトゥオーゾ《名人演奏家》であり、かつショパンの心を理解している人です。作品を理解することはもちろんですが、それ以上にショパンを音楽家としてではなく人間として理解し、その喜びと悲しみを共有できる想像力がなくてはいけません。

――ショパンの心を理解した、ショパンらしい演奏とはどういうものでしょうか？

ヨーロッパ、アメリカ、アジアなど様々な演奏のスタイルがあり、どのコンテスタントにもそれぞれのルバートや音質があります。おそらくショパンは解釈の自由を認めるでしょう。しかし実際のショパンの演奏を研究すると過度な誇張がなく、ヴィルトゥオーゾを強調しないエレガントなものであったことが分かります。従って聴く者を不安にさせるピアノは不要です。ショパンの音楽は川のせせらぎのように穏やかで、いつでも聴く者に平穏を与えるものでなければなりません。それは伝統ではなく、確固としたショパン・スタイルなのです』

ヤンにとって意外だったのは自分が二次予選を通過したことよりも、ガゼッタに掲載されたカミンスキの談話だった。語っている内容は従来の〈ポーランドのショパン〉そのものだが、ロシアの二人組、エドワード、そしてエリアーヌと従来のショパン解釈からは逸脱しているコンテスタントが二次を通過している事実と相反している。これは他の審査員がカミンスキの意見を押し切ったのか。それともカミンスキの言葉が三次予選で発動されるという予告なのか。

辛うじて首は繋がったものの、家でピアノに向かう気にはなれずに外出した。自分のピアノに迷いが生じた時には良い演奏を聴いてみ給え――かつてカミンスキが教えてくれたことだった。ショパン・コンクールの期間中、ワルシャワ市内では至る所でコンサートが開かれる。ヤンの目当てはラクチンスキー宮殿で行われる、前回覇者ラファウ・ブレハッチのガラ・コンサートだった。同じポーランド人の優勝者。そのピアノを聴くことが今の自分には一番の精神安定剤になるような気がした。コンサートの性格上、コンクールの審査員たちも参加するのだが、何故かヴィトルドが行くのを制止した。他人の演奏を聴く暇があったら練習しろと言うのだ。面倒なので、ヤンは何も告げずに家を出て来た。

途中でワジェンキ公園に立ち寄ると、いつもの場所に岬とマリーの姿を見かけた。

「ああ、ステファンスさん。おはようございます」

「おっはよ、ヤン」

マリーはすっかり岬を遊び相手と決め込んだようで、ヤンを見ても岬の手を離そうとしない。

「どちらへ？」

「ガラ・コンサート観に行くけど……　ミサキ、君も三次予選進出したんだろ」

「ええ、お蔭様で」

「出番は」

「十五日の最初ですよ」

「明日じゃないか！　いいのか、練習しなくて」

「マリーさんに捕まってしまいましたからね。せめてお昼までには解放して欲しいとは思うのですが」

「いいよ。ママが来るまで一緒にいてくれれば勘弁してあげる」

昼食時になると母親がマリーを迎えに来るらしい。哀れ岬はその時間までの繋ぎという訳だ。それでも岬は嫌な顔一つ見せずにマリーの遊びに付き合っている。それは三次通過に自信のある証拠なのか、それとも岬の人となりに起因するものなのか。いずれにしても岬の柔和な笑顔を見ていると、不思議に苛立ってくる。

「余裕あるね。日頃のロビー活動の賜物《たまもの》かな？　聞いたよ。審査員全員に握手を求めてるんだって？」

たっぷり皮肉を込めて言ったつもりだったが、当の岬は何ら悪びれる様子もない。

「ええ。もう審査員の方々は全員。他のコンテスタントの方にもお願いしました」

「日本人は皆、そんな風に社交的なのかって首を傾《かし》げてる人もいたよ」

「あ、いや。それはですね、僕がピアニストの手に興味があるからなんです」

「ピアニストの手？」

「十年二十年、いやそれ以上に鍵盤を叩いていれば手の形はピアニストの形に特化していきます。その形はその人のピアニズムと無関係ではありません。だから、手の形を見ることでそのピアニズムの一端を深く理解できるかも知れない。ショパンの手が人並み外れて大きくそして滑らかであったことは、跳躍や指潜りを駆使させるピアニズムと決して無関係ではないでしょうから」

「ということは僕の手も見たんだ」

「ええ。最初にここでお会いした時から。ショパンのように、体軀に似合わない大きくて滑らかな手でした。爪は丁寧に切り揃えられていて、普段から手入れに気を使っていることも窺えました」

いつの間にそんな細かいところまで観察していたのか――ヤンが思わず自分の指先を見直すと、

岬が口を挟んだ。

「榊場さんの手とは対照的でした」

「サカキバの手……」

「多くのピアニストたちの手は例外なく庇護《ひご》の下にあります。重い物は持たない。急激な気温の変化には晒さない。なるべく露出しない。持ち主はもちろん、周囲の人たちも気を使ってその手を保護しようとします。しかし、榊場さんはそういう訳にいきません」

「どういう意味さ」

「彼の手は始終視覚を代行しますから露出させる必要に駆られます。手袋で防御しても直接触れなければならない時もあります。コンテスタントの中で、彼の手だけは打ち身と擦り傷だらけでした。いくら音楽の神様に選ばれたとしても、やはり彼の日常は絶えず危険や恐怖と隣り合わせであり苦難の連続なのです」

「でも、あんな演奏ができるんなら目が見えないくらい何だって言うのさ。彼はあのピアノだけで十人分くらいの幸運を手にしている」

「……本当に、そう思いますか」

岬の表情がわずかに翳《かげ》る。

「あっ」と、突然マリーが背中を向けて駆け出して行った。どうやら友人のリスを見つけたらしい。

「いいよなあ、あれくらいの子供って」

正直な気持ちがそのまま口をついて出た。

「自分の才能とか、責任とか、競争相手とか、そういうこと一切考えなくて済むもんな。ああやってリスと遊んでいるうちに一日が終わる。家に帰れば団欒《だんらん》が待っていて、眠りについても敵に怯え、悪夢にうなされることもない。羨《うらや》ましいよ、全く」

「子供だって敵に怯えるし悪夢を見ます。マリーさんも例外ではありません」

「たとえうなされても、すぐに父親がやって来て夢魔を追い払ってくれるじゃないか」

「彼女に父親はいません」

柔らかな口調だったが、胸を貫いた。

「え……」

「彼女の父親はこの国を襲った最初の爆弾テロで命を落としました。母親は一人で家計を切り盛りしなくてはならず、施設に預ける余裕もなくて勤務中はあの子を公園で遊ばせるしかなかったんです」

「そんな、僕にはそんなこと一言も」

「ステファンスさんと最初にお会いした日、マリーさんはショパンのノクターン第二番を諳《そら》んじてみせましたよね。しかも相当に長いフレーズをとても正しい音階で。あの年齢でそこまでショパンを愛聴しているのか気になったので訊いてみました。すると彼女は教えてくれました。ノクターン第二番は亡くなった父親が大好きな曲で、彼女はそれを子守唄代わりに聴いていたんです」

ふと生じた罪悪感がいつまでも背中に貼りついていた。知らなかったから、というのは幼稚な言い訳でしかない。いや、マリーの境遇を思えば、自分の悩み自体が幼稚なものだった。テロで父親を喪《うしな》い、母親が勤務中は一人公園で過ごすしかなかった少女。哀しみと恐怖と孤独に苛まれながら、ヤンには一度もそんな顔を見せたことがなかった。マリーの心情を考えた時、榊場の演奏を聴いただけで絶望に浸っていた自分はマリーよりもずっと幼い人間だった。

すっかり灰色になった気分を引き摺りながら、それでも他に行くあてもなくヤンは旧市街のバルバカンを通り過ぎる。コンサート会場となるラクチンスキー宮殿は十八世紀のネオ・クラシカル様式を今に伝える古色蒼然《こしょくそうぜん》とした建物だ。ただし、そういう場所でコンサートを行うのはロケーション以外にも意味がある。巨大なコンサートホールが出現する以前、ピアノ曲は宮殿の大広間で演奏されることを前提に作曲された。従って、その頃に作られた曲を宮殿で演奏することは、作曲された時代背景をそっくりそのまま再現することになる。

入口には数人の警官が立っていた。普段では見慣れぬ光景が、現在ワルシャワ市の置かれた状況を思い起こさせる。

ヤンは宮殿に足を踏み入れた。天井は想像していたよりも高い。残響時間が長そうなので、選曲次第では残響を含めた演奏効果が期待できる。

急ごしらえの椅子に座ってからヤンは実感する。自信のなさと不甲斐なさに惑っている今も、自分は音楽に対峙している。父親の刷り込みが功を奏したと言えばそれまでだが、きっとこれからも自分は音楽と無縁ではいられないのだろうと思い知る。

やがて拍手と共にラファウ・ブレハッチが姿を現した。前回覇者の彼にとってコンクール期間中の演奏会は凱旋《がいせん》公演の意味を持つ。それがポーランド人なら尚更だ。現に観客を見ても自国民がほとんどだった。

そしてラファウが椅子に座ったその時だった。

客席の中央で、いきなり男が立ち上がって高らかに叫んだ。

「アラー、アクバル！（アラーは偉大なり）」

皆、虚を突かれて凝固した。

それがどこの国の言語で、何を意味するのか考える間もなかった。

次の瞬間、男の身体が爆発した。

薄暗くなっていた会場で、そこだけが真っ赤に照らし出された。

人間の、花火に見えた。

轟音が耳を劈《つんざ》く。

きん、と耳鳴りがした。

爆風でヤンを含めた何人もの観客が後方に吹き飛ばされた。

まるで映画のように全ての景色がスローモーションで展開する。

その男だけではなく、周囲数メートル以内の人と物が一瞬にして四散した。千切れた肉片と血《ち》飛沫《しぶき》が破壊された椅子の破片と共に宙を裂く。

ひと呼吸遅れて爆心から火の手が上がる。尋常な炎の色ではない。化学薬品が燃焼しているのか青や緑が混じっている。

広がった炎が巨大な口を開けて場所と人を呑み込む。肉食獣の顎に似て、牙で人と物を破砕しながら咀嚼《そしゃく》する。

ようやく我に返った観客があちこちで悲鳴を上げ始めた。その声で麻痺していた恐怖が甦り、悲鳴が次々に連鎖していく。

黒煙も上がり始めた。この色は紙や木材を燃やした煙ではない。ナイロンや肉から立ち昇る煙だ。その煙の中に火薬の臭いが混じる。

その煙を含んだ空気をほんの少し吸っただけでヤンは激しくえづいた。刺激臭だけではなく、人が味わってはいけないものを口中に入れた気がした。

今更ながらに警報ベルがけたたましく鳴り出した。だが、あまりに遅きに失した。警告を告げるタイミングを間違えると、警報は恐慌状態に一層拍車をかける結果を招く。ヤンの真横にいた初老の紳士は、失禁して斑《まだら》になった下半身を引き摺りながら匍匐《ほふく》前進で這い回っている。真後ろにいた夫人は、長い髪を振り乱して目の前の女性を押し退けようとしている。

悲鳴と怒号、警報ベルと破砕音が交錯し、いよいよ観客の神経を苛む。

頬の辺りが妙に温《ぬる》い。触れてみると粘液が付着している。

掌を開いてひっと息を呑む。

血だ。

ジャケットやズボンも赤い飛沫やどの部位か判然としない肉片で斑模様になっている。

それだけではない。延焼を免れている床の至る所にも血と毛髪と肉片が散乱している。その中には誰かの千切れた右手首もあった。

やっとヤンの四肢にも感覚が甦ってきた。あまりの衝撃に停止していた身体機能が、この場からの脱出を命じていた。会場出口に視線を移すと、三カ所しかない狭いドアに何十人もの観客が我先にと殺到していた。

老若男女の区別なく、誰もが獣じみた形相で脱出口を奪い合う様はさながら地獄絵図のようだった。爆発で直接の被害を受けなかった者も、出口を争う同胞たちの手で殴られ傷つけられていく。

黒煙が棚引く中でも火の回りが早くなったのが分かる。人を焼き椅子を焼き、勢力を増した炎が板を流れる水のように範囲を拡げていく。火災を感知した天井のスプリンクラーが作動して放水するが、あまり効果があるようには見えない。

熱い。

肌が灼《や》ける。

その時、ズボンの裾がずいと引かれた。

見下ろしてヤンは声にならない叫びを上げた。

自分の足元に長い髪の女性がうずくまり、血塗れの腕で裾を掴んでいた。

ひっと反射的に後ずさると女性の手は力なく離れた。

慌てふためいて周囲を見回す。

壇上のラファウを見ると既に彼の姿はなく、ただ脚の一本が折れて傾いたピアノだけが置き去りにされていた。

ステージ袖――ラファウはそこから脱出したに違いない。ヤンは震えの止まらない両足を叱咤し、炎を避けながらステージに上がって袖から外に出た。

通路で消火器を抱えた宮殿警備員と擦れ違う。その消火能力でどれだけ火勢を殺《そ》げるかは甚だ心許ない。

宮殿内部を通り抜け、やっとの思いで外に出た。

深呼吸を一つした途端に胸から煙った空気がこぼれ、ヤンは盛大に咳き込んだ。

見上げた空は抜けるような青で、宮殿の中で起きたことが悪夢だとしか思えない。

だがそれが夢ではない証拠に、ジャケットとズボンには血と肉片がこびりついたままになっている。慌ててジャケットだけはその場に脱ぎ捨てた。

助かった――。

次第に気分が落ち着いてくると、ヤンはすぐに自分の両手を仔細に調べ始めた。

大丈夫だった。骨折もなければ傷もない。心臓は未だ早鐘を打ち続けているが、両手さえ無事なら何ということはない。

ところが、そう安堵した瞬間に嘔吐《おうと》感《かん》が込み上げてきた。爆発する身体と肉の焼ける臭いが脳内で克明に再生される。

吹き飛ばされる四肢。

脳漿《のうしょう》の溢れ出た頭。

燃え続ける髪。

そして自分に助けを求めてきた女性の腕。

ヤンは胃の内容物を吐き散らかした。

いくら吐いても、後から後から吐瀉物《としゃぶつ》が出てくる。途中から黄色い胃液が、最後には空嘔だけが出た。鼻腔《びこう》の粘膜がひりつく。涙で石畳がぼやけて映る。

やがて通りの向こう側からサイレンの音が聞こえてきた。首都警察か救急車か、それとも消防車か。いずれにしても色々な意味で手遅れだった。

ワルシャワの十月は音楽の季節と思っていたが間違っていた。

いつの間にかワルシャワの十月は血と硝煙の季節になっていたのだ。


逃げるようにして家に帰るとヴィトルドは不在だった。ヤンは着ている服を全て脱ぎ捨ててバスルームに飛び込んだ。

血糊《ちのり》でぬらぬらとした頬は石鹸《せっけん》でいくら洗っても滑《ぬめ》りが取れなかった。それどころか身体中に纏わりつく肉と爆薬の臭いが皮下にまで染み込んだような錯覚がした。何度もスポンジで削り落とそうとするうちに肌は真っ赤になった。

気に入っていた柑橘《かんきつ》系の香水を浴びるほど振り撒くと、やっと人心地がついた。

セーターに着替えてリビングのソファに倒れ込む。もう立っていることさえ億劫《おっくう》だった。ヴィトルドがいなくて助かる。しばらくは誰とも口を利きたくない。

横たわっていると急に睡魔が襲ってきた。睡眠不足ではなく、精神の疲労が眠りを求めている。抵抗できず、ヤンは深い眠りに落ちていった。その後は夢さえ見なかった。

目が覚めると夕刻近くだった。ヴィトルドは音楽院に出勤しているのかまだ帰っていない。

不意に事件のことが気になった。もう現場の状況を思い出しても嘔吐感を覚えることはなくなっている。ヤンはテレビをつけ、ポーランド国営テレビのチャンネルに合わせた。

最初に映し出された画面を見て驚いた。何とカミンスキの顔がアップで映っていた。その背景にも見覚えがある。間違いなくコンクール会場となっているワルシャワ・フィルハーモニー・ホールだった。

カメラが引くと、カミンスキのみならずコンクールの審査員全員が顔を揃えている。間断なくフラッシュが焚《た》かれているところから、どうやら記者会見の場らしい。

『まず、テロの被害に遭われて亡くなられた十八人の方とそのご遺族に深く哀悼の意を申し上げます』

十八人死亡。怪我を負った者もいたはずだから被害総数はもっと多かったのだろう。自分に助けを求めていた女性は死んだのだろうか。それとも病院に運ばれて助かったのだろうか。

あの時点では自分が逃げることで精一杯だった。女性が生きていたのかも分からない。誰にもヤンを責める資格はない。しかし、もし、自分が彼女を背負ってステージ袖から脱出していれば

――。

そこまで考えてヤンは強引に思考を止めた。今となっては同じことだ。自分が女性を見捨てて逃げ出した事実に変わりはない。

『わたしも偶然会場にいました。後ろの列だったので大した怪我はありませんでしたが……その代わりこの世の地獄を見ました。暴力とはどういうものであるかを、はっきりと認識させられました』

カメラがカミンスキの額をズームで捉える。見れば大型の絆創膏《ばんそうこう》が貼ってあり、カミンスキ自身も多少の怪我をしたことが分かる。

『審査委員長。今回のラクチンスキー宮殿の事件は、ワルシャワ市内で起きたテロ事件で最大の死傷者を出してしまいました。国家警察当局は更なる事件の続発を予想しています』

『アルカイダから新たな声明が発表されない以上、当然その可能性はあるでしょう』

『国家警察当局はショパン・コンクールの中止を正式に申し入れたそうですが』

『その件はショパン協会を介して聞きました。事実です。市内でテロ事件が頻発している中、如何に世界中からの来賓がいるとは言え、コンクール会場だけに十全な警備を敷けないというのがその理由でした』

『その申し入れを受けるんですか。ショパン・コンクールは直ちに中止されるんですか』

中止だって！

ヤンは驚いて画面に駆け寄った。

——待ってくれ。そんなことになったら僕の今までの五年間はどうなるというんだ——。

『当局からの申し入れは常識に沿ったものであり、要人警護という観点からも首肯せざるを得ないものです。また、わたし自身が今回自爆テロの凶暴さ非道さを目の当たりにしています。そこで先刻、わたしはショパン協会と協議し会長と合意を得ました』

『では、やはり中止なのですね』

『ショパン協会からの回答はノーです』

おう、という驚きの声が上がり、フラッシュの瞬きが一層激しくなる。

カミンスキは心持ち面を上げてカメラを直視した。意志の剛《つよ》さと誠実さを思わせる目は、相対する者の不実をたちどころに見抜いてしまいそうだった。

『コンクールは中止になりません。いえ、させません。国家警察当局には更に厳重な警備をお願いしますが、コンクールは日程通りに進めていきます』

『させません、ですって？　それはショパン協会、並びに審査員たちのエゴではないのですか』

『エゴと言われればそれまでです。わたしたちはまずショパン・コンクールとその出場者を優先的に考えますからね。しかし、その論理で言えばエゴイストの最たるものはテロを目論んだ者たちです。どんな大義名分があったとしても、自らの要求を通すために無辜《むこ》の人間を巻き添えにするのは単なるエゴイズムでしかない。全ての戦争が、そして全ての謀略がそうであるように、他人の生命を蔑《ないがし》ろにしてまで遂行される正義など虚構でしかない。そして、それを言葉や文章ではなく、音楽で表明したのが他ならぬショパンでした』

カミンスキの言葉には熱があった。視線には真摯《しんし》さがあった。政治家や官僚たちによる通り一遍の回答に聞き慣れているらしいインタビュアーも、その熱に当てられたように沈黙する。

『エチュード10‐12〈革命〉を引き合いに出すまでもなく、ショパンは愛国の矜持《きょうじ》も歌っているのです。そんなショパンが、テロリストの暴虐によって自らの名を冠したコンクールが中止されると聞いたら、いったいどんな思いを抱くでしょうか』

少しも変わらないな、この人は――とヤンは思う。まだ年端もいかなかった自分にショパンの精神なるものを懸命に教え込もうとしていた時、カミンスキは今と同じ顔をしていた。子供ながらに、この大人の言ってることは正真正銘心の底から搾り出された真意なのだと分かった。

ヤンは不意に理解した。カミンスキはこのインタビューを通して自分とコンテスタント全員に、そしてポーランド国民に呼びかけているのだ。

『テロ行為に怖れて国家的な行事を取りやめ、日常を怯えて暮らす。テロリストの目的とは、まさにそういう日常を圧殺する危機的状況の醸成にあります。つまり今、ショパン・コンクールを中止することは彼らに敗北することを意味するのです。今回のコンクールの行方と関係者の言動を世界中が注視しています。従って今こそわたしたちは世界に勇気を示すべきなのです。音楽の旋律が軍靴の音に、マズルカのリズムがプロパガンダの檄文《げきぶん》に屈しないことを証明しなくてはなりません。それがきっと、迫りくる暴虐によって祖国を追われたショパンの精神だからです』

その気迫に呑まれたのか、カメラはピントをカミンスキに定めたまま微動だにしない。インタビュアーも沈黙したまま口を挟もうとしない。

『むろん、これは単にショパン協会、並びに審査員一同の所信表明に過ぎません。これより先、棄権するコンテスタントがいたとしても、我々はその演奏を忘れることは決してないでしょう。また、招待状や入場券をキャンセルされる方も同様に、ショパンのピアノを愛していただいたことに変わらぬ同慶を表わすものです』

カミンスキ先生も人が悪い。こんな演説を聞かされた上ですごすご帰国なんかした日には、それこそ周囲から臆病者呼ばわりされるに決まっている。

テレビ画面ではようやく我に返ったインタビュアーたちが次々に質問しているがいずれも内容は些末事であり、カミンスキの決意を微塵も揺るがすものではなかった。

ふと気づくと、ヤンの中でとぐろを巻いていた恐怖心と罪悪感が薄らいでいた。それでまた思い出した。幼かったヤンが演奏のことや家庭の問題で不安を訴えた時、カミンスキの助言を聞いただけで心が軽くなったのだ。

音楽院の学長職が定年を迎えたら政治家にでも転身すればいいのに、とヤンは思う。為政者ほど言葉に重きを置く者はいない。そしてカミンスキの言葉には大勢の人間を動かす力がある。ところがヤンの見る限り当の本人は立身出世には露ほどの魅力も感じていない様子で、言葉よりは音を尊んでいる。一方、昇格に汲々《きゅうきゅう》としているヴィトルドは長年教授のままだというのに、世の中はままならないものだ。

テロへの恐怖と自己嫌悪を完全に払拭できた訳ではないが、それでも憑物《つきもの》が落ちたのは確かなようだった。

ヤンは頭を二、三度振ってからレッスン室に足を向ける。自分以外の十一人のコンテスタントたちも今の放送を見ていたはずだ。つまりカミンスキの言葉に背中を押されたのも自分一人ではない。昨日までとは違う志を胸にステージへ上がってくるだろう。

望むところだ。


その後、ヤンが見聞きした話によると、カミンスキによる委員会声明は多くの国民に支持されたらしい。生来の国民性である反逆精神に火を点けたというところか。ポーランド国家警察のみならず政府にも多数の賛同が寄せられ、世論に押される形でショパン・コンクールの続行が認められた。

2

十月十五日、第三次予選二日目。ヤンは会場に急いでいた。

朝、起きるなりヴィトルドから昨日の行動を問い詰められた。脱衣所に脱ぎ捨ててあった血塗《ちまみ》れのジャケットを見つけられたのだ。

ラクチンスキー宮殿でテロに巻き込まれたことを告げると、ヴィトルドは安否を確認した後にそれ見たことかとヤンの軽率さを責め、これからは出場する日以外は家の中に閉じ籠っていろと言った。

以前であればその言いつけに従ったのだが、この日のヤンはとてもそんな気分ではなかった。父親に対する畏敬の念などとうになく、半ば喧嘩《けんか》別れのような形で家を飛び出したのだ。どのみち、ヴィトルドからの指摘で得られるものはもう何もない。音楽院に行けば深夜までレッスン室を貸してくれることになっているので、しばらくはそっちに通い詰めればいい。

間を置こう、とそう思った。今の自分はステファンス家から距離を置き、その呪縛から逃れる必要がある。目の前で起こった自爆テロの惨劇と後に続いたカミンスキの演説が、今になっても頭の中に渦巻いている。暴力と抵抗。その狭間にあってステファンス家の名誉など、いったいどれほどのものだというのか。昨日の体験の後では、父親の言葉がひどく矮小にしか聞こえなかった。ヴィトルドの言葉が、あの死にゆく者たちの怨念と彼らを置いて逃げ出した自分への嫌悪感をどれだけ払拭できるというのか。

ワルシャワ・フィルハーモニー・ホールに来てみると宮殿テロ事件の直後にも拘わらず、観客の数が一向に減っていないのでヤンは少し驚いた。やはり昨日のカミンスキの熱弁に国民が応えたということなのだろう。しかし一方で警備している警察官の数も増えており、不穏な空気も一層強まっている。

ホールに入った途端、後ろから声を掛けられた。

「ヤン！　ヤン・ステファンス！」

振り向かなくても高い声で分かる。エリアーヌはヤンに追いつくと、背中を軽く小突いた。

「来たのね」

「来たのねって……一応コンテスタントだよ。ライバルの演奏が気になるのは当然だと思うけど」

「そうじゃなくて！　昨日ラクチンスキー宮殿で災難だったでしょ。それなのに昨日の今日でまた外出するなんて、結構豪胆なのね」

「えっ。どうしてそんなこと」

「あ、知らなかったの？　ニュースで宮殿から脱出した観客たちの姿が映されていて、その中にヤンもいた」

あれを見られていたのか。それもテレビ中継で――。ヤンは途端に赤面した。宮殿から抜け出した際、自分は真っ先に嘔吐していた。何度も何度も胃の内容物を石畳の上に吐き散らかし、顔を涙で斑にしていた。あの無様な姿を、宮殿の中の負傷者を置き去りに逃げ出した姿を大勢の国民と、選《よ》りにも選ってエリアーヌにまで見られたというのか。

何という恥さらしだろう。顔が熱くてまともにエリアーヌを見られない。

俯《うつむ》いていると、目の前に新聞を差し出された。見れば本日付のガゼッタだった。

一面にカミンスキの顔が大写しになっている。ヤンは記事に目を走らせた。

『音楽の力
十四日夕、アダム・カミンスキ審査委員長によるショパン・コンクール続行の声明は大統領の言葉をも凌駕する重みと力を有していた。何故なら、審査委員長の言葉はポーランド国民の意思を代弁するものだったからである。ワルシャワ市内でのテロ事件は昨日のラクチンスキー宮殿で四件目であり、死者は四十人を数えた。戦後かつてないほどの騒乱状態であり、聖ヤン聖堂をはじめとした歴史的建造物の破壊に心を痛める者も多いだろう。だが我々の魂はまだ屈服していない。ショパン・コンクールの続行はそれをテロリストたちに強く表明するものなのである。

現コモロフスキ政権は前政権の流れを汲み、アフガニスタンへの派遣期間延長を決定した。現政権にとってショパン協会の決断はその政策に沿うものであり、ショパン・コンクールの続行が追認された理由の一つはそこにある。だが、それは問題の本質ではない。

ナチスによって国土が蹂躙された時も、破壊され尽くした街を復興させた時にも、絶えず我々の胸の裡にはショパンの旋律が響いていた。それこそが我々を希望へと突き動かす槌音《つちおと》だったからだ。

音楽には力がある。

それは銃弾を遮るものではなく、ましてや人を殺《あや》める力ではない。しかしテロリストが振るう暴力とは対極にある同等の力だ。

ショパン・コンクールは音楽に忠誠を誓った者たちの祭典である。これからもコンクールは続き、二十日には勝者が決定する。しかし選ばれたコンテスタントにもそうでなかった者にも、我々は等しく栄誉を与えることを忘れないで欲しい。

編集部　ハーヴェイ・ヤルゼルスキー』

「大した人よね、カミンスキ審査委員長も。本来だったらショパン・コンクールだって連続するテロ騒ぎで中止を余儀なくされるはずなのに、それを逆手に取っちゃうんだから。それともポーランドの国民性かしらね」

「こういう熱いのはお気に召さないかい」

「同じくナチの占領下だったフランス人としては同調しない訳にいかないわね」

エリアーヌは悪戯っぽく笑う。この場にドイツ人のコンテスタントがいなくて幸運だと思った。

「で、ヤンの今日のお目当ては誰？」

「二番手のヨウスケ・ミサキ。彼のピアノ・ソナタ第二番」

「同じく」

ヤンが岬の演奏するソナタ第二番に注目したのには理由がある。まず、第三次予選の課題曲は次の通りだった。

・共通課題曲
ポロネーズ第七番　変イ長調〈幻想〉Polonaise-Fantaisie As-dur Op.61
・ピアノ・ソナタのいずれか一曲
ピアノ・ソナタ第一番　ハ短調Sonate c-moll Op.4
ピアノ・ソナタ第二番　変ロ短調〈葬送〉Sonate b-moll Op.35
ピアノ・ソナタ第三番　ロ短調Sonate h-moll Op.58
・その他、一次二次で演奏していない曲。

今年から共通課題曲が設定されたことも興味深かったが、それよりもソナタの選択についてちょっとしたハプニングが起きていた。

ピアノ・ソナタは古典派前期によって様式が確立されている。その一つが第一楽章に提示部、その反復、展開部、再現部で構成されるソナタ形式だ。自由闊達な作風のショパンにとってソナタの構成上の制約は苦痛だったのか、その生涯でピアノ・ソナタはたったの三曲しか遺していない。

ショパンが少年時代に作曲した第一番はその制約ゆえにショパンらしさが全く見られず、その夥《おびただ》しい作品群の中でほとんど黙殺されている。その証拠に第三次予選でこの第一番を選択するコンテスタントは皆無だった。

つまりソナタは第二番か第三番かの二択であり、実際に二日目に出場する四人も第二番が二人、第三番も二人という構成だったのだが、今日になって第二番を選択していたオーストラリアのスコット・ブラウンが変更を申し入れてきたのだ。

スコット本人は明らかにしなかったが誰もがその理由を知っていた。ソナタ第二番の第三楽章は、言わずと知れた〈葬送行進曲〉だ。その曲をラクチンスキー宮殿の悲劇の直後に演奏することにプレッシャーを感じたに違いなかった。もちろん偶然の一致と言ってしまえばそれまでだが、あまりにタイミングが悪過ぎる。感受性豊かな演奏者であればあるほど思い入れは深くなるし、聴く方にもある種のバイアスが掛かる。冷徹に演奏することも聴くことも困難になってくるだろう。だからこそスコットの曲目変更はやむなしとの共通認識ができていた。

ところが、それを岬は敢えて変更しようとしなかった。下手をすれば演奏が乱れかねないこの状況下で、ソナタ第二番をどう仕上げるのか――その結果次第では、明日に演奏を控えるコンテスタントたちの選曲にも影響を与えるのは必至だった。

「僕は元々三番を演る予定だったけど……エリアーヌ、君は？」

「二番。だからミサキがどんな演奏をするのか、とても気になる。じゃあ、また後でね」

最初の演奏はスコット・ブラウンだったが、結果としてポロネーズもソナタも平板な印象に終始した。スコットは第一次審査から小さなミスはあっても骨太な演奏をすることで注目を集めていたコンテスタントだったが、ここにきて大きく失速してしまった。いつもの豪胆さは影を潜め、ちまちまと楽譜の指示通りに運指する姿は昨日までとはまるで別人だった。

同じコンテスタントの立場から、ヤンには凡《およ》その理由が想像できる。まず一つには昨日から会場の雰囲気ががらりと変わってしまったことによる違和感だった。カミンスキの思惑がどうであったかはともかく、あの声明を発表してからショパン・コンクールは従来の音楽祭という性格と共に政治的な色彩が生じてしまった。つまりショパン・コンクールに参加すること自体がテロに対する抗議行動になったのだ。地元のポーランド人ならいざ知らず、他国から来たコンテスタントにはあまりに唐突な展開だっただろう。

そして二つ目には恐怖が挙げられる。イギリス人コンテンタントが犠牲になったテロで、次に巻き込まれるのが自分ではないと誰に断言できるのか。しかもテロへの抗戦を明確にしたことで、その可能性は一段と高まった。

三つ目にはやはり直前の曲目変更による詰めの甘さが挙げられる。ショパン・コンクールに出場するようなコンテスタントならショパンの楽曲のほとんどを暗譜しているが、それでも課題曲に対する仕上げを考えれば運指に不安が残る。スコットがソナタ第三番について慎重なピアノになったのは、間違いなくそのせいだった。

不首尾に終わったことは演奏者である本人が一番よく知っている。演奏を終えたスコットは肩を落としてステージを後にした。

さあ、次だ。

『二人目の演奏者。ナンバー49ヨウスケ・ミサキ。曲目、ピアノ・ソナタ第二番変ロ短調作品35、ポロネーズ第七番変イ長調作品61、ノクターン第八番変ニ長調作品27 - 2。ピアノはスタインウェイ』

袖から岬が姿を現した時、まだ演奏前だというのに会場から万雷の拍手が起きた。榊場の時と同じだ。二次予選まで岬の演奏を聴いた観客が期待値の高さをそのまま拍手に込めている。

『ヨウスケ・ミサキ。ヤポーニヤ』

ヤンは一瞬、目を疑った。ステージに立った岬は普段とはまるで別人だった。

あのどこか飄々とした穏やかさなどどこにもない。手を触れれば切れてしまいそうな気を発散している。だが緊張しているのでもない。自分の縄張りに進む獅子《しし》のように悠然とした歩き方だ。

ヤンは自分の過ちに気がついた。ワジェンキ公園でマリーの相手をしていた岬は仮の姿に過ぎない。今、ピアノに向かう姿こそが本当の岬なのだ。

それにしても何と異様な存在感だろう。天井から吊《つ》るされたショパンのレリーフ像さえも霞《かす》んでしまっている。そして岬がピアノの前に座った途端に拍手はさっとやみ、すぐに緊張感が会場を支配した。ヤンには分かる。これは岬のピアノを待ち構える緊張だ。

第一楽章、グラーヴェ〜ドッピオ・モヴィメント、変ロ短調、二分の二拍子。ソナタ形式。

最初に強い音が放たれた。その重さが尋常ではない。たったの一音で心が絶望の淵に引き摺り込まれる。陰鬱極まりないたった四小節の序奏で、このソナタが悲劇的なものであることが予告される。

すぐにテンポが速くなり、左手の伴奏に乗って右手が短い第一主題を細切れのアジタートで奏でる。短三度が反復する旋律で、絶望の淵に落とされた心がきりきりと締めつけられる。メロディが昏いダンスを踊り始める。それは死を予感するような焦燥感に満ち、次第に激しさを増していく。

驚いたことに鳥肌が立っていた。榊場の演奏を聴いた時にも、いや、他のどんなピアノを聴いてもこんなことはなかったというのに。

音だ。ヤンは瞬時に分析した。岬の奏でる音の一つ一つには芯がある。だから克明な音も朦朧《もうろう》とした音も残らず胸を直撃する。それは単に打鍵の強さだけではなく、テクニックとして確立されたものだ。だが、そのテクニックの詳細までは分からない。

メロディがいったん沈静化すると変ニ長調に転調して第二主題が現れた。これは回想を思わせる優美な調べだ。過ぎ去った幸福な日々が甘やかに語られる。

通常のソナタ形式の第二主題は平行的になってしまうが、ショパンは経過音を駆使することで転調を滑らかにしている。しかし岬のピアノは打鍵の強弱とリズムを調性することで、更にその転調を自然なものに仕上げていた。

この甘く切ないメロディは、しかし一瞬で終わる。強引に断ち切られたかのような終わり方で、後に痛みが残る。そして展開部に入るとまたもあの陰鬱な第一主題が甦り、聴く者を不安に陥れる。低音部でオクターブがパッセージとなって転調を繰り返す。この転調は聴いていても判然としない部分だが、楽譜は臨時記号で埋まっている。ショパンの即興性がよく表れているが、岬のピアノは軽快でその困難さを露ほども感じさせない。

強い打鍵に急かされて負の感情が昂ぶっていく。第二主題の甘いメロディを聴いたがために、その感情はいっそ悲痛さも伴っている。紛うことなく、それはショパンの激情だった。

再現部に入っていきなり第二主題が立ち上がる。夢想的な旋律で魂がひと時の安寧を得る。再現部であるにも拘わらず、第一主題を省略しているのがショパンの特徴だ。感情の起伏を少なくして冗長になるのを防いでいる。しかし岬はその構成を守りながらも、聴く者の感情を昂揚させずにはいられない。岬のピアノはショパンの激情にスポットを当てている――と評したのはエリアーヌだったが、こうして実際に聴いてみると、彼女の寸評が的外れでないことが分かる。しかもそれはガガリロフのように過剰な表現ではなく、元来あるものを独自のピアニズムで浮き彫りにしただけなのだ。

メロディを分析し指の動きを追いながら、それでもヤンは自分の感情が揺さぶられていることを否定できなかった。立場は同じコンテスタントだというのに、音の説得力にはテクニック以上のものが介在している。分析する一方で感情が揺さぶられるのは、それが解読不可能な要因だからだ。

個性——陳腐な表現だが、そうとしか言いようがない。ピアノはただ鍵盤を叩くだけで音が出る。言い換えればマシンでも弾ける。楽譜の指示通りにプログラミングすればメロディもリズムも再生できる。打鍵の強さも思いのままだ。しかし自動演奏から放たれる音とピアニストの奏でる音には雲泥の差がある。そしてまた、同じ曲を同じ速さ同じ打鍵で弾いても、演奏者ごとに曲の印象や出来不出来が生じてくる。何故ならピアニズムの根幹に演奏者の個性が大きく関わっているからだ。個性は演奏者の経験と知性、そして何より資質が形成するものであり、こればかりは盗むこともコピーすることもできない。

コーダに入ると、強い打鍵のまま不安と平穏がせめぎ合う。終盤になって左手が低音で第一主題を奏でて不穏さを醸し出し、最後にロ長調の主和音を連続させて終わった。観客席の空気が俄に弛緩するが、岬は観客を一瞬たりとも休ませようとしない。すぐに指を鍵盤に翳す。

第二楽章、スケルツォ、変ホ短調、四分の三拍子。三部形式。

突然、不協和音の連打が始まる。ここから主部が展開していくのだが、岬のピアノは破壊的ともいえる勢いで突き進む。打鍵は強靭さを維持したままで聴く者の心拍数を高めていく。左手の半音階、それに続く両手声部の半音階。オクターブの連打と四度和音の半音階進行。そして荒々しい強弱の変化——。

ヤンはそういった技術的な難所を難所と思わせないピアノに舌を巻いた。本来なら競争相手の才能に苛立ちを覚えるところなのだが、不思議と岬への嫉妬心はない。それよりも、悔しさを感じないことの方が悔しい。

不気味な雰囲気が漂う中、焦燥感がうねる。この焦燥感は主部で示された破壊衝動がまだ記憶に新しいからだ。つまり岬の放った音が、それだけ強く胸底に残っている証拠だった。

そして旋律が俄に鎮まり、変ト長調の中間部に差し掛かる。嵐が去った後のような平穏が怯懦《きょうだ》をそっと包み込む。

哀愁を秘めながらも静かに曲は流れ、ヤンはその流れに身を任せるしかない。曲に対する分析力は明らかに減退している。精神の奥底が冷静さを放棄し、ピアノの旋律に同調するように命じている。

他人の演奏にこれほど翻弄されるとは想像もしていなかった。榊場の場合には、それでも彼自身の特異さを推し量る余裕があったが、今はそれすらもない。音をそのまま脳内に取り込んで処理できる榊場と違い、岬もまた自分と同じように楽譜を読み、音から記号への変換を経て曲を理解しているはずだ。それなのに自分との力量の差が甚だしい。

観客にこの違いがどれだけ分かっているかは疑問だった。もちろんピアニズムの相違、技量の格差は指摘できるだろうが、実際の隔たりはもっと大きい。これは演奏者にしか理解できないことだが、観客の耳に届く音以上に指先の優劣は顕著に表れている。ガガリロフやエリアーヌが榊場と岬のピアニズムに興奮している理由はそこにある。

不意に不穏な主部がまた頭を擡げてきた。この再現で、平穏に落ち着いていた胸は再び掻き乱される。提示部よりも短縮された形だが、それでも静かな時間が長かったために衝撃度が大きい。

ざわざわと心が波立つ。

不安が一気に加速する。

やがて中間部の主題が一瞬だけ回想され、ピアノはゆっくりと声を潜めていく。

そして力尽きた者が腰から崩れ落ちるように、この楽章は終わりを告げた。

ふう、と我知らず溜息が洩れた。弱音で終わる一音の、しかし何という切迫感だろう。

だが、その休息も長続きしなかった。

第三楽章、レント、〈葬送行進曲〉、変ロ短調、四分の四拍子。三部形式。

さあ、この楽章だ――ヤンはわずかに身構えた。この〈葬送行進曲〉を思い入れたっぷりに弾くのか、それとも〈ポーランドのショパン〉を忠実に継承するのか。それによって審査員の、そして観客の評価が定まる。

ずん、と重苦しい音が身体の芯に響いた。

繰り返される短三度の低音で、ヤンは否応なく葬列の中に引き摺り込まれた。鈍色の空が低く垂れ込める下、先頭に十字架を掲げた黒装束の葬列が近づいてくる。岬が左手で奏でる低音は、そのまま鎮魂の鐘になる。

それにしても、いったい何という重力だろうか。岬はこの低音をフォルテシッシモで繋いできたが、音量だけでは説明のつかない重さと吸引力がある。

そしてまた両手で心臓を絞られるような息苦しさを感じた途端、ヤンの脳裏に昨日の自爆テロの情景が浮かび上がった。

慌てて打ち消そうとしたが駄目だった。いくら振り払おうとしても、瓦礫《がれき》の中で横たわる市民と破壊された宮殿の惨状、そして自分が置き去りにした女性の姿が甦る。頭の上から下りてくる葬送の旋律が抵抗を許さない。ヤンはただ、斃れた者たちに向けて頭を垂れるより他にない。

この葬送は個人に向けられたものとする者がいるが、〈葬送行進曲〉のみが一八三七年に既に完成したことを考えれば、その対象はその六年前ロシア軍によって陥落していたワルシャワに向けられたものと解釈した方が自然だろう。

だが岬のピアノは昨日の事件を経て、葬送の意味合いを一層身近に引き寄せてしまった。言うなれば、ポーランドのショパンを継承した上で現実への悲憤を吐露してみせたのだ。

悲痛な旋律が、時を越えたワルシャワの悲劇として聴く者の胸に重く圧し掛かる。

寒い。堪らなく寒い。

胸の奥に寒風が吹き荒《すさ》ぶ。

ワルシャワ陥落の際、銃弾に斃れた市民。

自爆テロに巻き込まれ、非業の死を遂げた市民。

彼らの無念と断末魔の叫びが、耳の奥にこだまする。

吹き飛んだ四肢。

焼け焦げた皮膚。

瓦解した建物。

血と硝煙の臭い。

幻影が臭いを伴って脳裏を去来する。

遂にヤンは息苦しさに耐えかねて自分の胸を掻き抱いた。

いったい、どうして岬のピアノはこんなにも胸を締めつけるのだろう。

何故、異国の演奏者がショパンと同国人である自分をこんなにも共鳴させるのだろう。岬洋介という人間がショパンと同じ苦悩を味わったとでもいうのだろうか。

中間部で変ニ長調の優しいメロディが入れ替わる。今までの重苦しさがほんのわずかだけ軽減される。

暗鬱だった世界に天上からひと筋の光が射す。だが、それは希望の光と呼ぶにはあまりにも弱々しい。ピアニッシモで躊躇いがちに語られるのは、あくまでも死者に向ける鎮魂の歌だった。

微弱な伴奏が同じアルペジオでひとしきり続く。それは死者への祈りだ。何度か掻き消えそうになるが消えることなく流れ、いったんは高らかに昂揚するものの、やがてやるせなさを残して落ちていく。それでもそれは死者を天上に導く神々しさに溢れ、きらきらと淡い輝きを放っている。そんな微弱なピアノが観客席に届いているのは、単に打鍵を弱くしているからではなく、小さく聞こえるようなニュアンスを加えているからだ。

横で鼻を啜《すす》る音がしたのでそちらを見ると、母親ほどの年齢の女性が涙ぐんでいた。そのまた隣では両手を胸に組む女性がいた。

会場を支配している静謐さは既に緊張感や悲憤ではなく祈りからくるものだった。他の観客だけではない。ヤンもまた両手を重ねたい気分だった。見知らぬ女性、生きていたかも死んでいたのかも知れない女性。それでも彼女が最後に触れたのは自分だった。張り裂けそうな罪悪感を押し隠し、今はただその魂が安らかであることを祈らずにはいられない。

そしていよいよ再現部が訪れた。

重苦しい主題でヤンは再び葬列の中に戻される。

先刻の弱々しい光がまた厚い雲に遮られ、地上には廃墟が延々と連なる。

岬はこの再現部もフォルテシモで描き出す。魂にまで届く強靭な打鍵はそのままショパンの慟《どう》哭《こく》となって響き渡る。

会場は死者を悼む場と化し、観客は喪主となった岬の一挙手一投足をじっと見つめている。あたかも緊張の糸が見えるようだった。そして観客たちから異常なほどの集中力を引き出したのは、たった十本の指先だった。

しかし当の岬は観客たちの反応を他所《よそ》に鍵盤に向かっている。ソナタ第二番、第一楽章から延々と続く連打の嵐で腕から先は相当疲労しているはずだが、そんな様子は露ほども感じさせない。ライトの真下で汗ひとつも掻いていない。腕の振りこそ大きいが、表情は冷徹そのものだった。

恐ろしくなるほどの精神力だと思った。自身もテロの標的になる恐怖、そしてこの曲を弾くことで観客から総スカンを喰らう可能性があったにも拘わらず、岬はそれらを撥《は》ね返すことで自らのソナタ第二番に普遍性という説得力を持たせたのだ。

暴虐に対するショパンの怒り、奪われた無辜の生命に対するショパンの哀しみが岬のピアノに憑依している。

ヤンは絶望していた。自分と岬の間にはテクニックでは説明がつかない、知識では縮めようのない隔たりがある。

いつだったかカミンスキが、ピアニストの資質も結局は人間性に帰するものなのだと教えてくれた。もしそれが真実なら、ヤンはその人間性なる訳の分からない領域で岬や榊場と闘わなければならない理屈になる。そうなれば勝ち目など全くなくなるではないか。

岬の奏でた葬列はやがて遠くの墓地へと辿り着き、棺を地中深く埋める。

後には虚無だけが残った。

しかし岬の指は休むことを知らない。一拍置いて、またすぐに走り出した。

第四楽章、フィナーレ、プレスト、変ロ短調、二分の二拍子。

最初からユニゾンの三連音符が連続し、ざわざわと心が乱される。

この楽章はたった七十五小節しかなく、その大部分がこのユニゾンに終始する。調性も明確ではなく、主題もなければ形式もない。ショパン自身が「行進曲の後に右手と左手がユニゾンで会話する」とだけ記している。だがこの楽章の中に短三度のモチーフが分解された形で潜んでおり、主題にあった絶望の断片が顔を覗かせている。

不思議なユニゾンは上向と下向を繰り返しながらやがて狂おしい旋律へと形を変え、観客を混《こん》沌《とん》とした世界に誘う。

墓場に寂寥《せきりよう》の風が吹き、新しい墓石に枯葉を撒き散らす。

最後に教会の鐘を思わせる音が三度。

そして岬が鍵盤から指を離した直後だった。

観客席の中から何人かが立ち上がって手を叩き出した。

まだ二曲の演奏が残っているというのに——立ち上がった観客は自分の勘違いに気づいて、慌てて着席する。エリアーヌから聞いていた第二次予選の出来事の再現だった。

だが、どこからも失笑の声は起こらない。皆、無理もないと承知しているからだ。それほどに完成度が高く、魂が揺さぶられる演奏だった。

ソナタ第二番は楽章単位で完結していることから、逆に古典的なソナタとしての構成感に乏しいとの評価も為されている。大のショパンファンだったシューマンも楽章の性格の違いをはっきり指摘している。これは四つの楽章のうち第三楽章だけが先に完成していた事実と無関係ではない。

しかし、その構成感の乏しさを岬はいとも簡単に払拭してみせた。全ての楽章の切れ間において、ただならぬ緊張感を持続させることで統一感を演出したのだ。並みの体力、常識的な精神力でできることではない。

ステージの上の岬が一段と巨きく見えた。

鳥肌は立ったまま全身の震えが止まらない。両手は汗を握っている。心拍は乱れ、頭は朦朧としている。

何というピアニズム、そして何というピアニストだろう。

自分は榊場やこんな相手と闘うのか――そう考えただけで心が萎えた。

だが、岬は落胆する暇さえ与えてくれなかった。二曲目のポロネーズ第七番がすぐに始まった。

3

十月十七日、コンクール会場から音楽院に向かう途中で後ろから呼び止められた。

「ヤン！」

そんな風に快活に呼んでくれるのはエリアーヌしかいなかった。振り返ると、彼女は男を連れていた。

「エドワード・オルソン……何だエリアーヌ、彼と知り合いだったのかい？」

「知り合いというかライバルよね。エドワードとはエリザベートでもロン＝ティボーでも競い合ったから」

「両方とも君の方が上位だったけどね……やあ、よろしくヤン・ステファンス。いつか君とは会いたかったんだ」

オルソンのポーランド語はいくぶん硬かったが、自然に相手の警戒心を奪うような快活さがそれを補っている。陽気で社交的なのはステージの上だけではないらしい。

「僕に？」

「〈ポーランドのショパン〉を継承する若き新星……それが著名な音楽雑誌が君に冠したキャッチ・フレーズだった。伝統的なショパンとは無関係と言われ続けた者にしてみれば、天敵みたいなものだからね」

オルソンの口からそれを聞くと、やはりポーランドの伝統が外国人コンテスタントにとっては一種の壁になっていることが実感できる。だが、当のヤンはひどく懐疑的になっている。

「そんなもの、あなたを含め他のコンテスタントの演奏を聴いていたら、どうでもいいんじゃないかと思えてきた。特にあの日本人コンビときたら」

そう言うと、オルソンは皆まで聞かないうちに納得顔で頷いた。

「あの二人は日本人というより突然変異みたいなものだよ。十八歳のサカキバも二十七歳のミサキも国際コンクールは今回が初めてらしいから、各国のコンテスタントも全くのノーマークだったしね」

「でも本当に下馬評通りだったわね。あんな騒ぎの後じゃあ少しくらいは波乱があると思っていたんだけれど」

エリアーヌが取り出したのはファイナル進出者の一覧表だった。

42　ヴァレリー・ガガリロフ
49　ヨウスケ・ミサキ
50　エリアーヌ・モロー

52 エドワード・オルソン
53 ヴィクトル・オニール
71 チェン・リーピン
73 リュウヘイ・サカキバ
75 ヤン・ステファンス

ファイナルはこの八人が協奏曲第一番、第二番のいずれかを弾き、うち六人が入賞することになる。

「へえ、下馬評では最初からこの八人だったんだ」
「ヤンって地元の癖して、そういうことには本当に無頓着よね。だけどまあ、わたしは紙一重だったんじゃないかな。わたしの出番、ミサキのソナタ二番を聴いた翌日だったのよ。コンディション最悪」
「それでも翌日だった分、ミサキ・ショックが和らいでラッキーだね。彼の次にプレイしたアンドレイ・ヴィシンスキーは散々だったから」

その様子はヤン自身も目撃していた。同じポーランドのコンテスタントということで地元の期待もあったのだが、岬の直後に弾いたソナタ第二番は目も当てられない出来で、観客から不評を買うどころか同情されるような有様だった。

とにかく岬の演奏はその後のポロネーズ第七番もノクターン第八番も素晴らしかった。演奏後のスタンディング・オベーションは延々十分間も続いた。コンテスタントの演奏というよりは著名なピアニストのリサイタルのような印象だった。

「アンドレイが割を食ったのは災難としか言いようがないわ。わたしだって直前まで曲目変更するかどうか迷ったくらいだもの」

　エリアーヌは唇を尖らせてみせた。

「あんな〈葬送行進曲〉、反則。結局ミサキの後にソナタの二番を弾いたコンテスタント、わたし以外は皆落選しちゃったのよ」

「三番弾いたヤツだって似たようなものさ。今回落ちた四人全員がミサキの後だった」

　言いながらヤンは自身も演奏時にペースが乱れたことを思い出した。ソナタ第三番はショパン円熟期の作品で第二番よりは構成感があり、同じソナタであってもまるで別物だ。比較されにくいのは良かったが、それでも岬のピアノが耳について離れず、それを払拭するのにずいぶん苦労した。

「だが、ファイナルは協奏曲だからね。サカキバもミサキも今までのように上手くいくとは限らない。いや、逆に不利かも知れない」

「それはどうしてかしら」

「ミサキの場合、突出し過ぎたピアニズムがオケと同調できない可能性がある。それからサカキバの場合はその……身体的な理由で、やっぱりオケに合わせられるのかという疑問もある……というのが某評論家の意見なんだけどね」

オルソンは肩を竦めた。

「ただそれもやっぱり評論家の意見で、結果は蓋《ふた》を開けてみるまで分からない。ショパン・コンクールほど不確定要素のあるコンテストはないって話だから」

それはヤンも同感だった。過去のショパン・コンクールでも最有力候補が一次で落選したり、逆に無名のコンテスタントがあれよあれよという間に優勝を勝ち得たという例もある。実力以外にも、その時の審査員との相性や演奏順が結果に関わってくるからだ。

「わたしは、あの二人に関してはコンクールの順位なんて大した問題じゃないような気がする」

「おやおや、これはコンテスタントにはあるまじき発言だな」

「それはそうなんだけど……もちろんショパン・コンクールで優勝するのはとてもすごい栄誉だけれど、ピアニストにとってそれが絶対必要かといえば全員に当て嵌まることじゃないのよ。サカキバとミサキについてなら、ファイナルに残っただけで意味がある。たとえ優勝を逃したとしても、あの二人のピアノを聴いた人は中毒になる。もう一度聴きたいと思う。ピアニストにとってそれ以上に必要なことなんてないでしょ」

コンクールが始まる前のヤンなら恐らく笑い飛ばしていた話だった。だが今はうっかり頷いてしまいそうになる。

「僕は駄目だな。ポーランド云々《うんぬん》はともかく、父親が一位以外は許してくれない。一位じゃなかったらビリと同じって考えだから」

「何だい、それは」

オルソンは心底驚いた様子だった。

「天下のショパン・コンクールだよ。出場するだけでも名誉だというのに……やっぱり四代続いた音楽一家というのはハードルが高いんだな」

どうやらヤンのプロフィールについては自分が思っている以上に知れ渡っているらしい。しかし、本人にはそれが鬱陶しくてならない。

「でも、あなたの家はどうなんですか。いくら何でも出場するだけで名誉だ、順位なんか二の次なんてことは言わないでしょう」

「ウチは全然音楽家の家系じゃないからね。少なくとも優勝できなかったら帰って来るなとは言われないよ」

「あの、あなたの家系って」

「建国以来から軍人の家系さ。男と生まれたからには戦場で死ねというのが家訓でね。父親も叔父も兄弟も家中が詰襟を着ている。燕尾《えんび》服着るようなのは俺だけだよ」

「まさか、それで爪弾きにされてるとか」

「いやあ、さすがにそれはないけど。まあ変わり種扱いだね。だからコンクールで何位であろうと、狂喜されない代わりに落胆もされない。君に比べたら気楽なものだ。ただ……」

「ただ?」

「こっちでテロ事件が続発していることを本国で知ったのだろうな。父親と兄弟から珍しくメールが届いた」

「至急、帰れとかですか」

「いいや。テロ攻撃への対処法がつらつら書き連ねてあった。どうやらコンクール会場周辺を戦場か何かだと勘違いしているらしい」

エリアーヌが堪らず噴き出した。現状ではブラック・ジョークにしかならないが、それでもオルソンの口から出ると素直に笑うことができた。

「しかし審査委員長の声明を聞いたら、誰でもここを戦場と思い込むかも知れないな。あれは完全な宣戦布告だよ。お蔭で俺たちの敵は他のコンテスタントだけじゃなくなった」

「しようがないわよ。どうせ声明を出す前から危険と隣り合わせのコンクールになってたんだから。それにあれはね、新しい審査基準にもなったのよ」

「新しい審査基準?」

「テロの危険が身の回りに迫っている中、平常心を保って演奏できるのかどうか」

「そうか。それなら軍人家系出身の俺が有利という訳だな。ということでヤン・ステファンス。悪いが優勝は俺がもらった」


食事の約束があるので、と言ってオルソンは二人の許から立ち去った。残されたヤンとエリアーヌはそのまま音楽院に向かった。コンクール期間中、音楽院ではコンテスタントに優先でレッスン室を開放している。エリアーヌも滞在中はここで練習をしていると言う。

「あれ。ヤンは家に戻らないの」

「うん。雑音を一切遮断したくてさ」

コンクールが終わるまで自宅に帰る気は毛頭なかった。帰ればまたヴィトルドからステファンス家の名誉とポーランドへの呪詛を聞かされるに決まっている――。

いや、それは自分を誤魔化す表向きの理由に過ぎない。本音は不安に怯える自分を誰にも見られたくないのだ。エリアーヌとオルソンの前ではひた隠しにしていたが、ファイナル進出を知った時には九死に一生を得た気分だった。榊場と岬の演奏を聴いた後では、自分のピアノがあまりに平板で幼稚に思える。今まで習得したこと、勝ち得てきたものが全て空疎に思える。

すると自分の生きてきた十八年間はいったい何だったのだろうか？　父親の命令通りに鍵盤を叩き、カミンスキの教示通りにショパンを捉えていた十八年は、単にマリオネットとしての過去だったのか。日本人コンテスタントを楽譜の指示通り正確に弾くロボットと揶揄していたが、自分こそが他人の指示通りに動くロボットだったのではないか。

ああ、駄目だ駄目だ駄目だ。

考えれば考えるほど袋小路に追い込まれていく。ヤンは逃げることにした。そして逃げる場所はピアノしかなかった。今、ピアノを弾いていないと不安で頭がどうにかなりそうだった。

迷った時に平時と同じ行動を取って平静を保つ――凡人と謗《そし》られようが、今のヤンにはそれ以外に選択肢はなかった。

音楽院の受付でレッスン室の鍵を借りる。

「わたしは429号、ヤンは311号か。じゃあね、お互いベストを尽くしましょ」

エリアーヌは手を振って向こうの階段に消えて行った。

女性職員がノートに貸出状況を記入している時、ちらりと隣室312号の貸出人名が目に入った。

312号　ヨウスケ・ミサキ――。

壁のフックを見ると312号の鍵は既に持ち去られている。

途端に気後れした。

「すみません。他の部屋、空いてませんか」

「もう、レッスン室の空きはありませんね」

一瞬、エリアーヌと部屋を交換してもらうことも考えたが、あまりに情けないのですぐに打ち消した。第一、彼女の姿はとっくに見えなくなっている。

まあ、いい。隣室といってもレッスン室の防音はちゃんとしている。多少の音漏れはするだろうが、その程度なら気にするほどのものではない。ヤンは渋々311号の鍵を手にレッスン室に向かった。

レッスン室に入ると窓から夕暮れ迫る景色が見えた。まだそれほど暗くはないが人の姿はまばらだった。テロを怖れて市民や学生が外出を控えていることが実感できる。

隣の312号室から微かに音が洩れている。数小節聴いただけでピアノ協奏曲第二番だと分かった。

岬が自分と違う選曲だと知ると、ヤンは少しだけ安堵を覚えた。岬とは同じ日にステージに立つことになっているが、これで少なくとも聴き比べされることはない。

あれだけ実力の差を見せつけられながら、未だに聴き比べされることを回避したがるのは我ながらお笑い草だった。しかし今はその情けなさに目を瞑《つむ》り、鍵盤に向かうだけだ。

岬の第二番を何気なく聴いていると、そのうちに聴覚が鋭敏になり、なかなか指が鍵盤に届かなくなった。

微かに洩れ聞こえる程度だというのに、いったい何という吸引力だろう――遂にヤンは練習をしばらく放棄して岬の演奏を聴き入らざるを得なくなった。それほどまでに麻薬のような力を持つピアノだった。

ショパンのピアノ協奏曲は二曲ともショパンが若き日に作曲したものだ。当時、華やかなオーケストラをバックに従える協奏曲は楽壇にデビューするには恰好の形態だった。本来、第二番が先に作曲されたのだが、先に第一番が出版されたために現在の番号が付されてしまった経緯を持つ。

この二つの協奏曲の違いは大雑把に言ってしまえば規模の相違だ。第一番が故国ワルシャワとの惜別を込めた大規模なものに対して、第二番はロマンチックな情念を細部に至るまで描き切った感がある。

今、岬が弾いているのは第一楽章の序奏を過ぎ、第二主題の変イ長調に転調した部分だった。その旋律の繊細さは、まるで岬の運指が見えるようだ。

二つの協奏曲に共通して指摘されることはオーケストラによる序奏部分の貧弱さだった。若きショパンの閃《ひらめ》きがオーケストレーションにまで及ばなかったせいもあり、後年になるとミリイ・バラキレフなどがオーケストラ部分を編曲までしている（現在はナショナル・エディションでも、ショパンが本来意図したであろう構成を復元したコンサート・バージョンと従来の楽譜を校訂しただけのヒストリカル・バージョンがある)。

ただ、その貧弱さを補って余りあるのがピアノ独奏の部分で、こうしてオーケストラのない状況で聴いていると尚更詩情の豊かさが浮き彫りになる。

第二番はショパン初恋の人コンスタンツィヤ・グワドコフスカへの思慕が色濃く反映しているが、岬のピアノはここでもショパンの心情に深く寄り添っている。甘い哀しみと虚ろな華やかさ。何度も人を愛し、そして同じ数だけ裏切られてきた者の痛切さが聴く者の胸を抉《えぐ》る。この痛みをピアノで表現するには、ヤンは明らかに経験と理解が不足している。

極東のコンテスタントがどうしてここまで深くショパンを理解しているのだろうか?

それとも岬はショパンが味わったのと同等の苦悩を背負っているとでもいうのだろうか?

改めて湧き起こる疑問も、胸奥を突き刺すメロディによってその都度掻き消されてしまう。ヤンは口惜しさも忘れてそのピアノに没入する。

そしてへ長調に転じ、難所と言われる十六分音符に差し掛かったその時だった。

いきなりピアノの音が突然途切れたかと思うと、不協和の破壊音が響いてきた。

間違いなく、何かを鍵盤の上に叩きつけた音だった。

まさか、あの温厚そうな岬が腹立ち紛れにピアノを破壊するとも思えない。

しばらく隣室の様子を窺っていたが、それきり何の物音もしない。

不吉な予感がした。ヤンは自室を出て312号室の前に立った。

ノックをしてみる。

「ミサキ？」

声を掛けてみたが返事はない。ドアノブに手を掛けると鍵が開いている。

そして部屋に入ったヤンは、こちらに後頭部を見せてピアノの上に突っ伏している岬を発見した。

「ミサキ！」

驚いて駆け寄る。顔からは血の気が引いているが、どこにも出血は見当たらず、荒い息をしているので死んでいる訳ではない。

「ミサキ！　ミサキ！　いったいどうしたっていうんだ」

名前を呼び続けていると五回目でやっと反応があった。岬の両目がうっすらと開かれる。

「ああ……ヤンさん……どうして、こんな所に」

「どうしてなんて、こっちで聞きたいよ。いったい何があった」

「すみませんが……ジャケットの右ポケットにあるフィルム・ケースを取ってもらえませんか」

慌てて机の上に置かれていたジャケットのポケットに手を突っ込んで、言われた通りにフィルム・ケースを摑み出す。手渡すと、岬はケースから数粒の錠剤を出して口中に放った。

「……どうもありがとう。ヤンさんもここで練習していたんですね」

それよりも、さっき岬の名前を呼んだ時に反応がなかったことが気になっていた。

以前、父親から聞いたことがある。その症状ゆえに音楽家の道を断念せざるを得なかった知人の話だった。その知人の症状が岬のそれとあまりに似通っていた。

「まさか君は……突発性難聴なのか？」

そう告げると、岬は少し驚いたように、「よく分かりましたね」と言った。

「知り合いにそういう人がいた。いったいいつからなんだ」

「もう、かれこれ十年来の付き合いですね」

十年――二の句が告げられなかった。ちょうど今の自分くらいの齢から罹病《りびょう》していたというのか。

突発性難聴は未だに原因不明とされている。発症後すぐに治療しなければ治癒の確率はかなり低くなり、突然の眩暈とそれに伴う聴覚障害は音楽家にとって致命的と言えた。

岬が服用した錠剤は一種類ではなく、しかも手頃なフィルム・ケースの中に納められていたから常備薬なのだろう。つまり常備薬を携帯しなければならないほど、日常的に症状が発現していることになる。

まだそれほどの間柄ではない。しかし同じコンテスタントとして訊かない訳にはいかなかった。

「演奏途中に聞こえなくなったりするのかい」

「こういうのには波がありましてね。軽い時には多少辛抱が効くんです。今のはちょっと無理でしたけどね」

岬は笑いながら頭を掻いた。

笑って話せることではないだろうに。

「ショパン・コンクールの最中はどうだったんだ?」

「それはなかったですね。きっと運がいいんでしょう」

「運とか、そういう話じゃないだろ！　毎回毎回、爆弾を抱えながら演奏するようなものじゃないか」

「しかし不発弾かも知れません」

他人のヤンが慌てているのに、当の本人は不発弾がまるで安全であるかのように言う。その常識外れの平常心が到底理解できなかった。

「き、君は自分のやっていることがリスキーだとは思わないのか。日常生活や練習中ならともかく、ステージ上で、しかもショパン・コンクールの舞台で醜態を晒してみろ。ピアニストとしてはもちろん、教師を含めて世界中の音楽業界から締め出しを喰らいかねないんだぞ」

するど、岬は困ったような顔をした。

「あなたのような若い人からリスキーであるのを責められるとは思いもよりませんでした」

「そんなの当たり前じゃないか！　ショパン・コンクールにエントリーしてくるコンテスタントは全員ピアノで飯を食うことを考えている。いいかい、ショパン・コンクールなんだぞ。それこそ全世界のクラシック・ファンが注目している。そんな大舞台で失態は絶対に許されることじゃない」

頭に血が上っていた。これだけの才能がありながら、自ら進んで破滅の道を選ぶような男に心底腹が立った。あの素晴らしいピアノを無駄に燃焼させてしまうやり方がどうにも許せなかった。

そして気がついた。いつの間にか自分がこの男を、この男のピアノを好きになったことに。

ヤンの想いを知ってか知らずか、岬は申し訳なさそうに微笑む。

「あなたは、きっと色々なものを背負っているんですね」

「……え？」

「周囲の期待とか、何かの名誉とか、自分以外の何かをずいぶん沢山背負っている。その華奢な身体では背負いきれないくらいに」

穏やかな口調だったが胸を直撃した。心の奥の一番脆弱《ぜいじゃく》なところに突き刺さった。

「わたしは音楽家の家系には生まれなかったので、正直ヤンさんの立場が我が身のように分かるとは言えません。その音楽発祥の地ならではの決め事なり、使命もあるでしょう」

「それって同情？」

「立場が違えば同情は意味のないものです。第一、同情なんてするのもされるのも嫌じゃないですか。ただ……」

「ただ？」

「わたしはそういう柵がない分、逆に有難いと思います。自分の音楽がどういうものなのか、自分がいったい何者なのかを好き勝手に追いかけることができる」

この男は何を言っているのだろう。

自分がいったい何者なのか、だって？　自分は自分に決まっているではないか――。

しかし、何故か耳を塞ぐことができなかった。

「君の言ってることが全然分からないよ。僕はいつだって僕でしかない」

「いいえ。昨日のあなたと今日のあなたは違います。今日、ソナタを弾いたあなたは確実に昨日のあなたじゃありません。演奏家、というより人は毎日変わり続けるんです。学問でも芸術でもスポーツでも、理想を追う限り人は変わっていきます。それはきっと、その先に自分のあるべき姿を見ているからなのでしょう」

「自分のあるべき姿……」

そう言ってから岬は少し照れたように頭を掻いた。

「本当のところはわたしもよく分からないのですけどね。ただ間違いなく言えることは、ピアニストは鍵盤に触れることで自分を理解し、そして自分の歩く道を見つけるんです。とにかく、ご迷惑をかけてしまいました。あなたにも貴重な時間だったのに……もう大丈夫ですからヤンさんは部屋に戻ってください」

岬はそう言って、またピアノに向かう。

頭を二、三度振り、深呼吸を一つ。

鍵盤の列を見下ろす。

ゆっくりと翳される両手。

しかしまだ眩暈の余波があるのか、再び辛そうに息を吐く。

「もう、やめろ」

ヤンは堪えきれずに鍵盤を激しく叩いた。

「十年も難聴と付き合っているなら知っているはずだ。コンクールに出場なんかしている場合か。治療に専念しなきゃ、そのまま聴力を失うことにもなりかねないんだぞ。第一、そんな状態で長時間の演奏を強いられる本選は不可能だ」

「不可能というのは臆病者の言い訳です」

「悔しいけど君のピアノが素晴らしいのは認める。そうまでして優勝を狙う執念には敬意も払う。しかし完調じゃない今の状態で、あの天才サカキバに勝てる訳がない」

「才能というのは怠け者の言い訳です」

「何て強情なんだよ！　さっき柵なんてないと言ったじゃないか。だったら、いくらだって逃げられるだろう」

「柵はありませんが、義務ならあります」

「何の、誰に対しての義務だよ」

「こんな私にも教え子がいましてね」

その日が不意に優しくなった。

「前にもお話しした通り日本では代理教員でしたから。その時、ある女の子には自分の武器を持っているのなら、安穏に長らえるよりもとことん闘えと教えました。またある男子学生には自分で選んだことに最後まで責任を持てと教えました。でも、後から考えたらとんでもない話です。今、わたしが彼女たちに教えたんじゃない。彼女たちがわたしに教えてくれたんです。今、わたしがステージから下りたら、あの時彼女たちと交わした言葉は全部嘘になってしまう」

それだけ言うと、岬は息を整えて鍵盤を見据えた。

やがて打ち鳴らされる第一主題。

その打鍵の激烈さにヤンは思わずたじろいだ。

もう声を掛ける隙もなかった。同じ演奏者として、既に岬の全神経が鍵盤とペダルに集中しているることは容易に見て取れた。

ステージの上の岬とはまた別人だった。額に汗を浮かべ、歯を食いしばり、八十八の鍵盤を己の支配下に置こうと懸命になっている。自身の決定に責任を持ち、限界まで闘うと誓った男の泥臭い姿だった。

そこに見えない焔《ほのお》が存在した。不用意に近づけば火傷《やけど》をしそうな熱さだった。

居たたまれなくなってヤンはレッスン室を出る。

本選でのヤンの出場は二日目十九日、岬と同日になっていた。その岬が隣室で練習をしているのだから、ヤンが呆《ほう》けていい理由はどこにもない。

しかしそれからも、ヤンはただ鍵盤の列を眺めているだけだった。

まるで今まで焚き火の近くにいたかのように頬が熱かった。ところが指先は逆に凍りついていた。肩から先も冷たくて動かない。

かつてカミンスキは、演奏者の生き様はそのままピアニズムに直結するのだと教えてくれた。その時には実感の湧かない話だったが、岬を目の当たりにしてようやく合点がいった。岬のピアノに異常なほど吸引力があるのは、多くの人間が求めて止まないものを岬自身が持っているからう。


頑迷《がんめい》なほどの闘志。

倒れても倒れても立ち上がる不屈の魂。それはポーランドの国民性とぴたり重なる。だからこそ岬の演奏に聴衆たちは同調したのだろう。

ヤンは岬の言葉を反芻《はんすう》する。

理想を追い続ける限り人は変わっていける。

ピアニストは鍵盤に触れることで自分の歩むべき道を見つける。

青臭い言葉だと思った。父親に告げれば鼻で笑われるに決まっている。

だが、それでも脳裏にこびりついて離れない。

自分もそうなのだろうか、と自問してみる。

ステファンス家という誇り、ポーランドの期待という名誉。今までずっとそう信じてきた。〈ポーランドのショパン〉を継承することが自分に課せられた使命だと教え込まれてきた。しかし実はその誇りが足枷《あしかせ》であり、名誉が鎖だったとしたら？　知らないうちに自分は鋳型に押し込められただけではなかったのか？

それなら、その足枷を外し鎖を引き千切れば自分のピアノはもっと変われるのではないか。自分が本当に望むピアノを手中にできるのではないか――。

すると、どこからか「馬鹿」という声が聞こえてきた。

お前に何ができるというのだ。名門という名の温室で育ち、有形無形の庇護の下でぬくぬくとピアノを弾き、誰かが敷いてくれたレールの上をのほほんと歩いていたお前に、反逆などできるものか。

鳴動しかけていた鼓動が力なく鎮まっていく。

相克の狭間でヤンは自嘲するしかなかった。ピアノを前にすれば無敵だという思い込みは、岬と榊場によって完膚なきまでに粉砕された。思い込みが剝がれて表出したのは、知恵も経験もない脆弱な子供でしかなかった。

隣室から岬のピアノが流れ続ける。

だがヤンの冷たい指はまだ動かなかった。

4

アフガニスタン南部、パキスタン国境に近いカンダハル州アディカル山地。

遠くから聞こえる爆発の音が鳴り止まない。

テントの中でハロルド・オルソン少佐は遠方の爆煙に目を凝らす。

風がないのでしばらく爆煙の形は変わらない。今しがた立ち昇った煙の形はタリバンの仕掛けた対戦車地雷のようだった。ここまで臭いが届くことはないが、ハロルドは間近で硝煙と血煙を嗅いだ気になる。

『報告。ＩＥＤ《手製爆弾》によってジープ一台大破』

「被害状況は」

『一名死亡、二名負傷』

「救護班の到着を待て」

『了解』

「救護班、向かえ！」

通信を切ってからハロルドは密かに歯噛みする。史上最強の小銃と言われるＸＭ25と突撃銃のＭ16、多連装ロケット・システムＭＬＲＳ（ロケット弾発射車両）、そして陸軍主力戦車Ｍ１Ａ1エイブラムズ。最新鋭とされる武器をこれでもかと投入しても、地雷をはじめとしたゲリラ作戦の前では十全の威力を発揮できない。父親から聞いたベトナム戦の悪夢を追体験するようで、言い知れぬ不安が背筋を走る。

草もまばらな荒漠とした砂地に木立の代わりに爆煙が並ぶ。ハロルドはその光景にではなく、すっかり見慣れてしまった自分に嫌気が差していた。この地に派遣されてからもう三年、すぐにでも一掃できると考えていたタリバン勢力は日増しに息を吹き返し、今ではこちらが苦戦を強いられている。

戦略云々の話ではなく、単純に兵力の問題だった。最新兵器が揃っていても兵隊が少なければどうしようもない。ところが兵力を増強しようにもイラクでの戦いとその後の治安維持活動に人数を割かれ、こちらに投入する余裕がないのだ。治安支援部隊を合わせても五万人程度だが、現状のタリバン勢力を掃討するにはその十倍の兵力を必要とする。しかも支援部隊の中には治安維持活動に限定した部隊もいて実質的な兵力とは言い難かった。

　逆に長引く戦禍によってアフガニスタン国内は経済復興が進まず、失職した青年たちをタリバンが兵士に勧誘している事実もある。かくて敵方の兵力だけが一方的に増強している中、ハロルドの隊は劣勢を余儀なくされている。

「どうやらチャマンに向かうルートには一大地雷原が展開されていますね。どう迂回路を取っても爆弾が炸裂する」

　隣にいた大尉は大儀そうに呟いた。

「元々はソ連侵攻当時、ゲリラで名を馳せたムジャヒィディンが辿った裏街道だからな。チャマンには数千人のタリバンが居住しているという話だし、向こうに地の利があるのは当然だ。そんなことは作戦命令が出た時から分かっている」

「どうしますか」

「今、工兵旅団はどこに駐留している？」

「カンダハルの南東二十キロ地点です」

「至急、R・C・P《爆発物除去小隊》を寄越してくれ」

「了解」

　小隊の到着を待ち、更に爆発物の発見と処理の後にじりじりと隊を進める。考えるだに気の遠くなる話だが地雷原を突破するにはこの方法しかない。もちろんその際には最短ルートであるスピンボルダックからチャマンに続く道を進んだ方がいいが、どうせこの道にも無数の地雷が仕掛けられている。

「しかし作戦命令の内容からすれば、我が隊より治安維持に回っている支援部隊に振って欲しかったですな」

「それは無理だな。地雷原を這い回り、敵の銃弾が降り注ぐ中で救援に向かうなど、腰の重いあいつらにできる仕事じゃない」

ハロルドは鼻を鳴らす。友軍を悪しざまに言って楽しいはずもないが、意図的に腰を引く支援部隊など目障りでしかなかった。

それに大尉の憤懣《ふんまん》も理解できる。今回の作戦命令はもちろん本国を経由しているが、要請元はパキスタン政府だった。事情通でなくともその要請がいったん支援部隊に入り、その危険性に二の足を踏んだ彼らがアメリカ陸軍にお鉢を回してきたのは明らかだった。

「では大尉は、彼らにこの作戦を丸投げしても構わないと思うか」

「とんでもない」

大尉は言下に否定した。

「歯がゆい話ですが、彼らに任せたら犠牲者がもっと増える。しかも彼ら自身の手によってです」

現地部隊の支援部隊に対する不信感は根強い。特にポーランドからの派遣部隊については尚更だった。

三年前の八月、やはりパキスタン国境に近い村で妊婦や子供を含む村民八人を殺害したとして七人のポーランド兵が訴えられた。七人は潜伏するタリバンへの反撃と主張したが、虐殺を止めに入った若い兵士も村人と共に殺した事実が明るみになると、事件は戦争犯罪として報道された。軍上層部が責任を逃れるため兵士たちと口裏を合わせていたことも手伝い、ポーランド軍は世界各国から非難を浴びて今に至る。アメリカ軍も誤爆や住民への暴力で訴えられることが度々あったが、ここまで非道な話はなかった。

「ペイブ・ローから入電。パキスタン国境から北西五・六キロ地点に二台のバスを確認。周辺に多数のタリバン兵が認められます」

「チャマンからのルートは封鎖されているか」

「いいえ。現在、封鎖は確認されていません」

ハロルドは国境付近の地図に目を走らせた。

パキスタン領チャマンは資源の町だ。周辺の小さな町や村に食料品や燃料、果ては密輸品まで供給する倉庫になっている。中にはバス一杯に食料一切合財を詰め込んで遠方の村まで売り歩く業者もいる。

災禍に巻き込まれたのはそうした業者の一つだった。パシュトゥン人であれば国境を自由に行き来できる。パシュトゥン人のこの業者は大型バス二台というキャラバンを組んで、アフガニスタン領スピンボルダックに食料や生活必需品を売りに行く最中だった。

ところがその途中、国境近くに展開していたタリバン勢力に包囲されてしまった。これは当初からタリバンが意図していたものではなく、各地に散開していたゲリラがアメリカ軍に押される

〈パキスタン国境付近略地図〉

形で集結したらしい。言うなれば、業者のキャラバン隊は知らず狼の群れに飛び込んだ羊同然だった。

問題はそのキャラバン隊の中に多くの女子供が含まれていたことだった。業者本人を含めた二十四人のうち十五人が女性、うち四人が子供だった。

キャラバンがチャマンからおよそ六キロ地点のアフガニスタン領で立ち往生している――報せを受けたパキスタン政府はすぐタリバンに解放を要求したが、国境付近の武装解除はゲリラ作戦の障害になるとして先方は申し入れを拒絶した。タリバンにしてみれば彼らは飛んで火にいる夏の虫だ。向こうからやって来た人質をすんなり返すはずもなかった。

「しかし実情は人質というよりもエサだな。奴らはパキスタン政府からの要請を逆手に取って、彼らに接近しようと試みる我々を端から潰していくつもりだ」

しかも、その主要武器が手製の地雷ときている。地雷は直接の負傷者ばかりか、その救護に当たる兵士分も兵力を殺ぐので二重の効果がある。貧者の武器と称される所以《ゆえん》だ。その貧者の武器に翻弄されているのが最新鋭のハイテク兵器を操る大国の兵士なのだから、皮肉としか言いようがない。

「典型的なゲリラ戦になりますね」

「しかし地雷原さえ突破してしまえば接近戦で闘える。そうなればＸＭ25が活躍してくれるだろう。奴らもこの間の闘いでＸＭ25の威力は身に染みて知っている。上空を偵察したペイブ・ローの報告では、二十四人はバスの中に閉じ込められているだけで拘束はされていないから、我々が防衛ラインを抜けた段階で退却する可能性が高い」

ハロルドがXM25に絶大な信頼を寄せる理由は、局地戦用兵器にも拘わらず殺傷能力が極めて高いからだった。

XM25の射程距離は十六〜七百メートルと範囲が広く、レーザー測距できる上に発射制御装置まで搭載している。これなら壁や塹壕《ざんごう》の陰に隠れた敵も狙える。しかもその際、二十五ミリ炸裂弾が周囲三百六十度に破片を飛散させるので極めて正確に、そして最大の効果で敵を殲滅《せんめつ》できる。効力という点では5・56カービン銃や手榴弾《しゅりゅうだん》発射台の六倍はあろうかと思える。

『ペイブ・ローより入電！　ゲリラが高射砲で当機を攻撃』

畜生、と大尉が毒づいた。

「人質がいるから手出しができないと思っていやがる」

「ペイブ・ロー、高度を上げて回避せよ」

『了解』

「少佐！」

「ペイブ・ローとパイロットの腕を信用しない訳じゃないが、万一バスを誤爆したら目も当てられん」

ハロルドは振り返って、背後に広がる断崖を見る。地層が何層にも折り重なった断崖にはいくつもの洞穴が口を開けている。ハロルドの隊がここを掌握するまでは、タリバン武装勢力のいち拠点でもあった。

「大尉。Ｒ・Ｃ・Ｐが到着次第、移動するぞ」

「相手の罠《わな》と知って飛び込むんですか」

「違う。ゲリラどもが大した精度も期待できないのに高射砲を持ち出してきたのは陽動作戦だ」

「では、ここを？」

「後ろの崖を見給え。元はあいつらの拠点だった場所だ。洞穴は内部で網の目のように張り巡らされているが、ゲリラたちには自分の家の庭みたいなものだ。いつ何時、あの洞穴から急襲を受けるか分かったものじゃない。入口を徹底的に破壊してから国境に向かう。ゲリラに応酬するには、こちらも機動力を生かさなければ後手後手に回るぞ」

「了解」

　部下に命令を伝えた後、大尉は不意に疲れた顔をハロルドに向けた。厳つさが身上の大尉が部下には決して見せない顔だった。

「どうかしたのか、大尉」

「もちろん本部の命令に逆らう気は毛頭ありませんが、防戦一方というのは消耗戦ですからね。兵のことを考えると正直積極的にはなれません」

「それでも命令は人質救出だ。イスラム教徒を山ほど殺してこい、よりは数段マシさ。真っ当な戦闘の目的とは他人の生命を護ることだと思わないか」

　ハロルドの命令はすぐ実行に移された。岩盤の硬さを考慮して五基の迫撃砲による一斉砲撃となる。

着弾の直後、腹の底に響くような轟音と共に岩盤が崩落した。

もうもうとした砂塵《さじん》が治まると、すっかり形の変わった岩盤が姿を現した。穴という穴は全て塞がっている。これで隊が南下したとしても背後から挟み撃ちにされる可能性は少なくなった。

やがて荒野に静寂が戻ってきた。

R・C・Pの到着まではまだ時間がある。

ハロルドは傍らにあった自身のパソコンからそのサイトにアクセスした。すると画面一杯にステージが映し出され、貧弱な内蔵スピーカーからピアノの音が聞こえてきた。

しばらくは小休止だ。部下の中にはイヤフォンから洩れるほどの大音量でハードロックを聴いている者も多い。この音量なら皆の邪魔にはなるまい。

「クラシック、ですか」

傍を横切った大尉がいかにも珍しそうにモニターを覗き込む。

「意外かね。こういう趣味では」

「いや、そんなことは」

「実際そんなに熱心なファンではない。これだってプロの演奏ではないからな」

「プロではない？」

「ワルシャワで行われているショパン・コンクールの中継だよ」

大尉は怪訝《けげん》そうな顔をして立ち去った。無理もない。熱心なファンではないと言いながらアマチュアのコンクールに耳を澄ましているのは相当に矛盾した行為だ。

もし自分の弟が参加者の一人でしかもファイナリストだと告げたら、大尉はいったいどんな顔をするだろうか——悪戯心がむくむくと頭を擡げたが、プライベートな話には無関心を貫いてきた今までを考えると黙っているに越したことはない。

　年の離れたエドワードが音楽の道に進みたいと言い出した時、弟を擁護したのはハロルド一人だけで、士官学校への入学手続きを済ませていた父親と叔父は烈火の如く怒り狂った。オルソン家の男の指は引き金を絞るためのものであって、鍵盤を叩くために生えているのではないという理屈だった。

　ハロルドがエドワードを庇った理由はただ一つ、弟が父親と叔父に向かって異議を唱えたのはそれが初めてだったからだ。いつも父親からの命令に唯々《いい》諾々《だくだく》と従ってきた弟の初めての反抗。兄貴面したくなったのは当然の成り行きだった。

　ハロルド自身はピアノの嗜《たしな》みなど皆無だったが、それでも家にピアノの音が流れていると心が安らいだ。ショパンが耳に馴染み始めたのもこの頃からだった。

　ハロルドがここに派遣されてからは専らメールのやり取りだけになったが、それでもポーランドに到着した直後に寄越したメールには思わず顔が綻んだ。

『こっちだって戦場なんだ』

　まさかそれが冗談ではなかったなどとは想像もしていなかったのだが——。

　しかしその時、ハロルドの回想は切迫した入電で遮られた。

『ペイブ・ローより入電。目的のバスより南二百メートル地点に敵のＭＬＲＳを発見』

「何だと！」

『型式は不明。十二連装であることは確認』

「ファック！」

思わずそう罵《ののし》った。恐らく入手経路はイランからだろう。だとすればそのMLRSはロシア製である可能性が高い。

じわじわと南下を進めてXM25で一気に片をつけるという戦略は、これで変更を余儀なくされた。向こうもロケット弾を擁している限り、下手に接近戦には持ち込められない。戦略上の常識では射程距離範囲外から広域戦に移行する必要がある。

広域戦になること自体は大歓迎だった。局地が拡大すればするほど大型兵器の使用が可能になり、ゲリラ戦の効果が薄れていくからだ。しかし一方、それでは人質を巻き込む危険性が生じ、救助も困難になってしまう。

ではどうする？

ハロルドは新たに戦略を練り始めた。

＊

ドアを開けると、そこに見覚えのある刑事が立っていた。

事前に何の連絡もなかったので〈ピアニスト〉は素直に驚いてみせた。

「確かヴァインベルクさん……」

「どうも夜分に申し訳ありませんな。少しよろしいですか」

一瞬、断ろうとも思ったが、この男のしつこさは先日の訊き込みの際に嫌というほど知らされた。どうせ断っても何かと理屈を捏《こ》ねて無理にでも入ってくるに違いない。〈ピアニスト〉は渋々、彼を部屋に入れた。

ヴァインベルクは後ろ手にドアを閉める。

「何かお飲みになりますか」

「いえ、結構。長居はしません」

ヴァインベルクは断りもなく、目の前のソファに腰を下ろした。

「いったい、どうしたんです」

「フィルハーモニー・ホールで起きた事件について進展がありましたので報告に参りました」

「報告、ですか。そんな義理は……」

「確かに義理はないが、興味がおありかと存じましてね」

その途端、〈ピアニスト〉の頭でけたたましく警報が鳴った。

「興味がなくはないですが……正直、今はコンクールのことで頭が一杯です。それに第一、そういうことは警察本部でされるやり取りじゃないんですか」

「本部にはまだ何も伝えていません」

「え」

「まだそこまで確証のある話ではないし、これはわたし自身の事件でもありますから」

「あなた自身の事件とは？」

「殺害されたスタニスワフ・ピオトルはわたしの部下でした。上司に碌《ろく》すっぽ敬意を払わず、生意気で、鼻っ柱の強い若僧でした。だからまともな刑事に育てるのにずいぶん苦労した。そして、さてこれから一人前に働いてもらおうとした矢先に殺されてしまった。この口惜しさはちょっと口では言い表せない」

口調こそ淡々としていたが、ヴァインベルクの怒りはこちらの肌を刺すように伝わってくる。そうか、ここを訪れたのは独断か――〈ピアニスト〉は相手の怒りを受け流して、ほっと安堵する。こんな具合に公務よりも私怨を優先する人間は有難い。

「わたしと交わしたピオトルの最後の言葉は〈ピアニスト〉というテロリストの名前でした。四月の大統領専用機墜落事故、その犯人こそ〈ピアニスト〉であるとピオトルは確信していました」

「テロリストに〈ピアニスト〉というのは嫌なセンスですね」

「あいつの行動は察しがついた。その〈ピアニスト〉に直接会いに行き、そして殺《や》られた。爆弾テロで名を馳せた犯人を見くびっていたせいです」

「それは少し短絡的じゃないんですか」

「ピオトルを知っている者はそう思わんでしょう。わたしは〈ピアニスト〉について関係者から集めた情報を基に消去法を試みました」

「消去法？」

「ピオトルが殺された現場には関係者ばかりか観客も大勢いましたからな。どうしても絞り込みが必要になる」

〈ピアニスト〉はあの日のことを思い出す。容疑者が多数生じるような状況は自分で意図したものではない。あの若い刑事が突然訪ねて来たので、現場対応しただけの話だ。

「一、フランスで爆破事件が起きた時、その地に滞在していた者。〈ピアニスト〉はフランスでも事件を起こしていましたから。二、ピオトル殺害時に会場にいた者。三、控室に自由に出入りできる共通のＩＤカードを所持している者。四、本職がピアニストである者」

話はまだ続きそうだ。〈ピアニスト〉はホームバーからミュウト・ピトヌィを出して自分のグラスに注いだ。念のためにヴァインベルクにも差し出したが、この野暮な男は無愛想に首を振っただけだった。

「最終的に絞り込んだのはファイナルに進んだ七人のコンテスタントたちだったが……そこから先に進めなかった。何故なら現場には犯人に結びつく物的証拠と呼べるものがほとんど見当たらなかったからだ。だが不意に思いついた。大統領専用機の事故も〈ピアニスト〉の仕業なら、そっちにも証拠があるんじゃないか、もう少し絞り込めるんじゃないか、とね」

〈ピアニスト〉の中でざわざわと不安が騒ぎ始めた。

「当局は墜落現場で残骸を調べたが、爆弾がどこに紛れ込んでいたのかは不明だった。だが、搭乗前の荷物検査で怪しい物があれば発見できたはずだ。それが適わなかった理由はただ一つ、検査の対象外であった大統領夫妻の荷物の中に爆弾が忍ばせてあったからだ」

ヴァインベルクは目の前の〈ピアニスト〉を睨《にら》み据えた。

「官邸と空港に足を運び、搭乗直前の夫妻に接触した人物を洗い出した。その多くは政府関係者とその家族だったが、一人だけそのどちらでもない人物が存在した。その人物は予《かね》てから夫人の知遇を得ていた。フランスの爆破事件の際にかの地に滞在していた。ピオトル殺害の時には会場に足を運んでいた。それがあんただ」

〈ピアニスト〉は困ったように肩を竦めてみせる。

「なかなか面白い話ですが、聞けば全て状況証拠の積み重ねでしかありません。物的証拠は何もない」

「そんなものは必要ない。〈ピアニスト〉を確保しさえすれば特別対策本部の容赦ない取り調べで……」

そこまで告げた時だった。

ヴァインベルクは言葉を途切らせたまま硬直し、ゆらりと身体を傾けた。

今だ。

〈ピアニスト〉はその隙を逃がさずヴァインベルクに襲い掛かった。身体の自由を失ったヴァインベルクは抵抗する術もなく、テープで口と四肢を拘束される。全身が麻酔をかけられたように動かないのだから、格闘術に長けていない〈ピアニスト〉にも容易な作業だった。

ヴァインベルクの胸元を探ると拳銃が出てきた。やはり最後は銃に物を言わせるつもりだったか。

「どうして、こうなったのか知りたそうですね」

ヴァインベルクの目は憤怒と焦燥で焼けつきそうだった。

「外来者に対して何の備えもしていないと？　あなたが触れたドアノブは少しだけ湿っていませんでしたか。あれはテトラエチル鉛を基にロシア軍が開発した神経毒です。皮膚から吸収されるとすぐに末端神経から麻痺が始まる。心筋を停止させるのに十分もかからない。ほら」

〈ピアニスト〉は銃口をヴァインベルクの首筋に当てた。

「ね？　感じないでしょう。そんな風に身体の端から石のように感じなくなっていくらしいんですよ」

神経毒はいつ誰に踏み込まれても対処できるよう、客が手を触れそうなものには必ず毒物を塗布してある。自分が触れそうな場合にはゴム手袋を忘れない。もし敵が室内にいて手袋の着用を怪しんだとしても、ピアニストは常時両手を保護していると説明すれば大抵の者は納得する。

「あっさり最初のトラップに引っ掛かってくれた時には拍子抜けしたくらいです。あの若い刑事さん同様、どうもわたしを爆弾作りにしか能のない人間と甘く見ているようですね」

〈ピアニスト〉は拳銃をくるくると弄《もてあそ》びながら話す。眼下のヴァインベルクはゆっくりと、しかし確実に意識を失いつつあった。

「ここで頭に一発撃ってやれば、あなたはすぐ楽になれる。でも止めておく。あなたにそんな慈悲をかける義理もないし、第一そのソファが血で汚れるからね。死の最後の一瞬まで、感覚の寸断されていく過程を味わいなさい」

ヴァインベルクの目が一際かっと見開かれた。が、それが最後の抵抗らしい抵抗だった。やがてその目蓋は半分だけ閉じた状態で固定され、瞳からは光が消え失せていった。

十分後、ヴァインベルクは絶命した。

〈ピアニスト〉は温くなりかけた蜂蜜酒をひと息に飲み干すと、ヴァインベルクをそのまま放置してデスクに向かう。開錠して一番下の抽斗《ひきだし》を開くと完成間近の時限爆弾が二個現れた。そのうち一個を取り出してみる。

後は起爆装置を接続すれば完成するだけの爆弾は、主人の帰りを待つ愛犬のように見える。見方によれば工芸品的な美しささえ漂わせている。破壊し、殺戮《さつりく》することだけを目的とした工芸品だが、醜悪な顔で虐殺に走る人間よりはよほど端整な顔立ちをしている。

二杯目のミュウト・ピトヌィに氷を入れる。やはりこの酒は冷たくないと駄目だ。この、きん、とした鋭さが頭の芯を明瞭にしてくれる。

起爆装置を本体に接続し、各接点の通電を確認する。携帯電話からの着信も即座に反応する。完璧だ。今日、想定した時刻にワジェンキ公園を訪れたが、受信状況も非常に満足できるものだった。天気予報では明日も晴れ。公園に足を運ぶ者の数も多くなるだろう。

ふとヴァインベルクの死体を見下ろす。腹と頬の肉がだぶついた中年男。先に逝った若い刑事をまるで自分の息子のように語っていたが、この男にも家族はいるのだろうか。

その時、咄嗟《とっさ》に思いついた。一石二鳥でこの男の死体を処理する方法だ。

ヴァインベルクに個人的な恨みはない。あるとすればポーランド市民という点だけだが、人間的にはこういう粘液質なプロフェッショナルは嫌いではない。だが、アクシデントを有効活用するのもまた嫌いではなかった。

安心しなさい、ヴァインベルク主任警部。

あなたの死は決して無駄にはしない。

Ⅳ
Appassionato dramatic

アッパシオナート　ドラマティック

～熱く　迫力をもって～

1

それはショパン・コンクールの決勝をいよいよ明日に控えた日のことだった。

午前十時二十分前、アルバート巡査はワジェンキ公園を巡回していた。市内に多発するテロ事件は首都警察機構にも影響を及ぼし、アルバートたちの巡回範囲や時間は事件前よりも圧倒的に増大し、本来は担当外のワジェンキ公園も回らなければならなかった。

もっとも公園を巡回すること自体に不平不満はなかった。首都ワルシャワの誇る黄金の秋、木々が一斉に萌《も》える季節はアルバートも大好きだった。しかも市街地とは違い人影もまばらで、自爆テロの対象になる場所とは到底思えなかったからだ。

そしてショパン像の近くまで来た時だった。後方に延びる園路沿いにベンチが設置されているが、そのうちの一脚に男が座っているのが見えた。それだけなら何ということもなかったが、気になったのはその姿勢だ。座るというよりは上半身を背もたれに預けた形で、手と頭をぶらりと垂れ下げている。

何だ、酔っ払いか――アルバートは軽く舌打ちした。他の公園を巡回した時にも泥酔者に出くわしたことがあったが、あれは最悪だった。寝ゲロが泥酔者の口から溢れ出て、周辺はひどい悪臭が立ち込めていた。もうあんな思いはこりごりだ。

職業的良心を発揮してアルバートは男に近づく。こんな時間から羨ましいご身分ですね。しかし、こんなところに寝ていては風邪をひきますのでお宅のベッドに戻られたら如何ですか？

台詞《せりふ》を暗唱しながら男の前に立つ。中肉中背で身なりは普通だ。少なくともホームレスの類ではない。

「もしもし？」

肩を揺さぶると頭がぐらりとなり、そのまま上半身がベンチの上に倒れた。

ようやくアルバートは異状に気がついた。男は酔った挙句の赤ら顔ではなく、生気を失った蒼白色をしている。しかもよく見れば、その男は一度ならず見覚えのある人物だった。

「ヴァ、ヴァインベルク主任警部殿？」

慌てて揺り動かすがヴァインベルクはぴくりともしない。脈拍も鼓動もない。体温もなければ瞳孔に光もなかった。

だが一つだけ動くものがあった。

ヴァインベルクの足元に置かれた黒カバン。その中でデジタルタイマーが静かに時を刻んでいた。

＊

十時十分。ヤンがいつもの散歩コースを歩いていると、お馴染みの場所に岬とマリーがいた。

「ああ。おはようございます」

こちらを向いた岬は情けなさそうに笑った。公園内のこの道を突っ切ると音楽院があるので、岬の行先には見当がつく。

「……練習？」

「ええ。でも彼女に捕まってしまって」

岬は困った顔をしているが、それでもマリーに摑まれた腕を無理に解くような真似はしない。

「マリー、駄目だ」

ヤンはマリーの肩に手を置いた。滅多に焼かないお節介だが、夕べの岬を見てしまったら焼かずにはいられなかった。

「彼は明日、コンクールの決勝だ。マリーと遊んでいられる余裕なんて、ない」

「やだ」

マリーはぺろりと舌を出す。

「明日本番だったら、今日一日練習しなくたってどうせ同じよ。それよりはマリーと遊んだ方が気分転換になるよ」

「うーん、それはなかなか含蓄のある言葉なのですが……」

「ミサキも何をバカなこと言ってるんだよ。君はその、僕たちとは条件が違う。練習しないならしないでいいから、とにかく休めよ！」

つい声が荒くなった。マリーは、はっとして岬の陰に隠れる。

「そんななりでよくもコンクールに出場しようなんて思ったものだ。日本人のトッコー精神とかいうヤツかい」

「また古い言葉を知っていますねえ」

「茶化すなよ！　いったい自分の身体のことをどう思ってるんだ。今更コンクールに出るなとは言わないけど、せめてそれ以外は休んでいろ」

「やれやれ。まるで危篤患者みたいな扱いですね」

「同じようなもんだろ」

「ミサキは病気なの？」

「マリーは黙ってろって！」

「ええっと……困ったな」

岬は申し訳なさそうに頭を掻く。

その時、彼方からざわめきが起きた。三人がその方向に振り向くと、ショパン像の後方、ベンチの並ぶ辺りにかなりの人だかりができている。よく見れば首都警察のパトカーと警官数名の姿もある。

「あー、パトカーだ！」

好奇心旺盛なマリーはすぐそちらの方に駆け出した。彼女を岬から離したがっていたヤンには好都合だった。

「また、何か事件が起きたようですね」

岬が気遣わしげにマリーの背中を見送るのを見て、ヤンは何故か腹立たしく思った。どうしてこの男は他人のことを心配したりするのだろう。一番心配しなければならないのは自分の身体のはずなのに。

「もう、事件なんてどこで起きたって珍しくない。僕だってラクチンスキー宮殿で自爆テロの現場に居合わせた」

「あの現場に？　怪我はありませんでしたか？　指は？」

「犯人とは離れた場所だったから、無傷で済んだ」

「ああ……良かった」

だから、他人の心配なんかするなっていうのに。

「兵士だろうと政治家だろうとピアニストであろうと、ワルシャワ市内にいる限り危険はついて回る。そんな中でピアノを弾くヤツもどうかしてるし、それを聴きに来るヤツもどうかしてる」

「それこそカミンスキ委員長の言葉ではありませんが、テロに対する最大の抗議活動でしょうね。たとえ目の前に爆弾が落ちても、ピアニストは当然のようにピアノを弾き、聴衆も当然のようにホールに出向く。実際、ウィーン・フィルは砲撃音が鳴り止まぬ中でも定期演奏会を続けました。そしてまた観客もそれに応えて砲弾飛び交う中をホールまで足を運びました。こんな非常事態だからこそ、日常の生活、日常の愉しみを貫くことが大切なのだと思います」

「静かなる抵抗ってヤツかい」

「誰にでもできることはあります」

岬はじっとヤンを見つめた。吸い込まれそうに深い瞳だった。

「兵士には兵士の、政治家には政治家の、そしてピアニストにはピアニストの役目があります。言い換えるならピアニストにしかできない闘い方がある」

「そんなの、まるっきり意味がない。戦車にピアノを投げつけるつもりかい」

「ああ、その比喩はいいですね」

比喩で言ったつもりではないのだが。

岬と話していると、どうにも調子が狂う。言葉のせいではなく、きっと価値観が違うからだろう。同じ演奏家でも、岬の目指している演奏家のタイプは自分のそれと大きく異なっているように思える。

「ミサキ、君はいったい何が欲しいんだ」

そう尋ねると、岬はひどく驚いた様子だった。

「何が欲しい……ですか」

「どんなピアニストにもあるだろ。名誉とか名声とかおカネとか。ただ音楽が好き、ただピアノが好きというだけじゃ、こんなこと続けていられるはずがない」

「困ったな……そんなこと、改めて考えたこともなかった」

岬は心底困ったように腕を組む。

「ポーランドの事情はよく知りませんが、私の国では音楽で生活できる人はごくわずかです。そのひと握りの音楽家たちも目を剥《む》くようなお金持ちという訳ではありませんから、少なくともおカネが目的ではないでしょうね」

「それじゃあ、いったい」

「ヤンさんは何が欲しいのですか？」

「僕はそりゃ……」

言葉が喉に詰まった。

欲しいものは沢山あった。名誉と称賛と、そして達成感。だが、それはコンクールが始まるまでの話だった。

名誉は虚栄なのかも知れない。

称賛は無意味なのかも知れない。

達成感は錯覚なのかも知れない。

それでは、今お前が本当に望むものとは何なのだ？

「きっと、わたしもあなたも明確な目的というのはないのかも知れません。もちろん今はショパン・コンクールで優勝することですが、それだって里程標の一つでしかありません。我々はコンクールの後も生き続ける訳ですから」

岬は木漏れ日を浴びて眩しそうに笑う。

「ある日、音楽を好きになって、ピアノを好きになって、離れられなくなる。昨日弾けなかったフレーズが今日弾けるようになった。じゃあ、今日出せなかった音は明日出せるかも知れない。指先と耳を研ぎ澄ませ、一音一音に気を配りながら練習して、人前で演奏して、また練習して、また人前で演奏して……そしていつの間にかピアノが自分の武器になっていく」

「武器？」

「その人が生きる手段というのは、その人の武器になるんです」

それなら、その武器で何と闘うつもりだ――そう尋ねようとした時だった。

最初に視界の隅で閃光が見えた。

次に突風と共に爆発音が轟き、その瞬間、世界の一部が裂けて、燃えた。

破裂、飛散、炎上。全ての暴力的な音が一つになってヤンの鼓膜を襲い、聴覚を奪った。その方向へ強引に向けさせられた両目は更なる暴力を見た。パトカーがオモチャのように、人が人形のように吹っ飛んでいた。もちろん両方とも無傷ではいられない。横転した車両は大破して炎を上げ、倒れ伏した人々の下からは赤いものが流れている。中には物なのか人なのか判別のつかないものも多く転がっている。

しばらくしてヤンはようやく我に返った。聴覚も次第に戻ってきたが、拾った音でまた耳を覆いたくなった。悲鳴、呻《うめ》き声、怒号、狂乱。爆発音を聞きつけて、公園の内外から人が集まって来る。辛うじて難を逃れた警官たちが事態の収拾に躍起になっているが焼け石に水だ。混乱は拡大し、火は燃え続け、人は次々にこと切れていく。

ふと気づくと、岬が左耳を押さえて芝生の上に倒れていた。

「ミサキ！」

思い出した。突発性難聴の罹病者の多くは一定の量を越えた音を聞くと耳に苦痛を感じるのだ。不用意に動かしてはいけない。ヤンは岬の頬を軽く叩いてみる。

「大丈夫か、ミサキ？」

右の耳に向かって囁き続けていると、やがてその目がゆっくりと開かれた。

「ああ……ヤンさん。今のはいったい……」

「きっとまたテロだよ。さっきの人だかりの中で爆発が起こった。人もクルマも滅茶苦茶だ」

「何、ですって」

岬はふらつきながら立ち上がる。

「マリー」

ヤンがはっとした時には、もう岬は黒煙棚引く場所に向かって駆け出していた。ヤンもすぐにその背中を追った。

だが何という速さだろう。今しがたまで倒れていたというのに、岬の足はまるでアキレスのそれだった。ヤンが必死に追いすがっても、みるみるうちに引き離されていく。

爆心地に近づくごとに火薬と血の臭いが鼻腔を突いた。ヤンはどうしてもラクチンスキー宮殿の悲劇を思い出さずにはいられない。吹き飛ばされた四肢、脳漿の溢れ出た頭。あの時の光景がまざまざと甦り、胃の中身が逆流しそうになる。

吐き気を堪えながら現場に到着すると、そこには宮殿よりも更に悲惨な状況が広がっていた。あの時の死亡者数は十八人だったが、この被害は間違いなくそれ以上だろう。

爆心地はひと目で分かった。爆煙が立ち昇る中、そこは地面が蟻地獄のように穿たれている。木切れ一つ草一本となく、穴の深さが爆発時の力を無言で示している。

その周辺は地獄絵図が広がっている。

倒れている者の数は二十か三十か。

かつては人であった部品が無造作に散乱していた。その間をつなぐようにして衣服の切れ端と黒焦げの肉片が落ちている。中には臓物と思える物も混じっている。靴だけが転がっているが、注視すると足首の切断面が覗いていた。緑一色だった芝生は、燃えた残骸とどす黒い血で禍々しく彩色されている。

比較的軽傷だった者たちは茫然自失の体で現場を眺めている。右肘から先を失くした男が懸命に探しているのは自分の腕だろうか。動かなくなった同伴者の身体を抱き締めて狂ったように泣き叫ぶ婦人もいた。

炎上し続けるパトカーの下からは人の足が見えるが、とても救出できる状況ではない。園路に設置されていたベンチの何脚かは粉々に破砕され、四方八方に散らばっている。

ぱちぱちと爆《は》ぜる音に見上げると、広葉樹の端が燃えていた。よく見ると梢《こずえ》の先に、これも人の部品が服の切れ端と共に引っ掛かっていた。

この世のものとも思えない光景に、ヤンは眩暈を覚えた。ここが、あの閑静なワジェンキ公園の中だとはとても信じられなかった。

無事だった警官と駆けつけた市民たちによって救護活動が始められていたが、あまりの惨状にどこから手をつけていいのか困惑している様子だった。遠くからサイレンの音も聞こえるが、果たして救急隊員のできる仕事がどれだけ残っているかは疑問だった。

猛烈な臭気に襲われる前に、ヤンは鼻と口をハンカチで覆った。今、この臭いを嗅げば確実に嘔吐する。

悲鳴と怒号の交錯する中で岬の姿を探していると、一際高い柳の下に腰を下ろす彼を見つけた。その腕の中にマリーもいた。マリーは目を閉じて寝ているようだった。

「良かった。マリーも無事だったの……」

言葉は途中で途切れた。

マリーの右足は腿《もも》から下が欠落していた。

「マリー！」

見下ろすと、解れた前髪の隙間から小さな顔が覗いていた。色をすっかり喪くした顔だった。

「ミサキ。マリーは……？」

岬は何も言わずにただ首を横に振った。

ヤンは崩れるように腰から落ちた。

何かの冗談だと思った。

さっきまであんなに生意気だった口はもう二度と開かない。

あれほど生命力に溢れていた瞳はもう二度と輝かない。

「……彼女が駆け出した時に止めるべきだった」

ぎょっとした。

岬の口から出た言葉は悔恨に塗れ、血が噴き出しているようだった。

「馬鹿なこと言うなよ！　こんなことが起きるなんて誰も予想できなかった。僕らにはどうすることもできなかったんだ」

「それでも、こんな小さな子が死ぬなんて間違っている」

　岬は泥と血で汚れたマリーの身体を抱き締めると、静かに頭を垂れた。

　ヤンはその肩に手を置こうとしたが途中で思い留まった。

　岬の肩はぶるぶると震えていた。

　そして密やかな嗚咽《おえつ》が洩れ始めた。

　サイレンがますます近づいてくる。


　警察と救急隊が到着すると、現場は更に騒然となった。安心感で緊張の解けた重軽症者たちが一時的なパニックに陥ったからだ。

　だが、報せを聞いて駆けつけた遺族のパニックはそれ以上だった。現場は飛行機事故さながらで、遺体の収容だけでも一日仕事と思われる有様だ。遺族の中には警察と一緒になって家族の一部を探し回る者もいた。

　マリーの母親は事件発生直後にやって来た。岬からマリーの亡骸《なきがら》を受け取った母親はその場で泣き崩れ、しばらくは狂ったように喚《わめ》き続けた。岬はずっと頭を下げて詫びていた。

　やがて涙が涸《か》れるまで泣き続けた後、母親はマリーが公園の友達について語っていたと教えてくれた。

「……ワジェンキ公園に行くと、仲良しのお友達が二人もいるんだって得意がっていたんです。しゅ、主人を亡くしてあたしは一人で働かないといけなくなって、あの子に寂しい思いをさせてるのは分かってたから……見知った友達が遊んでくれるならって、少し安心していて……」

今度はヤンが頭を下げる番だった。友達に逢えるという理由でマリーがワジェンキ公園に来ていたというのなら、岬以前に自分の方に原因がある。

それでも母親は恨み言一つ口にするでもなく、ヤンと岬に礼を言った。あなたたちのお蔭でマリーは決して孤独ではなかったと慰めてくれた。そして、マリーの亡骸を宝物のように抱き締めてまた泣いた。

ヤンの胸には自責の念が広がっていった。

汚れた服を着替えにいったん家に戻ることにしたが、その道中でも胸が張り裂けそうだった。もちろんマリーを殺したのは岬でもなければヤンでもない。それでも、自分には無関係だと割り切れるほど図太い神経は持ち合わせていなかった。

今までこれほど人間を憎んだことはなかった。コンクールの競争相手やステファンス家を妬む者、果ては父親に至るまで疎ましいと思う人間は数限りなくいたが憎悪を抱く相手ではなかった。ニュースなどで見聞きする凶悪な犯罪者や祖国を蹂躙した独裁者も、どこか物語の中の悪役に過ぎなかった。だが、今胸に巣食う憤怒は間違いなく現実に対するものだ。

心は冷え切っているのに胸は熱い。深いところでマグマのように煮え滾っている。どうして何の罪もないマリーが殺されなければならなかったのか。思想、宗教の対立は無辜の生命を犠牲にしなくてはならないものなのか。戦争の大義も、聖戦とやらの価値もヤンには分からない。だが岬の言う通り、あんな小さな子が命をなくすことはどう考えても間違っている。

やり場のない怒りが内部からヤンを浸食する。テロリストが憎かった。戦争をする者、戦争を煽《あお》る者が憎かった。そして自分を含め、他人に憎悪を抱く者が憎かった。

家に戻るとヴィトルドがいた。

「どうしたんだヤン、そのなりは」

「ワジェンキ公園で爆発があった」

「爆発？　また自爆テロか」

「知らない」

長々と話す気にはなれなかった。だが、こういう時に限って親はあれこれと訊いてくる。

「怪我はしていないだろうな。指は無事だろうな」

「巻き込まれたのは知り合いだよ。僕じゃない」

「知り合い？　ファイナルに残ったコンテスタントの誰かか」

ヤンはその言葉に微かな期待を聞き取った。

「他のコンテスタントが巻き添えを食ったら良かったって言うのか」

半ば喧嘩腰に言ったが、返ってきた言葉はもっと挑発的だった。

「できればミサキかサカキバがそうなってくれたら万々歳なんだがな」

「何だって！」

さすがに気色ばんだ。

「あの二人のどちらかが消えてくれれば、お前の優勝はより確実になる」

「本気で言ってるのかよ」

「半分は冗談だが、半分は本気だ」

ヴィトルドはヤンの苛立ちなど気にも留めない風でひらひらと手を振る。

「冗談半分でも言っていいことと悪いことがある」

「それなら、親にそんなことを思われないくらいの実力をつけろ」

「へえ。少なくともあの二人の実力は認めるんだ」

「実力はな。しかしショパン・コンクールは実力だけでは獲れん。〈ポーランドのショパン〉を継承するピアニストでなくては審査委員たちが納得せん」

「まだそんなこと言ってるのか？　父さんだって、あの二人のピアノを聴いたなら分かっているはずだ。ミサキはポーランド人以上にショパンを理解している。サカキバはそもそも〈ポーランドのショパン〉なんて超越している」

「超越？　それならいい。カミンスキも他の審査委員も一時は心を動かされるだろうが、そんな代物に決して栄冠は与えない」

「ずっと高みにある音楽とコンクール優勝と、どっちが大事なんだよ」

「今更分かりきったことを言うな。優勝に決まってるじゃないか」

ヴィトルドは事もなげに言う。

「いいか。まだお前は若いから知らないのだ。峻烈なピアノ、個性的なピアノは今までにも沢山あった。その時代時代で持て囃《はや》されたことも事実だ。しかし長続きはしない。一時のブームにしかならなかった。また、彼らのピアノが継承されることもなかった。それはつまり、継承されるに値しないピアノだったからだ。新奇さが受けるのはいつでも一瞬だ。あまりに個性的なテイストというのは飽きられるのも早い。だが、〈ポーランドのショパン〉は受け継がれる。それも永遠にだ。ショパン・コンクールで優勝するということは、その永遠の一部になることなのだ」

憑りつかれている、と思った。

自分の父親はショパン・コンクールに憑りつかれている。コンクールは若い音楽家が世界に羽ばたくための手段なのに、この男の中では目的になってしまっている。

「さあ、ヤン。お前の出番は明後日だろう。今から集中して練習しなさい」

「父さんにはそれしか言うことがないのか！　さっき言ったろう。僕は今しがた爆破事件を目の前で見た。知った人間を亡くした」

「それがどうかしたのか。お前自身は無事だったんだろ」

「心が痛むんだよ！」

「それは心が脆弱だからだ。鍛えられたピアニストは親が死んでも、演奏には毛先ほども動揺を見せない」

ヤンは思わず父親に詰め寄った。手は自然に拳を握っていた。

「ただ死んだんじゃない。爆弾で吹っ飛ばされたんだ。か、片足がなかった。まだ、こんなに小っちゃい女の子だ」

「お前の知り合いだったのか」

「公園に行く度に話をした。何てことのない話ばかりだったけど、それで気が紛れることも多かった。な、何も悪いことした訳じゃない。なのに、どうしてマリーが死ななきゃならないんだよ」

「甘ったれたことを言う。戦争なら当然のことだ。民間人を巻き込むのが目的のテロなら尚更だろう。戦争の究極の目的は相手を根絶やしにすることだ。非戦闘員の女子供を殺してこそその目的は達成される。次代を引き継ぐ者も、それを産み出す腹もなくなる訳だからな」

「……よく、そんな他人事みたいな言い方ができるな」

「事実、他人事だ。そのマリーという子にしたって、公園で会うだけのほんの話し相手に過ぎないだろう」

　ヴィトルドはヤンの拳を一瞥《いちべつ》すると、ふんと鼻を鳴らした。

「戦争もテロも我が身に降りかからん限りは他人事だ。第一、お前一人が憤慨したところで戦争やテロがなくなる訳でもあるまい。お前がピアノを弾いて戦争が終わるのか？　イスラム教徒が全員キリスト教に改宗するとでも言うのか？　いいか、ヤン。音楽家にとって戦争ほど無縁のものはない。無縁であるなら無視するのが一番なのだ。戦場で、テロで死にゆく人間に、お前ができることなど何一つとしてない」

「死んだマリーと僕は無縁じゃなかった」

「では忘れろ。祈りを一つ捧げて、後は練習に没頭しろ。死んでいった者に思いを馳せる暇があるのなら、一小節でも多く自分のものにしろ。他のコンテスタントたちは今この時も決して立ち止まってはいないんだぞ」

「……僕には、死者を悼む時間も許されないってのか」

「そうは言わん。ただ、それは今ではないということだ。お前には悲しむよりも祈るよりも前にすることがある。今まで何度も繰り返してきたが、その度に忘れるようだから今一度言ってやろう」

ヴィトルドはヤンの握り拳を鷲掴みにすると、胸の高さまで持ち上げた。

「五年に一度のショパン・コンクール。出場するだけでも難しい。本選に進むことが許されるのはそれこそ一握りだ。世界中でピアニストを目指す者がどれだけそれを渇望していることか。今、お前はその頂点にすぐ手が届くところにいる。ところが、その本人は頂点の一歩手前で他事に気を取られて悶々としている。たわけた話だ」

ヤンは拳の縛めを解こうとしたが、びくともしなかった。ヴィトルドはそれ以上力を加えていないようだが、指一本動かすことができない。久しく忘れていた父親の強靭さにヤンは驚き焦る。

「この手は他人と握手するためのものではない。銃の引き金を絞るためのものでもない。シュプレヒコールを上げるためのものでもない。追悼に合わせるものでもない。ただ鍵盤を叩くためのみに存在する。ピアニストの指とはそういうものだ」

「離せ」

「ピアノ代、レッスン代、音楽院までの学費。お前をここまで育て上げるのにいったいどれだけのカネと労力を注ぎ込んだと思う。普通の家庭で普通の子供にこんな投資をするものか。全てはお前がステファンス家の人間だからだ。戦争？　テロ？　犠牲者？　そんなものはステファンス家とは何の関係もない。もちろんお前ともだ」

「ラクチンスキー宮殿の時も、そして今日もテロは僕の目と鼻の先で起こった。僕があの爆発で吹っ飛んでいても不思議じゃなかった」

「いや、お前は大丈夫だ」

　ヴィトルドは頬を緩めた。

「お前は絶対、巻き添えにはならない」

「何でそんなことが断言できるんだよ」

「お前は護られているからだ、ヤン。死神もテロリストもお前を避けて通る」

「離せったら！」

　拳を力任せに捩じろうとすると、やはり痛めることだけは避けたいのかヴィトルドはあっさりと縛めを解いた。

「何のかんのと理由をつけて、結局僕を家名復興の道具にしたいだけじゃないか」

「だが、今までお前は逆に家名を利用してきたのだ。家名を否定する前に自分の無力さを知れ」

「無力なのは言われなくても知っている。僕は、あんな小さな子も助けてやれなかった」

「それが驕《おご》りだというのだ。親の縛めも解けない子供が他人の命を救うなどと思い上がるのもいい加減にしろ。さあ、レッスン室はそのままにしてある。前日はオケとの音合わせでも、これから明日まで納得いくまで練習しろ」

「練習はするさ。でも、ここじゃ駄目だ」

「何だと」

「ピアニストがどれだけ繊細な神経してるかも分かってるだろ！　自分をこんな風に扱った人間と同じ屋根の下でまともな練習なんてできるか。やるんなら音楽院でやる。あそこなら雑音が入らない。着替えだけくれればいい」

「それはそうかも知れんな」

ヴィトルドは鷹揚に頷くとヤンに道を開けた。

「じゃあ、さっさと着替えを持って音楽院に帰れ。言っておくが、音楽院はわたしの庭のようなものだ。お前がレッスン室にいるかどうかなど簡単にチェックできる」

「勝手にしろ」

ヤンにしてみれば精一杯の捨て台詞だったが、ヴィトルドは何の痛痒《つうよう》も感じない様子で悠々とソファに座る。

自室に戻り煤《すす》で汚れたジャケットとズボンを脱ぎ捨てると、適当な服を見繕ってすぐに出て来た。これ以上、家の中にいると家具やピアノを破壊しそうな気がした。ソファの父親には目もくれずに家を出る。まるで逃げるような形が恥辱だったが、言葉でも腕でも勝てないことは分かっている。

音楽院まで闇雲に走った。まるで喧嘩に負けたガキみたいだと自覚しながら走った。

音楽院に着くなり受付からレッスン室の鍵を奪い取る。311号室。岬はもう公園の爆発現場から帰っているのだろうか。いや、そんなことはどうでもいい。とにかく部屋に籠ろう。自分だけの部屋に。自分だけの殻に。

レッスン室に入って鍵を掛ける。

部屋の中央にピアノだけが置かれた部屋。ピアノを弾くためだけに造られた部屋。

他に落ち着く場所はない。ヤンはピアノの前に腰を下ろした。すると手が勝手に蓋を開ける。

しばらく八十八鍵を見つめていると、少しずつ落ち着いてきた。現金なものだと思う。父親の言葉に反駁する一方で、鍵盤に触れているといつもの自分を取り戻すことができる。この指はピアノを弾くためだけに存在する――ヴィトルドの言ったことは真実かも知れない。この指が銃や剣を握っている図は想像もできなかった。

だが、この指は怒りを鍵盤に伝えることができる。哀しみを旋律に変えることができる。

ヤンはすうっと背筋を伸ばした。

指先に全てを委ねるように鍵盤の上に翳す。

ヤンが選択したのはピアノ協奏曲第一番ホ短調。ショパンがポーランドを離れる直前に完成したこの曲は、ポーランドへの訣別《けつべつ》と己の飛躍を込めたものだという。

訣別と飛躍。これも何かの偶然か、今の自分にはうってつけの主題だ。

自分はピアノを弾くしか能がない。それでいい。今更、過去の自分を責めてもしようがない。だが断ち切ることはできる。今までの練習では、この協奏曲第一番も〈ポーランドのショパン〉

を踏襲しようとした。静穏で気品があり、ロマンティックなピアニズム——しかし、それも終わりだ。静穏も気品も知ったことか。これが訣別の曲であるのなら、哀しみを哀しんだ分だけ旋律に乗せよう。痛みがあるのなら、その痛みを鍵盤に伝えよう。胸の中に燻っている怒りと嘆きを全部歌にして吐き出してやろう。目の前で人が死んだ憤りと誰も救えなかった口惜しさをピアノを通して叫んでやろう。それすらできなくて何がピアニストだ。

深呼吸を一つ。

そして、ヤンは思いのたけを込めて第一打を叩きつけた。

2

十月十八日、ショパン・コンクール決勝一日目。この日の出場は事前協議で決められた通り、

ヴァレリー・ガガリロフ　協奏曲第一番
ヴィクトル・オニール　協奏曲第二番
チェン・リーピン　協奏曲第二番

という組み合わせだった。

ロシア二人組の演奏は良くも悪くも一次予選の印象を覆すものではなかった。過剰とも言えるロマンティシズムと感情表現は、審査員の評価はともかくとしてヤンを大いに楽しませてくれた。当初漂っていた反ロシアの空気も相次ぐテロ事件に埋没してしまい、観客も色眼鏡なしで演奏に

聴き入っていたようだ。

また、アジア人ながら易々とポーランドのショパンを奏でたリーピンの協奏曲第二番も見事だった。ポーランド人観客の中国人コンテスタントに対する偏見は彼によって完全に払拭されたといってもいい。しかもリーピン本人が甘いマスクであることも手伝い、公式なファンサイトまで立ち上げられたのだという。いずれにしてもそれで彼のファンが増えるのなら結構なことだとヤンは思う。

もう他人の演奏について重箱の隅を突くような聴き方はしなかった。他人を蹴落とそうとも揶揄しようとも思わなかった。

ヴィトルドの言葉は聞くに堪えないものだったが、中には真実を伝えるものもあった。ショパン・コンクールの本選に進めるのは世界中でごく限られたコンテスタントだけという事実だ。優勝の行方はともかく、ここまで勝ち進んできた八人はそれぞれに素晴らしいピアニズムを披露してくれた。折角、この場にいるのならそれを愉しまない法はない。

ショパンを弾くようになってから散々聴かされた〈ポーランドのショパン〉は、昨夜を限りに胡乱《うろん》なものへと形を変えた。そして形を変えた途端に、音楽が違う風景を見せるようになった。今ヤンは、他人の奏でる他国のショパンを何の夾雑物《きょうざつぶつ》もなしに聴くことができる。

いや――夾雑物はあった。

昨日の光景が網膜に焼きついたまま一向に薄れない。公園に散乱する死体、横転して炎上するパトカー、そして岬の腕の中でどんどん冷たくなっていくマリー。悪夢のようだが、あれは現実の出来事だった。

今回のテロリストの手口は今までで一番卑劣だった。囮《おとり》にされたのはヤンも事情聴取を受けたヴァインベルクという警部だ。まず彼の死体を公園のベンチに放置し、警察関係者や野次馬たちが集まった頃を見計らって爆発させたらしい。

警察の発表では死者三十二人、重軽傷者五名。怪我人の数の方が少ないことが事件の悲惨さを物語っている。しかも自爆テロではなく、残留物から時限爆弾の使用が認められたのだという。警察ではその残留物から、犯人は通称〈ピアニスト〉と呼ばれるテロリストであると断定していた。

ワジェンキ公園は一時封鎖され、周辺の警備網は倍増された。地方の警察署から急遽《きゅうきょ》人員を掻き集めたため、今度は地方の治安に問題が生じるという笑えない話までついてきた。

だが惨事を目の当たりにしたヤンはもちろん、報道を知った観客たちは今日もホールに駆けつけている。もちろん不安な表情を隠せない者も多いが、それでもシートに腰を据えている。岬が口にしたウイーン・フィルの話ではないが、やはりポーランド人はこんな時でも頑固なのだろうかと思う。

いずれにしてもあの惨事を忘れることはできない。マリーの死に顔が脳裏から消えることはないだろう。ならば、その上でピアノを弾くだけだ。

三人の演奏が終わり、全ての観客がホールを出て行くと、ヤンは控室に向かった。これから明日の演奏に備えてオーケストラとの音合わせがある。ヤンの出番はエリアーヌ、榊場に続いて三番目だった。

さっき、ステージ上で指揮者のアントニ・ヴィットと打ち合わせるエリアーヌを横目で見た。昨日あんな体験をしたせいでひどく久しぶりに思えたが、端整な顔立ちと切れ長の目は相変わらずだったので安心した。あんな事件があった直後だ。エリアーヌも内心では恐怖と闘っているはずだが、それを面に出さない分、彼女は強靭と言える。

それなら自分が怯えてどうする――ヤンは唇を真一文字に閉じてイメージトレーニングを開始した。


翌十九日、決勝二日目。

一番手エリアーヌの選曲は協奏曲第二番だった。この曲に込められた優美さと感傷は彼女のピアニズムに合致し、それぞれのフレーズを自由に歌った。オーケストラとの呼吸も合い、観客の反応も上々だった。エリアーヌ自身も満足のいく出来だったらしく、演奏を終えた瞬間には会心の笑みを浮かべていた。

だが残念ながら、観客の関心は次なるコンテスタント榊場隆平の演奏に集中していた。

一次予選からその身体的なハンディと相反する桁《けた》違いのピアノで話題をさらっていた榊場は、今やショパン・コンクールの主役と言えた。内外の音楽ジャーナリストたちは皆、彼に照準を定め、日本からは彼の特集を組むためにテレビ局のクルーたちが飛んで来た。こうまで周囲が騒がしくなると本人は神経質になるのが普通なのだが、榊場の場合は目が見えないことが幸いし、あまり気に留めていないらしい。

ヤンは次の出番だというのにステージの袖で待機していた。控室のモニターで見ることもできたが、どうせ演奏が始まれば間近で見たくなるのは目に見えている。それなら最初からここに陣取っていた方がいい。

『二人目の演奏者。リュウヘイ・サカキバ。曲目、ピアノ協奏曲第二番へ短調作品21。ピアノはヤマハ』

来た。

榊場は付き添いの係員の袖を摘《つま》んでステージに立っていた。

『リュウヘイ・サカキバ。ヤポーニヤ』

アナウンスされると怒濤のような拍手と歓声が湧き起こった。まるで榊場隆平のコンサートのような雰囲気だ。

榊場は係員の袖を摑み、それに引かれるようにピアノに向かう。岬の説明によると盲人は腕や袖を摑まれると途端に不安になるので、こうして誘導するのが常識なのだという。

ヤンは息を詰めて榊場の仕草を見守る。エドワードは目の不自由な榊場がオーケストラと同調できるかどうかという問題を挙げたが、ヤンの関心は榊場がショパンの心情に同調できているかどうかだった。初恋、憧憬、恋慕という感情はやはり最初に視覚ありきのものだとヤンは考えている。姿が見えなければ具体的な感情も抱き難い。盲目の榊場がその感情をどこまで表現できるかが演奏内容の全てだと思った。

第一楽章、マエストーソ、ヘ短調四分の四拍子。ソナタ形式。

最初にオーケストラによる長大な序奏が奏でられる。悲恋を予告するような第一主題とオーボエによって提示される変イ長調の第二主題。それはフルート、そして第二ヴァイオリンへと引き継がれていく。元々貧弱と言われるオーケストレーション部分だが、アントニ・ヴィット率いるワルシャワ・フィルの巧みさがそれを感じさせない。ヤンは危うい均衡の上に立つ管弦楽にしばらく身を委ねる。

ショパンはこの第二番に先んじて〈ラ・チ・ダレム・ラ・マノの主題による変奏曲〉や〈クラコヴィヤク〉といった管弦楽をバックにしたピアノ曲を作曲して評価を得ていたが、当時フンメルやフィールドが古典的なピアノ協奏曲で成功を収めていたこともあり、自らも三楽章構成の協奏曲を作曲しようと思い立ったのだと言う。

やがて二分以上にも及ぶ序奏が終わりに近づくと、ピアノ独奏が第一主題を引き継いだ。榊場の一打はすっとヤンの胸奥に届いた。哀愁と絶望を込めた主題にショパンの悲痛な叫びが聞こえる。悲恋を経験した者なら誰しも胸が痛くなるような旋律を、榊場は切々と歌い上げる。ピアノだけの孤独な踊りにオーケストラは控えめに寄り添うだけだ。

華やかなパッセージが続き、徐々に旋律が上向したところで第二主題に移行する。まるで孤独を愛するかのようにピアノは哀しく、オーケストラは甘くメロディを描く。哀しむことも人を愛するがゆえの特権なのだと言っているようだ。うねり始める旋律にオーケストラは波のように引いては寄せる。それは想いを何とか相手に伝えようと逡巡し苦悶する心のように切ない。

ヤンは演奏前に抱いていた予断を全面撤回した。愛する対象を見たことがないから恋愛感情を表現し辛いなどとは、とんでもない偏見だった。自分と同い年だというのに、この哀切の表現力はどこから湧き出るのか。

展開部はノクターン調で始まり、その後で二つの主題が提示されていく。

この部分の繊細さも榊場は絶妙だった。即興的なパッセージだが、気負いも躊躇もなく、自然に歌っている。ヘ長調から始まる十六分音符は左右の手を不規則に運ぶために難所とされているのだが、技術的な困難さなど露ほども感じさせずに聴く者の心を震わせている。

不意に気づいた。榊場は恋愛経験が少なくても絶望なら山ほど味わったはずだ。直接触らなければ形も分からない。動いているのか止まっているのか、動いているならどれだけの速さなのか。より致命的なものは色彩だ。生まれながらに目の見えない榊場には色という概念がない。赤がどういう色なのかを認識する基本概念がない。従って明暗という概念もない。そうした状況を成長するに従って一つ一つ思い知っていくのは、いったいどれほど残酷なことか。本来であれば新しい発見をしその度に喜びが生まれてくるのに、彼は成長する度に新しい絶望を覚えていくのだ。

自分には恐ろしくてそんな人生は想像もできない。自分には与《あずか》り知らない地獄と絶望を味わってきたからこそこんな表現ができるとしても、彼の身代わりになりたいとはとても思えない。

いきなりオーケストラが高らかな声を上げた。短い間奏で、すぐにピアノが引き継ぐ。不安に駆られる旋律がきりきりと胸を締めつける。早くこの苦しみから解放して欲しいと願う。しかし、そう願うことで聴く者は中毒に陥っていく。この切なさをまた味わいたくて曲に聴き入る。エリアーヌの指摘した中毒性とはまさにこのことだった。

再現部に入り、オーケストラが再び大きくうねりを上げて第一主題の前半を合奏する。次いでピアノが後半を受け持ってそのまま第二主題に移る。すると榊場のピアノは羽が生えたように軽やかになり、弾みながら上向と下向を繰り返す。次第に様子を見守っていたオーケストラが頭をもたげ、初めてといっていいほどの掛け合いを見せる。オーケストラと同調できるかどうかという懸念は全くの杞憂だった。聴いている限りではオーケストラが榊場に寄り添っている形だが、実際は両者の息が合っていなければここまでの一体感は得られない。榊場もオーケストラの面々も全神経を針のように研ぎ澄まして相手の音と呼吸を拾っているのだ。

やがて榊場は華やかなパッセージと重和音のトリルでメロディをオーケストラに渡し、オーケストラは悲愴ささえ漂わせながら全合奏で楔を打ち込んだ。

ほう、という溜息が会場のあちらこちらから洩れる。至高の料理を嚥下《えんか》した後に出る溜息と同じものだった。思わず力が緩んだのはヤンも同様で、気がつくと椅子から背が離れ、前のめりになっていた。それだけ榊場の演奏に集中させられていたのだ。

第二楽章、ラルゲット、変イ長調四分の四拍子。三部形式。

薄靄《うすもや》の中から現れるようにピアノが主題を歌い始める。天上に漂う夢見心地の中でヤンはエリアーヌの顔を思い浮かべる。彼女を想いながら多幸感に包まれる。

この楽章は他の楽章に先んじて作曲されているが、その動機は明白過ぎるほど明白だ。ショパン本人が友人ティトゥスに宛てた手紙の中で、コンスタンツィヤ・グワドコフスカへの思慕を表現したと告げている通り、この楽章にはショパンの恋慕が溢れている。

「僕は悲しいかな、僕の理想を発見したようだ。この半年というもの、毎晩彼女の夢を見るが、まだ僕は彼女に一言も口をきいていない。あの人のことを想っている間に、僕は僕の協奏曲のアダージョを書いた」——このショパンの想いは初めて人に恋心を抱いた者に共通のものだろう。だからこの曲を聴いていると共感を覚え、そして耽溺してしまう。

甘やかな主題は三度反復されるが、その度に装飾がトリルやパッセージで複雑になっていく。音量が次第に高まり、フレーズはいよいよ情熱を帯びてくる。このピアノの後ろでは弦が密かに旋律を支えている。

戦略的な理由でヤンは協奏曲第一番を選択したが、今ならこの第二番を弾いてもいいだろうと思った。誰かを好きになることの甘さと切なさを、今ならピアノを通して吐露できると思った。

そして不意にピアノが悲劇に転じ、オーケストラも不安を漂わせる。一人きりで夜をさすらうような孤独と惑いがざわざわと胸を掻き毟《むし》る。恋心と裏返しの不安が心の芯を浸食する。

甘やかなだけではなく、人を愛する不安までも書ききったのはやはりショパンならではだと思う。青年時代のショパンだからこそ、これだけ純真な心情を表現することができた。そしてヤンの魂も否応なく青年ショパンの心情に惹《ひ》かれていく。

やがて不安を静かに吹き消すようにピアノが平穏なメロディに変わる。オーケストラは静まり、ただ独奏ピアノの調べだけがホール中に安寧をもたらす。

榊場のピアノを聴いていると、まるでショパンがそのまま演奏しているような錯覚を覚える。

言い換えれば演奏者の個性や癖が全く感じられない。これは、きっと榊場が楽譜を介さずに楽曲を理解しているからだろう。音符や記号の連なりではなく、音素と旋律とリズムが直接脳内で処理されているとしたら、作曲者の意図通りに演奏できたとしても不思議ではない。言い方は悪いが、身体上のデメリットが見事にメリットに反転しているのは音楽の神様の仕業としか思えない。

それにしても何という情緒なのだろう。ピアノ独奏だけでここまで魂を鷲掴みにされる。この楽章がリストのみならずあらゆる作曲家と演奏家に称賛されているのが実感できる。榊場のピアノの前では、さしものワルシャワ・フィルも影が薄い。この協奏曲の性格が控えめなオーケストラであるにしろ、榊場の引き立て役になるのがやっとだ。数少ない掛け合いの部分でも、その主導権は常に榊場の側にある。音量以外の圧倒的な存在感がオーケストラの音を駆逐しているのだ。

終結部のコーダを迎えてもこの関係は持続する。弱奏のオーケストラが息を続けていく中、ピアノが上向のアルペジオを残し、そして優しく消えていく。

会場の空気が再び弛緩する。甘い夢から目覚めたような吐息が、ヤンの口から洩れる。

だが、これで弛緩しきっていてはいけない。すぐに怒濤の最終楽章が始まるのだ。ヤンは眠るように倒していた背中を戻して身構えた。

第三楽章、アレグロ・ヴィヴァーチェ、ヘ短調四分の三拍子。ロンド形式。

まずピアノがクラコヴィヤク風の主題を提示する。クラコヴィヤクはポーランドの民族舞踊の一つで、この楽章の曲想を象徴する主題だ。楽譜にはsemplice ma graziosamente（平明に、しかし優雅に）という注文がついている。単純だが速くて軽快なリズムが琴線に触れる。ただしこのワルツも踊るためのワルツではなく、あくまでも演奏者の技巧を顕示するためのものだ。それが証拠にここでも絢爛豪華なはずのオーケストラは慎ましやかに被さるだけで、楽章のほとんどはピアノの独壇場になる。

疾走し、跳ね回るピアノ。パッセージの連鎖が始まり、マズルカのリズムに乗って曲想が目まぐるしく展開していく。

そして六十五小節目から奏でられる変イ長調の第二主題。八分音符、三連符のパッセージがこれでもかと続き、一段と華麗に、そして一段と緊張していく。ここが第三楽章の聴かせどころの一つだが、榊場はその期待を裏切ることなく、予想以上の音を決めてくる。

ピアノはオーケストラを無視して徐々に上向する。踊るためのワルツでないことは先刻承知しているのに、それでも身体の内部がうずうずしてくる。おそらくはリズムがポーランドの民族性に拠っているからだろう。ここでも榊場の特異さを垣間見ることができる。ポーランド人だけが持ち得ると思っていたマズルカのリズムを易々と会得している。いや、会得ではなく、そのリズムを聴いた瞬間に自家薬籠中のものにしている。

ここまでポーランドのショパンを再現することは、逆にポーランドのショパンを無効にしてしまうことと同義になる。

ヤンは既に敵愾心《てきがいしん》を失っていた。自分と榊場ではあまりにピアニズムに違いがあり過ぎる。それを同列に並べること自体がナンセンスだと思えるのだ。ショパン・コンクールに出場して良かったと思えるのは、父ヴィトルドや恩師カミンスキの思惑を越えてこうした異質のコンテスタントたちに出逢えたことだ。彼らのピアノが自分の蒙《もう》を啓《ひら》いてくれた。彼らの音楽を聴かなければ、自分はポーランドという箱庭の中で満足していたに違いない。

第一主題が再現されると榊場のピアノはますます熱を帯びてくる。

疾走するピアノ。

次第に上向していく旋律。

来たるべきコーダへの期待が膨らむ。

会場の温度も確実に上がっていく。

四百六小節目でホルンが二度、号令を鳴らしたのが合図だった。

ファンファーレの直後にピアノが最後のストレッタの追い込みに入った。

技巧を凝らせたパッセージがリズムを刻む。

ヤンはその間、呼吸することとさえ忘れた。

そして一瞬の空白の後、ピアノが一気に駆け上がって楽章を閉じた。

刹那《せつな》、会場が膨張した。

拍手とブラヴォーの歓声が波濤《はとう》となってステージ上の榊場を呑み込んだ。一次予選から始まったコンクールの中でも一際大きな歓声だった。

この瞬間、極東の、しかも盲目の青年は長きに亘って君臨してきたポーランドのショパンを見事に捻じ伏せた。ショパン・コンクールが暗黙のうちに規定していた全ての障壁を木端微塵に粉砕した。カミンスキ委員長をはじめ、うるさがたの審査委員たちもこの演奏の前では白旗を掲げざるを得ない。そしてポーランドの観客はその事実に快哉《かいさい》を叫んでいる。

多分、次代のクラシック界は榊場を中心に回る。それは間違いのないことだろう。

それでもヤンに口惜しさはない。むしろ畏怖を感じる。このまま榊場が修練を重ねていけば、いったいどんなピアニストに成長するのか。

拍手はまだ鳴り止まない。榊場が二度三度とステージに呼び戻されてもまだ続いている。

ヤンは拍手しながら榊場とまだ言葉を交わしていないことを悔やんだ。交わしていればこの拍手も意味の違うものになっていただろう。

十分間のカーテンコールの後、ようやく会場は静けさを取り戻した。

通路から榊場が姿を現した時、思わずヤンは彼の名を呼んだ。

「リュウヘイ・サカキバ！」

榊場は驚いた顔をこちらに向ける。

「コンテスタントのヤン・ステファンスだ。素晴らしい演奏だった」

「あ、ありがとうございます」

「握手してくれないかな」

手を差し出して、彼の手の平にそっと手を添える。すると、はにかみながら榊場は握り返してくれた。ごつごつしていたが温かい手だった。

「ありがとう」

「こちらこそ」

少し戸惑った様子で榊場は係員に連れられて控室に消えて行った。

不思議なことに、握手することで心の隅に残っていた黒い雲が吹き払われた。

さあ、正念場だ。

ヤンはステージ中央に陣取るピアノを見据えた。

『三人目の演奏者。ヤン・ステファンス。曲目、ピアノ協奏曲第一番ホ短調作品11。ピアノはスタインウェイ』

深呼吸を一つしてからヤンはステージに立った。

もう旧弊な伝統などクソ食らえだ。

この数日間に味わった思いを全てこの一曲に込める。出し惜しみは一切しない。気品高く体裁を取り繕いもしない。

『ヤン・ステファンス。ポーランド！』

再び大歓声が湧き起こった。榊場のあんな演奏の後でも、観客は祖国のコンテスタントに過大な期待をしてくれているのだ。

だが、もう榊場と競うつもりはない。競うべきは別の何かとだ。

スタインウェイの前に座る。見慣れた漆黒の塊が今日ばかりは別物に映る。きっと従来とは違うショパンを奏でる相棒になるはずだ。

ヤンは愛しげに鍵盤の上を撫ぜてから、指揮者のアントニに目配せを送る。

いつでもいいよ。

アントニは一つ頷いてからオーケストラに向き直る。

第一楽章、アレグロ・マエストーソ、ホ短調四分の三拍子。協奏曲風ソナタ形式。

突然、ホ短調の壮大な序奏が始まる。重厚であって悲愴。間近で聴いていると惜別の歌のように聴こえる。ヴァイオリンがフォルテで弾く旋律とレガート・エスプレッシーヴォで優しく弾く二楽節になる第一主題が高らかに鳴り響く。モーツァルトやベートーヴェンを思わせる旋律で曲想がいやが上にも高まる。

続いてホ長調の第二主題は弦楽器の奏でるカンタービレの甘い曲だ。これはショパンが祖国ポーランドで過ごした記憶なのだろうとヤンは解釈する。回想と惜別、その後に控えるのが新しい希望だ。

協奏曲第一番のオーケストラ序奏は四分にも及ぶ。この間、ヤンはオーケストラの演奏に耳を傾けながらこの数日間に起きた出来事を反芻する。

テロ事件、自分とは出自の異なる才能との出会い、父親との訣別、そしてマリーの死。看過することはできないし、してはいけない。政治家であれば志に生かすだろう。絵描きならば絵で、小説家なら文章で怒りを表わすだろう。ヤンにはピアノがある。本人よりも能弁に感情を歌い上げる道具がある。ならばこの漆黒の塊に感じるままを預けるだけだ。

オーケストラが再び第一主題を奏で始める。これがピアノ誘導の合図だ。ヤンはその旋律を受け継ぐ形で独奏に入った。

和音を加えた両手オクターブのフォルテシモ。このメロディは十六小節しか続かないが、だからこそ威風堂々と歌わなければならない。

惜別の哀しみを背後の弦が優しく包む。

それでもヤンの魂は到底鎮まるものではない。指がやり場を探して狂おしく躍る。千々に乱れる心が鍵盤を掻き鳴らす。

オーケストラが絡んでくると、ヤンは上下向を繰り返しながら装飾音を加えていく。

ホルンが入ってホ長調の第二主題に移行する。懐旧の念を抱かせる優しくも切ないメロディ。ヤンは軽やかに、そして速いパッセージを連鎖させていく。

いつもより指が走っているのは自覚している。昨日のリハーサルでも、その速さに指揮者とオーケストラがいったん戸惑ったほどだ。だがアントニはそれを若者の性急さとは受け取らず、オーケストラのスピードをヤンに合わせてくれた。

旋律を時に躊躇いがちに、時に伸びやかに刻む。この時間差がうねりとなって楽曲に生命を吹き込む。やがてヤンのピアノは加熱し、重和音のトリルで加速する。するとオーケストラもそれに呼応したかのように唸りを上げる。ここからしばらくはオーケストラの中間奏が続く。

ワルシャワ・フィルは手練《てだ》れ揃いの楽団だ。たった数フレーズ聴いただけでソリストの技量を推し量ってしまう。いくらショパン・コンクールのファイナルとはいえ、稚拙な演奏には相応の相手しかしてくれない。だが、ヤンは彼らの演奏を一身に受けて知った。彼らは本気だ。本気でこの無鉄砲な自分に同調しようとしてくれている。今までのスタイルを捨てようとする意思を汲んでくれている。

ならば自分は信じるままに走るだけだ。

オーケストラが緩やかに落ちかけたところでヤンがまた旋律を引き継ぐ。ここからが展開部だ。第一主題の後半を処理しながら重音とスケールとアルペジオを駆使して転調を繰り返す。問いかけるような旋律、増大していく緊張感。ヤンの指は一瞬も止まることなく音の螺旋《らせん》を描いていく。急峻な坂を駆け下りるパッセージ。引き伸ばされた属和音を伴った左手半音階下降に右手のアルペジオが乗る。この楽章の一番の難所だが、ヤンはかつてないほどの勢いでこの山を登り切る。

再現部でまたオーケストラと交代する。オーケストラは第一主題前半を担当した後、ヤンの独奏が後半を担当する。どの主題もオーケストラが先導し、独奏ピアノがそれを受けて反復と変奏をする形だが、この構成が楽章のバランスを取っている。

ヤンは静謐な中にも緊張感を途切れさせることなくメロディをつなぐ。慰撫するようなタッチで鍵盤の上を走らせる。

不意にマリーの面影が浮かぶ。

マリーはどうして死ななければならなかったのか。理不尽なことは分かっているのにどうすることもできない。いったい何を大人ぶっていたのか。あんな小さな子を護ってやることもできなかった。いや、マリーだけではない。流された血、失われた命。それらを目の前にしても自分は胃の中身を戻し、震えることしかできなかった。

奪われた命が哀しい。

自分の非力さが悔しい。

ヤンの指は突き動かされるように忙しく走る。アジタートのパッセージ。耳ではなく身体でオーケストラの音を感じている。

そして重和音のトリルで一打すると、荘厳な全合奏で楽章が締めくくられた。

音が途切れても残滓が纏わりついている。

ヤンの暴走に驚いているのかそれとも呆れているのか、客席からは咳一つ聞こえない。

構うものか。これが新生ヤン・ステファンスのピアノだ。

第二楽章、ロマンス、ラルゲット、ホ長調四分の四拍子。夜想曲風ロマンス。

弱音器をつけたヴァイオリンの静かな十二小節。その誘いに乗るようにヤンはカンタービレで歌い始める。これはショパン自身が書簡中に「……浪漫的な、静穏な、半ば憂鬱な気持ちで、楽しい無数の追憶を喚起させる場所を眺めるような印象を起こさせようとしたのだ。たとえば美しい春の月明かりのような」と書いた通り、甘い思い出を語る楽章だ。

躊躇いがちの旋律を重音で飾ると、ヴァイオリンとファゴットが対旋律を入れてくる。

ヤンの指は鍵盤を愛撫するように滑る。

月の光の下で、心を寄せる人を想う。

華やかで人恋しい調べ。

以前なら輪郭しかなかった影が今はエリアーヌの顔になっている。高い声と物怖《ものお》じしない態度、そしてどこまでも優美なピアノ――その全てがエリアーヌだ。どれ一つ欠けてもいけない。どれも残らず愛おしい。

ピアノを弾く者は男であれ女であれ全員が競争相手だった。共感するよりは反発し、寄り添うよりは離れた。

ところが彼女には惹かれた。きっと彼女のピアノをずっと求めていたからだろう。惹かれ合い、理解し、重なり合う。そして互いのピアノが膨らみを増す——そうなればどんなに幸福だろう。

ヴァイオリンが二小節の間奏を奏でる。ヤンが主題に装飾を施すと、中間部に入った。

暗く哀しげな主題をアジタートで弾く。音量をフォルテシモにして切々と歌う。この音はエリアーヌだけに届けばいい。君のピアノを聴いて自分の心はこんなにも豊穣になった。その感謝の気持ちをどうか受け取って欲しい。

ファゴットが対旋律を伴って戻ってくる。ヤンは下向するカデンツァを挿入し、惑うように遊ぶようにメロディを刻んでいく。

呼応して管弦楽が主題を再現する。

ヤンは音階とアルペジオから成る三連音で装飾しながらピアノを静かに落としていく。

弱音の最後が糸を引くように消えた。

針一本落ちても分かるようなしじまが広がる。

観客からはやはり何の反応も窺えない。

オーケストラの面々も息を殺してタクトの先を見つめているだけだ。

こんな反応は初めてだった。思うままに感情を吐露した結果がこの有様なのか。気品をかなぐり捨てたピアノの返答がこれなのか。確かに榊場の圧倒的な演奏の前では、惨めな失敗に映っていても不思議ではない。

ファイナルまで進出したコンテスタントが緊張のあまり、我を忘れて暴走することがある。きっと自分もその一人だと思われているに違いない。

少しだけ気落ちした。しかし後悔はない。

第三楽章、ロンド、ヴィヴァーチェ、ホ長調四分の二拍子。ロンド形式。

オーケストラによる十六小節の序奏の後、ヤンは軽快に主題を踊らせる。この主題はそのままクラクフ地方のクラコヴィアクだ。

溌溂《はつらつ》と、そして典雅に。

観客の無反応で逆に吹っ切れた。

まだ指の力は充分に残っている。

酒場の中央に鎮座するピアノ。弾けば陽気な客たちが立ち上がって踊り出す。何人立ち上がらせるかがピアニストの腕の見せどころだ。

ヤンはここを先途とフレーズの間を駆け抜ける。八小節の主題は三度繰り返す度に装飾されたパッセージに変わっていく。

ポーランド人の根気強さの裏にある陽気さ。過去の悲劇の上に前を向く強靭さ。このロンドはその二つの気質を象徴する。

駆けて飛ぶ。

屈《かが》んで伸びる。

跳ねて回る。

指がリズムを刻み、リズムが時を刻む。時間は慌しく駆け出し、くるくると旋回する。

オーケストラの間奏を挟んで、ピアノの踊りはますます加速する。ヤンは限界間際まで指を疾《はし》らせる。それぞれの第二関節が疲労を訴えるが、脳内に鳴り響くリズムが立ち止ることを許さない。音量はフォルテシモのままで一瞬も落ちない。

いったんテンポを緩めてイ長調のユニゾンを奏でるが、これは小休止に過ぎない。直後にユニゾンはまた加速する。

一度も主題を奏することがないオーケストラは、ただピアノの独走を傍から見守るだけだ。どこまでも走るピアノに追随するオーケストラ。だが、ヤンはその随行者さえ振り切るような勢いで猛進する。

心と身体が沸点に近づく。ヤンはコーダを見据えて全力疾走の構えに入った。

音階と分散和音が目まぐるしく駆け巡る。ヤンは呼吸を止めた。ここから先の息継ぎは不要で邪魔なだけだ。

全神経を指先に集中する。

疾走するリズム。

駆け上がる旋律。

オーケストラが寄せ来る。

そして両者が共に頂点を迎えて曲が終わる。ヤンが腕を振り上げたのとアントニのタクトが振り下ろされたのが同時だった。

息を吐く前に土砂崩れのような轟音が起きた。

歓声だった。

すっかり脱力したヤンの耳を劈いて拍手が襲い掛かる。

呆気に取られたのはヤンの方だった。夢から醒めた気分で指揮台を見ると、アントニはさも疲れたという顔で小さく手を叩いている。楽団員たちも破顔してこちらを見ている。

観客席に向き直ると、視界の届く範囲ではほとんどの人間が立ち上がっていた。大声でブラヴォーを叫んでいる者も大勢いる。

腰を上げようとしたが、束の間力が入らなかった。腰から下が麻痺したようで言うことを聞かない。それでもピアノの端に手を掛けてよろよろ腰を上げると拍手は更に大きくなった。

真直ぐ立つとライトがやけに眩しかった。軽く眩暈すら覚えた。

そしてやっと思い至った。これほど一曲に全身全霊を込めたことはなかったのだ。

拍手と大歓声が皮膚を叩く。

今の演奏を審査委員たちがどう評価するかは知らない。天上のフレデリック・ショパンがどう採点するかは更に分からない。

それでもヤンは満足だった。

3

『ノーヴィク・ハラシェビチの寸評。

決勝二日目は意外な展開であった。まずエリアーヌ・モローの選曲は的を射ていた。彼女の美点であるガラス細工のような繊細さと白磁のような優美さは協奏曲第二番の曲想に合致しており、その意味では期待通りの演奏を聴かせてくれた。特に第二楽章のピアノ主題は美しく、何度も夢想の世界を垣間見ることができた。しかし、その優美さも続く燦然《さんぜん》たる輝きの前では色を失った。サカキバの第一番は十八歳とは思えぬ成熟ぶりを見せた。第二楽章の美しさに内包された哀切と焦燥を深い思考で読み取った上でオーケストラに同調していく。彼を次代のヴィルトゥオーゾと称する者がいるが筆者はそう思わない。彼は現時点で既にヴィルトゥオーゾである。だが、この日最大の驚愕は何と言ってもステファンスの覚醒に尽きるだろう。これも弱冠十八歳の若きコンテスタントが事もあろうにファイナルの舞台で化けた。今までは伝統のショパンを継承していたように見えた彼が、突如としてアグレッシヴに変貌したのである。自由奔放にして繊細、熱情に溢れながらも計算され尽くした緩急。気品を守り、ややもすれば技巧的な部分が鼻についていた従来のピアノとは隔絶の感がある。この変貌が審査に如何なる影響を及ぼすかは二十日の結果を待たなければならないが、仮にステファンスが優勝を逃したとしてもポーランドのショパン・ファンは落胆する必要はない。我々はコンクールの優勝者よりも得難いものを獲得したのだから』
（十月二十日付ガゼッタ）

「……なんだってさ！」

エリアーヌが唇を尖らせて新聞を突き出した。ヤンもノーヴィク・ハラシェビチの寸評はもう読んでいたので、今更エリアーヌから突きつけられても面映ゆいだけだ。

「つんけんされても僕のせいじゃない」

「何言ってるの。選りにも選って本選の土壇場であんな演奏するなんて。客席で聴いてて、わたし目が点になったわよ。いったいあの数日間に何が起きた訳？」

契機がマリーの死だったことは明らかだったが、それを話す気にはなれなかった。

「……よく、分からないんだ」

「お蔭で同日審査だったわたしはとんだ噛ませ犬。本当に迷惑ったらないわね」

「あの、ごめん」

「あのね、ここは謝るところじゃなくてヘンッて胸を反らす場面なの！　言ってるこっちが惨めになるわ」

エリアーヌはきっと睨んだ後、すぐに口元を緩ませた。

「でも、将来有望なピアニストの誕生に立ち会えたんだから良しとするわ」

「ありがとう」

「それでもコンクールの行方は気になる？」

「それよりも今日の演奏が気になる」

「それはわたしも同意見だな。ミサキね」

「うん。同じコンテスタントとしてじゃなく、ファンとして興味がある」

「ファン？」

「僕は彼のピアノのファンなんだ」

少し驚いた様子のエリアーヌをよそに、ヤンは席に落ち着く。半分は本当だ。だが後の半分は岬自身について気懸りなことがある。

決勝最終日はオルソンと岬の二人だけなので、エリアーヌの言葉を借りれば今日はエドワードが嚙ませ犬ということになる。しかし一度言葉を交わしただけだが、オルソンもエリアーヌ同様にそんなことはジョークで済ませてしまいそうだ。

やがてアナウンスがされた。

『最初の演奏者。エドワード・オルソン。曲目、ピアノ協奏曲第二番へ短調作品21。ピアノはカワイ』

＊

同時刻、名古屋市中区の名古屋市青少年文化センター。

城戸晶《きどあきら》は一階フロアに設置された大型モニターの画面に見入っていた。

『エドワード・オルソン。アメリカ』

カメラは直後に長身のアメリカ人を映し出した。何とこの大舞台にも拘わらず、観客席に向かって会釈している。

ネット配信されたショパン・コンクールを見ていたので、晶はオルソンの選択が妥当だと思った。確かに彼のピアノなら第一番よりも第二番の方が向いている気がする。

「あ、始まった?」

後ろから下諏訪美鈴《しもすわみすず》がやって来た。

「まだだよ。岬先生、二番目だから」

「ピアノ協奏曲第二番……三十分ってとこね。だったら、リハが終わるくらいにはちょうどよね」

「あのさ。ひょっとして手早く終わらせるつもりじゃない? 駄目だよ、招待演奏でも今日は他の楽団員もいるんだから。手を抜いたりしたらもう君を呼べなくなる」

「それだけ言うんならもう少しギャラ弾みなさいよ。あんただって岬先生の本番、観たいでしょ」

「そりゃあ……」

「じゃあ決まりね。いいのよお。わたしらプロは本番の時にきっちりしとけば」

美鈴の傲慢さは今に始まったことではないが未だに慣れない。もっとも慣れたとしたらそれはそれで問題があるのだが。

「この間みたいな市民コンサートじゃなくて名古屋国際音楽コンクールだよ。もっと気合を入れて……」

「あんたって最近ますます口うるさくなったわねー。そんなんじゃ誰も耳貸さないわよ。岬先生みたいに要所要所でビシッと決めなきゃ」

「比べる対象が違い過ぎるよ」

そう言いながら晶は岬の言葉を思い出していた。穏やかで優しくて、それでいて逃避や怠慢を許してくれなかった。短い間だったが、彼の教えがあったからこそ今の自分がある。

「優勝……して欲しいね」

「して欲しい、じゃなくて、するのよ！　絶対に」

美鈴は傲然と胸を張る。

「でなきゃ空港の到着ロビーで思いっきり罵倒してやる」

またこの女傑はこういう場所でこういうことを大声で――晶が慌てて辺りを見回すと、少し離れたところに高校生くらいの女の子が立っていて、やはりモニターを注視していた。

「あら」と意外そうな声を上げたのは美鈴だった。

「何だ。あんた、出て来たの？」

「下諏訪さん……」

こちらを振り向いた顔も意外そうだった。可愛《かわい》い娘だが声はひどく濁っていた。よく見るとワンピースから露出した手足も、ところどころに手術跡が残っている。そのアンバランスさが妙に晶の気を引いた。

「どうしてここに来てるのよ」

「あたしも参加するんです。コンクール」

美鈴はふうんと鼻で答えると、何故か気まずそうに視線を彼女から逸らせた。

「ま、あんただったら楽勝か。頑張んなさいよ。でも優勝逃したらステージの上から罵倒してやる」

いつになく言葉にキレがなかったのでそっと訊いてみた。

「下諏訪さん、切れ味が悪いね。どういう関係だい」

「……言いたかないけど最大のライバル」

それだけ言うと、美鈴はそそくさと向こうへ立ち去った。女の子はまだモニターに見入っている。

「君、岬先生を知ってるの？」

「前にピアノを教えてもらいました」

「へえ。先生、音大だけで教えてたんじゃないんだ。やっぱり優しくて厳しかった？」

「はい、とても」

「何か実感湧かないよね。あの岬先生がこの時間、ショパン・コンクールのステージに立ってるなんて」

「ええ。でも、ちっとも遠くにいるって感覚がないんです。今にも隣で『さあ行くよ、生徒さん』って言ってくれそうで」

急に懐かしさがこみ上げてきた。もう少しこの娘と話をしたかったが、生憎リハーサルの時間が迫っている。

「それじゃあ」

そう言い残して踵を返した時、視界の隅に彼女が小脇に抱えた楽譜が見えた。

ドビュッシーの〈喜びの島〉だった。

そして遠ざかる背中で、晶はこんな呟きを耳にした。

「先生……あたし、ここに帰って来ました。また、ドビュッシーを弾きます」

*

演奏が終わると、オルソンは乱れた前髪を掻き上げて観客の拍手に応えた。黄色い声にも律儀に手を振るのは、偏《ひとえ》に持って生まれたサービス精神の賜物か。

演奏内容はやはりオルソンらしく陽気でロマンティックなものだった。二番手に岬が控えているのは当然意識しているだろうが、それを感じさせない奔放さが光っていた。

「本当にプレッシャーとは無縁な人ね。一度どんな心臓しているのか見てみたいものだわ」

エリアーヌは呆れ半分という風に感心していた。

「軍人の家系という話だからね。度胸は先祖譲りなんだよ、きっと」

二人が話している間にオルソンの姿はステージの袖に消えた。

『二番目の演奏者。ヨウスケ・ミサキ。曲目、ピアノ協奏曲第一番ホ短調作品11。ピアノはスタインウェイ』

そして岬が現れた。

普段の飄々とした穏やかさは既になく、死地に赴く兵士のような表情からは悲壮ささえ漂っている。

「何だか不安そうな顔ね」

「不安？」

エリアーヌにはそう見えるのだろうか——だが、確かにそう見えないこともない。

『ヨウスケ・ミサキ。ヤポーニヤ！』

岬が椅子に座る。指揮者のアントニとは一瞬目を合わせただけだ。アントニはすぐにタクトを振り上げた。

四分間に及ぶ壮大な序奏。岬は彫像のようになってオーケストラの音をじっと聴いている。ステージ上ではなく、こうして観客席で客観的に聴いていると、やはりショパンの協奏曲ではオーケストラが添え物になっている感が否めない。どれだけワルシャワ・フィルやアントニが有能であってもピアノパートほどの玄妙さは見出せない。では、その貧弱な管弦楽をバックに岬がどんなショパンを聴かせてくれるのか。

オーケストラが二度目の第一主題を奏で、それを岬が引き継いだ。

フォルテシモの両手オクターブ。

銛《もり》のような音がヤンの胸に深々と突き刺さる。

ああ、まただ。

放たれた銛の端は岬が握っている。こんな風に奥深く貫かれたら、後は岬の意のままに曳行《えいこう》されていくだけだ。

控えめなヴァイオリンの前で岬は惜別の詩を歌う。ヤンはこの時点で喘《あえ》いでいた。なんという哀しみだろう。岬のピアノは慟哭《どうこく》している。狂おしく荒野を彷徨いながら、天を仰いで号泣している。

ヤンとは感情表現の幅が違う。まるでタレント志望のアマチュアと舞台俳優ほどの差がある。同じ協奏曲を選択したので、その落差が細部に亘って顕れる。岬の放つ音の一音一音は生命を持って聴く者の胸を揺さぶる。フレーズの一つ一つが圧倒的な物語性を獲得している。

オーケストラが絡んで、岬のピアノは上下向する。いつしかヤンは旋律に翻弄されている自分に気がつく。

これが岬のピアニズムの麻薬性だ。どんなに身構えていても、どれだけ拒絶しても、いったん音を耳にすると否応なくその世界に引き摺り込まれ、後は岬の意のままにされてしまう。高貴や優美さではない。人が根源的に抱える哀しみの部分を直接刺激する音なのだ。だから老若男女を問わず、人は岬のピアノを受け入れ、そしてまた聴きたいと欲するようになる。

ホルンが入って岬は第二主題を奏でる。高速のトリルを伴いながらフレーズが加熱していく。観客たちの反応が手に取るように分かる。ホールにいる者全員が息を詰めて岬を注視している。

このピアノがいったいどこに行き着くのか見定めようと、全神経を集中させている。

そしてオーケストラが一際高まったそのフレーズで異変は起きた。

本来ならオーケストラが緩やかに落ち始めたところでピアノがメロディを受け継ぐのだが、この時妙に第一音のタイミングがズレた。

カン！　という不協和音を叩くなり岬の頭がぐらりと揺れる。異変を察知した観客たちは、訳が分からないまでもその一挙手一投足から目が離せない。岬は危うく鍵盤の上に頭を落としそうになるが、すんでのところで持ち堪えた。

ヤンは思わず両手を握り締めた。

突発性難聴の発作だ。

それにしてもこんな局面で発症するなんて。

ピアノの独奏になってからも岬の演奏は不安定だった。事情を知るヤンには岬の置かれた状況が手に取るように分かる。片耳の聞こえない中ではテンポも音量も不明瞭なので、独奏さえままならないのだ。

綱渡りのようなピアノ独奏にオーケストラが被さる。アントニが懸命になって岬のソロに合わせようとしているが、ピアノ自体が不安定であるためになかなか同調が取れない。いくら元々の構成がピアノソロ重視であっても、これだけ乖離《かいり》してしまっては構成もへったくれもない。

観客席からでもそうと分かるほど岬は足掻いていた。音を捉えようと必死に指を広げている。しかし、広げた指からするすると音が零《こぼ》れていく。およそこの男には似つかわしくない焦燥の表情で手を伸ばしているが、その手はただ虚空を摑むだけだ。

もう止めてくれ。

ヤンは叫びそうになる。これでは拷問だ。岬はもうまともに一曲を弾き果せる状態ではない。

苦痛に顔を顰《ひそ》めて再度頭が落ちた。

そして遂に力尽きた様子で、岬は両腕をだらりと下げた。

アントニも静かにタクトを下ろし、オーケストラの面々は楽器を離した。

全ての音が消え失せ、ホールの中は水を打ったように静まり返る。

胸が痛んだが、一方でヤンは安堵していた。これ以上、惨めな岬を見ることは耐えられなかった。ファイナルに残るまで、岬は圧倒的なピアニズムをポーランドのみならず全世界に見せつけた。ショパン・コンクールの成績はともかく、岬洋介の名前は世界の音楽ファンの心に刻み込まれたはずだ。

岬洋介はショパン・コンクールの伝説になる。それで充分だと思った。

静かに椅子から立ち上がったら、せめて最後は胸を張って退場してくれ——そう願った時だった。

岬が項垂れていた頭を起こし、ぶら下げていた両腕をゆるりと上げた。

その腕が鍵盤の位置で静かに止まる。

まさか。

今から第一番を弾き直すつもりなのか。

ヤンは反射的に腰を浮かせた。

アントニをはじめとしたオーケストラも驚いて岬の指先を見た。

弾くな。

無茶をするな。恥の上塗りをするな。

だが、ヤンの祈りも空しく岬の指が柔らかに第一打を叩いた。

緩やかに進行する八分の十二拍子。

違う、とヤンは瞬時に聞き取った。

これは協奏曲第一番ではない。クラシック・ファンでなくても聴き覚えのある、あまりにも有名なフレーズ。

ノクターン第二番変ホ長調。

月明かりの下、静かに恋人を想うような甘美な調べ。冒頭の変ホ長調の主題が装飾を加えられながら少しずつ形を変えていく。岬のピアノは夜に想うというよりも、過去に回帰しているように聴こえる。

何故だ、とヤンは自問する。自暴自棄で開き直ったにせよ、どうしてこんな難度の低い曲を選択するのか。左手の伴奏で一拍目と二拍目の跳躍が大きいことと、和声が複雑であることを除けば初心者向けの曲ともいえる。しかし再び演奏を開始した岬の表情に逡巡は欠片も見当たらない。彼は何かの確信の下に旋律を紡いでいる。確かに岬ほどの技術をもってすれば、片耳の聴力に不安があっても弾けない曲ではないが――。

あっと声が出そうになった。

このノクターンは、ヤンが岬と初めてワジェンキ公園で出逢った日にマリーがリクエストした曲だった。

間違いない。ヤンは確信した。今、岬はマリーのためだけにこのノクターンを弾いている。自分に許された舞台を、彼女の追悼のためだけに使っている。

岬は楽譜の指示よりもやや遅い速度でノクターンを奏でている。

当時、ショパンに師事していたレンツによると、ショパンの指示は〈表情豊かに歌いながらも感情に溺れてはいけない〉というものだった。だが、ここまでテンポを落とすと、意図するしないに拘わらず曲想は感情に訴えかけるものになる。

左手が同じリズムを刻み、右手が旋律を奏でる。単調なはずなのに装飾を加え続けることでこの曲は万華鏡のような色彩を見せる。岬の指は本領を発揮し、この単純なノクターンに通俗性を越えた哀しみを描き出す。

ヤンの中にマリーの面影が侵入してくる。無邪気な笑顔と明け透けな言葉。もう今はここにいない少女に向けて、岬は鎮魂の唄を歌っている。理不尽な暴力に奪われた幼い魂が鎮まるように、どこまでも優しく、どこまでも安らかに。

最後の二フレーズを除けば全てが四小節のフレーズで成立している、ひどく単純な構成の曲。それなのに岬の紡ぎ出す音はヤンの胸を乱暴に掻き毟る。

岬の血の出るような悔恨が、痛みを伴ってこちらまで伝わってくる。消えそうで消えない躊躇いがちのフレーズは、亡き魂への哀悼にも聴こえる。

胸がきりきりと痛む。

いつしかヤンは合掌していた。ただマリーの魂が神の御許に行き着くようにと祈る。

弱音で奏でているはずのフレーズがホールの隅々にまで届く。隣に座すエリアーヌも他の観客たちも突然の曲目変更に意表を衝《つ》かれたものの、いつの間にか岬のノクターンに身を委ねていた。

わずかなざわめきも咳もなく、静止した水面のようになったホールには、スタインウェイの祈りだけが流れている。

不意に音量がフォルテシモに上がる。

それにつれてヤンの内部も温度を上げる。

だが、そこが頂ではなかった。

岬は更にフォルテシッシモまで駆け上がる。天上まで届きそうな高音が身体を貫く。

強い打鍵が胸を容赦なく叩く。悲劇を思い出し、決して忘れないでと訴える。その声は既にマリーの声だ。

心の襞《ひだ》にピアノの音が滲み込んでくる。抗《あらが》う術もなく、ヤンは胸の中に音が満ちてくる感覚を味わう。

じわり、と視界が歪んだ。気がついた時には熱いものが溢れそうになっていた。慌てて手で拭う。そんな馬鹿な。こんなノクターンごときで泣いてしまうなんて。

それでも視界は一向に定まらず、逆にとろとろと融解していった。

＊

『先遣隊、被弾！　負傷者一名』

『小銃隊、待機。前進できません！』

くそ、とハロルド少佐は胸の裡で毒づいた。

「二分で応援を出す。それまで持ち堪えろ」

『了解』

報告する後ろから発砲音が間歇《かんけつ》的に聞こえる。それだけで現場の空気がひりひりと伝わってくる。報告では砂地に掘った塹壕《ざんごう》から数人のタリバン兵が飛び出して、先遣隊のジープを襲撃したらしい。上空から偵察するペイブ・ローにも確認できなかった訳だ。あわよくば敵をじりじりと包囲し兵糧攻めにした上で、人質解放の交渉に移行するという目論見は一歩後退した。

次の一手はもう考えてある。包囲するのはプランAのままだが、退路を二つだけ残しておく。一つだけでは敵の猜疑心を誘うが二つならそれほどでもない。圧倒的な武力で責め立てられたらタリバンも堪らず敗走するだろう。しかしその際、彼らが人質をどう扱うのかが不確定要素になり、実行するには躊躇がある。

ハロルドは自分のノートパソコンに近づいた。画面では演奏を終えた弟エドワードが観客に向かって笑顔を振りまいている。

エドワードの協奏曲が終わる寸前に戦闘は再開されていた。R・C・Pの援軍を得たハロルドの隊はパキスタン国境から五キロの地点まで兵を進めていたが、そこから先が難渋を極めた。小火器で小競り合いを続けているものの前線は膠着《こうちゃく》状態に陥っている。人質となったバスまでは後六百メートルにまで迫っているが、タリバンはバスのすぐ後方に陣を構えており、MLRSでいつでもバスを破壊できる位置にいるのだ。

さあ、どうする――。

突然、ノートパソコンから流れてきたノクターンがハロルドの動きを止めた。エドワードの演奏が終わればすぐに画面を閉じる予定だったが、身体が金縛りに遭ったように動かない。

画面では整った顔の東洋人がピアノを弾いている。確かファイナルの選曲は二つある協奏曲のどちらかだとエドワードから聞いていたが、いったいどんな番狂わせがあったのか。

それにしてもどうしたことだろう。すっかり聴き慣れたはずの単純なメロディがこんなにも切々と胸に迫る。

「これ以上、兵を進めればヤツらは必ず人質に手を出すでしょうな」

隣にいた大尉は面白くなさそうに言った。

「だが手をこまねいていたら、MLRSごと前進してこちらに六百四十四個の対人用子爆弾を降らせるでしょう」

「どちらにしても人質を取られた時点で不利な展開になることは分かっている」

前進もできず後退もできない。だが、こうしている間にも人質の生命は危険に晒されている。

敵を殲滅せよというなら話は簡単だが、今回の任務は人質の救出だ。

何か妙案はないのか——必死に頭を巡らせている最中もパソコンから流れるノクターンが、するすると心の裡に侵入してくる。いつもなら意識的に遮断できるのに、戦略を練る頭に音楽が流れ込んでくるのは初めての体験だった。弟ほど音楽を分析できる訳ではないが、きっと人の芯に直接訴えかける音なのだろう。振り払おうとしても、このピアノは遮蔽板を易々と透過して聴く者の魂を摑んでしまう。

ハロルドの胸の中に故郷の生家が浮かぶ。両親やエドワードの姿も浮かぶ。作戦中は一切覚えることのなかった郷愁に、ハロルドは驚き慌てる。

「……何と言うか……妙に人恋しくなるピアノですね」

大尉が不思議そうな口調で呟いた。

「親父とニュージャージーの河で釣りをしていた頃を思い出しましたよ」

強面で銃弾を咥えて生まれてきたような男の口から、そんな台詞を聞かされるのは少々意外だった。

「大尉からそういう話を聞くのは初めてだな」

「ははは。わたしにだって故郷に残してきたものはありますからね。もっとも借金なんていう思い出したくないものもあるが」

ふと閃いた。

馬鹿な考えだ。本部に上申しようものなら一笑に付されるようなアイデアだ。それでも前線の指揮権は自分の手の内にある。しかも作戦の趣旨が戦闘ではなく人質救出ならば、攪乱《かくらん》行動は許容範囲のはずだ。

「大尉。ペイブ・ローに拡声器は搭載してあるか」

「拡声器、ですか。ええ、搭載しているはずです」

「もう一つ。敵の無線に割り込みは可能か」

「ええ。四六時中傍受していますから、多分可能かと」

「音楽を流そう」

「えっ」

大尉は眉間に皺を寄せた。当然の反応だろうとハロルドは思った。

「このピアノ曲を中継して、ペイブ・ローと敵の無線から流す。今すぐにだ」

「目的は」

「敵戦意の喪失のためだよ。『地獄の黙示録』を観たことはないのかね」

「あれはもっと勇ましい曲ではなかったですか」

「同じ音楽だ。このまま何もせずに指を咥えているよりは数段マシだろう」

「……了解。ペイブ・ローと無線係にこのピアノ曲を流すよう伝令します」

呆れているのかそれとも上官の意図を図りかねているのか、大尉の復唱にはいつもの切れがなかった。

それでもハロルドの命令は即座に実行された。

六百メートル離れた地点でも、ペイブ・ローから拡声器で流されるノクターンは耳に届いた。再生機の素姓がいいのか、上空からの拡声でもピアノの微妙な緩急が割れたり埋没することはなかった。それどころか広い範囲に拡散することによって、ノクターン第二番は弱音まで明確に降り注いでいる。

不思議な光景だった。

荒漠とし、あちらこちらから爆煙の上がる戦場に夜想曲が流れている。

ピアノの音量がフォルテシモ、更にフォルテシッシモに変わると、ハロルドはまた家族の顔を思い浮かべた。生粋の軍人だった父親はハロルドの士官学校入りを当然のこととして受け止めていたが、母親は最後まで文句ありげだった。アフガニスタンへの派遣を伝えた際も、「息子を戦場に送って喜ぶ母親がどこにいるものですか」と、一人で怒っていた。

エドワードは相変わらずピアノを弾きながら「やっぱり兄貴はオルソン家の誇りだよ」と、半ば嫉妬混じりに言っていた。それでも「俺は銃声よりもこっちの音の方が性に合っている」と自分で見つけた道を少しも後悔していない様子だったので、ハロルドはほっと胸を撫で下ろしたのだ。

ああ、そうだ。そう言えば自分が入隊した時もエドワードは〈軍隊ポロネーズ〉を弾いてくれた。「また聴きに帰って来いよ」と言いながら。母親はその隣でずっと俯いて顔を隠していた。そしていきなりハロルドの手を握り、黙ったままハロルドの手を自分の頬に押し当てていた。その頬はしっとりと濡れていた。

本当にどうしたというのだろう。あのノクターンを聴いていると、忘れていたはずの記憶が次から次へと甦ってくる。胸が掻き毟られるようだが、決して不快ではない。これはノクターン自体に宿る訴求力なのか、それともあの東洋人の魔術なのか。

尚も優しく安らかな音が戦場に降り注ぐ。イスラムの土地で遠く離れたヨーロッパ産のピアノ曲が風に乗って流れている。

待て、風に乗ってだと？

ハロルドはようやくその違和感に気づいた。

戦場に流れているのはノクターン第二番と風の音だけで、最前まで聞こえていた銃声と砲撃の音はいつの間にか聞こえなくなっていた。

馬鹿な。そんなことが有り得るものか。

「大尉。銃声が聞こえない」

「……そのようですね」

「何が起きている！　ペイブ・ローを呼べ」

「今、繋ぎます」

『こちらペイブ・ロー』

「ハロルドだ。状況を報告しろ。銃声と砲弾の音が止んだ」

しばらくペイブ・ローからの音声が途切れた。

「どうした、ペイブ・ロー」

『それが……妙なんです。バスを包囲していたタリバン兵たちは空を見上げて銃を下ろしている模様です……あっ』

「どうした！」

『人質のバスが始動します！　ゆっくりですが二台とも旋回してチャマン方向に進路を向けています』

「敵の動向は」

『反応は、ありません』

「何だと」

『敵が移動中のバスに接近、あるいは攻撃を加える気配は認められません』

ハロルドは思わず大尉と顔を見合わせた。

「もう一度、報告を」

『タリバンに戦闘、もしくは人質拘禁の意思は認められません。人質を乗せた二台のバスは何の妨害も受けずに現場から離れていきます。どんどん距離が離れていきます。繰り返します。タリバンに攻撃の意思は認められません』

大尉は半ば茫然としていた。

「少佐、これはどんなマジックですか」

「わたしじゃない」

ハロルドはパソコン画面に映る東洋人を指差した。

「理由は彼に訊け」

戦場で銃声が途絶えた時間はおよそ五分間。

だが二十四人の人質たちが脱出するには充分な時間だった。

*

いったんフォルテシッシモまで音量を上げたメロディは直後にまた落ちた。しかし、それでも音が途切れることはない。ホ長調の旋律は速度を増して繰り返されるが、音型はきっちりと揃っている。

感傷的になってはいけないという作曲者の意図を離れて、岬の奏するノクターン第二番は聴く者に様々な想いを抱かせるようだった。隣に座るエリアーヌはもちろん、他の観客たちも各々の記憶に思いを馳せているようだった。

やがてノクターンは最後の昂揚を見せる。地を這うように繋がれていたメロディが、再度跳ね上がるようにしてフォルテシモに変わる。

もうヤンは岬の行き着く先を見守ることしかできない。

切迫感を伴ったコーダ。小刻みな打鍵が緊張感を増す。

そして最後の三小節。

音が静かに消えていく。

最後の一音が空気にすうと融けていく。

岬は満足したように一つ頷くとすっくと立ち上がり、観客席に向き直って軽く頭を下げた。その顔には失意も後悔もない。いつもの相対する者を取り込まずにはいられない微笑が浮かんでいる。

ヤンは椅子を蹴って立ち上がった。

岬の気持ちに応える方法はこれしか思いつかない。

同じコンテスタントという立場も忘れて声も限りに叫ぶ。

「ブラヴォー！」

それが皮切りだった。

会場のあちらこちらからスタンディング・オベーションが起きた。少し遅れて拍手も起きた。同情でも慰めでもない。誠意の籠もった温かい拍手だ。正規の課題曲でもないノクターン一曲にこんな反応があるのは予想外だった。

観客の喝采に岬はステージの途中で立ち止まる。意外そうに見渡してから、もう一度頭を下げる。

称賛というより共感を示す歓声はそれから後もしばらく続いた。

コンテスタント全員の演奏を終えた後も、ホールには心地良い緊張が細波のように広がっている。これから審査発表が行われるからだ。

ヤンとエリアーヌを含めたファイナリスト八人はステージの袖に集められて、その瞬間が訪れるのを待たされている。

コンテスタントたちの緊張は傍で見ていても明らかだった。大抵のことでは物怖じしなさそうなオルソンでさえ、そわそわと落ち着かないでいる。

一方、ヤンはといえば他の七人を観察する余裕があった。自信があったからではない。あの演奏では良くて入賞、悪ければ選外と自覚していたし、何よりも以前ほどショパン・コンクール優勝への興味が薄れていた。父ヴィトルドに対する配慮に至っては皆無だった。

やがてカミンスキをはじめとした審査委員たちがステージ上に現れた。

場内のざわめきが引き潮のように治まっていく。

そしてカミンスキがマイクを持った。

『会場の皆さん、お待たせしました。それでは今からショパン・コンクールの入賞者を発表します。コンクールですから当然順位はつきますが、ファイナルに残った八人のコンテスタントたちはいずれも卓越した才能の持ち主でした。順位に拘わらずこれからの音楽界を担う若者たちです。彼らの演奏を特等席で聴くことができ我々は大変幸せでした。特に今回は内外に様々な問題を抱え、中止という事態も危ぶまれましたが、それを回避できたのはコンクール関係者並びにショパン愛好家である皆さんの熱意によるものです。皆さんは音楽を愛する心が暴力に対抗でき得ると証明してくれました。審査委員を代表してお礼を申し上げます』

それは一種の勝利宣言だった。期せずして観客席から拍手が起こった。

『それでは発表します。第六位。エドワード・オルソン』

えっという声を上げてオルソンが慌てて飛び出して行く。どうやら入賞するとは思っていなかったようだ。

『第五位。ヴァレリー・ガガリロフ』

ガガリロフはふん、と鼻を鳴らした。これは不満を表わすものではなく、逆に納得したような響きだった。

『第四位。エリアーヌ・モロー』

エリアーヌもあら、と意外そうな声を上げた。これは自分が思った以上の結果だったというニュアンスが聞き取れる。

「おめでとう。さあ、行っておいでよ」

ヤンはその背中を軽く押し出す。エリアーヌは一度だけはにかむように笑うと、小走りでステージ中央に駆けて行った。

『第三位。チェン・リーピン』

名前を呼ばれた中国人はぱちりと指を鳴らした。これはどうやら予想通りだったという表情だ。リーピンは胸を張ってライトの方向に向かう。

『第二位。リュウヘイ・サカキバ』

おう、というどよめきが観客席から起きる。当の本人はその瞬間嬉しそうに笑い、真横に立っていた岬の裾をしきりに引っ張った。

「おめでとう、榊場さん」

「あ、ありがとう」

「一人であそこまで行けますか」

岬が尋ねると、榊場はしばらく考え込んでいたが、

「行けます」

そう答えて、小さく一歩を踏み出した。赤ん坊のように危うい一歩。それでも榊場は歓声を羅針盤にして確実にステージへ向かって行く。

「どうして彼を一人で行かせたんだい。まだあんなに危なっかしいのに」

「まだあんなに危なっかしいからですよ。わずか十八歳でショパン・コンクールの二位。日本に帰国したら彼は一躍時の人でしょう。そうなれば当然のように色々な雑音が入ってきます。その雑音に惑わされないよう、彼は今から少しずつでも一人で歩く訓練をしなければいけません」

岬は目を細めて言う。その時、ヤンは岬に師事した日本の学生たちが少しだけ羨ましくなった。

そしてカミンスキがその名を告げた。

『第一位。ヤン・ステファンス』

耳を疑った。

少し遅れて観客席から怒号にも似た歓声が湧き起こった。

あんなに感情剝き出しの演奏だったのに——優勝だって？

唐突に心拍数が跳ね上がった。頭の中が沸騰して訳が分からなくなった。

「おめでとう」

岬の静かな声でヤンは我に返った。

「あなたのピアノが最高だと認められましたね。きっと天界のショパンも満足していると思います」

どうやら夢や冗談ではないらしい。

胸の中が熱くなる。

ふわりと身体が浮かぶような感覚だ。

「さあ、行ってらっしゃい。皆があなたを待っている」

岬の指す方向に眩いばかりのライトと他のコンテスタントたちが見える。あれが栄光の場所だ。

だが、ヤンは足を踏み出しかけて止まる。

振り返ると、岬はいつものように穏やかな微笑を浮かべている。

あんなに圧倒的なピアニズムを誇りながら、岬は入賞すらできなかった。勝敗には運が作用する。コンクール本番の番狂わせは定番みたいなものだ。決勝の演奏途中で曲目を変更したことを考えれば当然過ぎる結果とも言える。

それでもヤンは釈然としない。岬は自分の演奏技術を披露するよりも気高い行為をしたというのに。

「さあ、早く」

岬は尚も言う。

「行って、皆さんの祝福を受けてくるんです。それがあなたに課せられたことです」

どうして君はそんなにまで他人を祝福できるんだ——喉まで出かかったが呑み込んだ。それは今、岬に掛ける言葉ではない。

岬に押し出されるようにして、ヤンはステージに向かって歩き出した。

ポーランド人の優勝に観客たちは狂喜しているようだった。沸点間際の熱気がステージの上まで迫ってくる。

「おめでとう、ヤン」

カミンスキが差し出した手は温かだった。

「君は誇りだ。わたしにとって。そしてこの国にとって」

かつての恩師の顔が不意にぼやけた。

目頭が熱くなっていた。

4

翌二十一日、ヤンたち入賞者はワジェンキ公園内に設えられた特設会場の中にいた。抜けるような青い空で雲一つない。風もほどよく乾いていて肌に心地よい。

今回、授賞式と入賞者コンサートはこの場所で行われる。この季節になればワジェンキ公園は多くの野外コンサートの会場に変貌するので違和感は全くない。いや、ワジェンキ公園の自然を愛したショパンの曲を奏でるのなら、この場所が演奏場所として最も相応しいのかも知れない。

一方、公園に相応しくないものの姿も目立つ。夥《おびただ》しい数の警官たちだ。授賞式にはコモロフスキ大統領が参加するため致し方ない対処だったが、それでも公園の風景にはそぐわない。特にヤンにとっては公園と警官の組み合わせはどうしてもマリーが巻き添えになった事件を想起させてしまう。

「とんでもない厳戒態勢なのね。コンサートというよりサミットの会議場みたい」

エリアーヌは呆れた顔で周囲を見回した。

「ひょっとしたら観客の数よりも多いんじゃないかしら」

ヤンが聞いたところによると、一度テロ事件の発生した場所でコンサートを行うことに異議も出たようだ。しかし、一度起きた場所だからこそ二度目は起きないだろうという意見が通ったらしい。何より悲惨な事件があった場所だからこそ鎮魂の意味で音楽を流したいというショパン協会の意向が強かった。

グランドピアノを中心にした会場で待機していると、大統領一行が到着した。カミンスキ委員長の先導でコモロフスキ大統領が姿を現す。両脇をＳＰに護られながら、しかもその周りを警官隊が取り囲むという物々しい雰囲気だが、当の大統領は満面に笑みを浮かべている。

政治には全く興味がなく大臣の名前など一人も憶えていないヤンだったが、それでも一国の元首から賞を授かることを考えるとさすがに緊張した。こんな風に意識するのは自分だけかと後ろを見ると、エリアーヌやエドワード、果てはガガリロフとリーピンまでが引き攣《つ》り気味に笑っていたので少し安心した。普段通りなのは榊場くらいのものだ。

そして、その横に岬の姿を発見した。入賞者ではなかったが、どうやら榊場の付き添いで同行しているらしい。

「ミサキが来ている」

「見ちゃ駄目よ」

エリアーヌは目を伏せて言った。

「大方サカキバに頼まれて仕方なく引き受けたんだろうけど、本人には針の筵《むしろ》みたいなものよ。痛々しくて見てられない」

やがて華やかなファンファーレと共に授賞式が始まった。

最初にカミンスキが壇上に立つ。天気と同じく晴れ晴れとした表情にヤンも肩の力が抜ける。コンクール期間中は色々迷うこともあったが、結果的に自分の優勝でカミンスキに恩返しができたと思えば自然に口元が綻んだ。

しかしカミンスキが口を開きかけたその時だった。

特設会場の彼方から突然爆発音が轟いた。

ヤンは反射的にびくりと肩を震わせた。

遠くからの音だったが途端に辺りは大騒ぎになった。悲鳴と子供の泣き声があちらこちらから起きた。

「またテロか！」

「宮殿の方角だったぞ」

警官隊の動きは機敏だった。すぐに爆発音の方向へ雪崩れを打ったように駆け出し、あれほど大勢いた警官たちはあっという間に姿を消してしまった。

身近ではあっても自身に災難が降り掛かる訳ではないと知った観客が落ち着きを取り戻す。カミンスキは苦笑いを浮かべてマイクに近づいた。

『どうやら最後までテロに翻弄されるコンクールになりました。ならば我々も最後まで日常を貫こうではありませんか。とは言え、今のショックでわたしもスピーチの内容をすっかり忘れてしまいましたが』

会場からささやかな笑いが出る。お蔭で雰囲気がずいぶん和んだ。

『スピーチがなくなったのはわたしにとっても会場の皆さんにとってもラッキーでした。それでは早速、入賞者への授賞に移りましょう。大統領はこちらへ』

盛大な拍手に迎えられて大統領が同じ壇上に上がり、カミンスキと握手を交わす。

さあ、いよいよだ。

ヤンが背筋をぴんと伸ばした時、二つ目の突発事が起きた。

ヤンの背後から黒い影が脇をすり抜け、猛烈なスピードで壇上まで一気に駆け上がった。

黒い影がカミンスキに襲い掛かる。ＳＰも大統領から離れ、一瞬の隙を突いたのだから堪らない。黒い影はあっという間にカミンスキを組み伏せ、左手を捻り上げた。

ヤンは悪夢だと思った。

何と黒い影の正体は岬だった。

しかも岬の捻り上げたカミンスキの手には拳銃が握られている。

「あなたが行動を起こすとしたら、この時を措いて他にはないと思いました」

「放せ」

「もう、これ以上の殺傷はさせない。さっきの爆弾は警備を手薄にするための陽動作戦だった。いや、言ってみればあなたが起こした爆破事件は、全てこの瞬間のための陽動作戦だったと言っても過言ではないでしょう。爆弾に警備陣の目を集中させ、最終的には至近距離で油断させておいて確実に射殺する。そういう計画だったのですね」

さすがに顔色を変えた大統領をSPが取り囲む。一人が岬を取り押さえようと近づくと、彼は捻り上げたカミンスキの手を高く翳した。

「この拳銃が何を意味するか分かりますか。彼こそが〈ピアニスト〉なんです」

「何を言い出すんだ！」

ヤンは驚いて岬に詰め寄る。

「先生がテロリストだって！　いったいどんな証拠があって」

「証拠はこの拳銃ですが、着目すべきはこれです」

岬はカミンスキの右手を晒した。その甲にはうっすらと赤い筋が残っている。コンクール会場で刑事が殺害された日、混雑の中で誰かに引っ掻かれたという傷だ。

「これはヴァインベルク警部から訊いたのですが、あの日会場に来ていて尚且つ控室に出入りできた者は百二十二名。その内、〈ピアニスト〉が滞在したとされるフランスに渡航歴があるのは十八名。わたしを除いた七人のファイナリストとアダム・カミンスキ委員長を含む十一人の審査委員たちです。わたしは握手にかこつけてこの十八人全員の手を確認したのですが、その中で手に傷をつけていたのはカミンスキ委員長と榊場さんだけでした。しかし榊場さんには当日に服を着替えていないという、犯人では有り得ない条件が成立しています」

岬の説明によれば、彼は盲目なので至近距離で人を殺した場合に返り血を浴びることを考慮して着替えをしなければならない、という。それにしても岬が関係者と頻繁に握手して回っていた理由がこれだったとは。

「待ってくれ、ミサキ。君は手に傷がある者という括りで先生とサカキバを容疑者に特定しているけれど、その根拠はいったい何だ」

「それこそが〈ピアニスト〉がピオトル刑事の指を切断した理由だったからです。〈ピアニスト〉の正体に気づいたピオトル刑事が控室に招かれ、カミンスキ委員長と対峙した時も警戒はしていたでしょう。いきなり拳銃を抜かれて不意を衝かれましたが、武器をもぎ取ろうとして相手の手を押さえました。手の甲の傷はその時についたのですよ。そして当然、ピオトル刑事の爪には相手の皮膚片が挟まっている」

あっと思った。その皮膚片からＤＮＡを採取し、手に傷痕を残した者と比較すれば犯人はすぐに特定できる。

「爪に残った皮膚片は回収しなければならない。しかし、自分の手を傷つけた指だけを処分したら目的が知れてしまう惧《おそ》れがある。だからカムフラージュとして全ての指を切断したんです。恐らく切った指は騒ぎに乗じて会場内のトイレにでも流したのでしょう。違いますか、カミンスキ委員長？」

岬が見下ろすとカミンスキは唇の端を歪めた。それはヤンが一度も見たことのなかった邪悪な顔だった。

「何とも貧弱な論理だな、ミサキ。肝心の証拠がないぞ」

「ええ、その通りです。だからわたしは犯人があなたであると見当をつけていても、指摘することができなかった。こうしてあなたが直接行動に出るのを待つしかなかった」

「それなら放っておいたらいいではないか。どうせ君には異国の話だ。市民が何人死のうが刑事が何人くたばろうが関係あるまい」

「あなたの爆弾で、わたしの大事な友人が命を落としました。関係ないとは言わせません」

会話の内容から取り押さえる対象を判断したのだろう。四人のＳＰが岬に代わってカミンスキの身体を確保した。

大統領が無抵抗となったカミンスキにおずおずと近寄る。

「俄には信じ難い。テロには屈するなと感動的な声明を発表した当の本人がテロリストだったとは……」

「カミンスキ委員長も必死だったのです。恐らくは自分の与り知らぬテロ計画でショパン・コンクールが中止になる事態だけは避けたかった。あの声明の主旨は一にも二にもコンクールの続行にありました。この授賞式でしか大統領の至近距離に近づく機会がなかったからです」

「すると、一連のテロ事件は全てわしの暗殺が最終目的だったと言うのか」

「最終目的は確かにそうでしょう。前大統領が亡くなった専用機墜落事故も〈ピアニスト〉の仕業として警察は動いていたようですから。しかし、そのためだけに何十人もの同国人を犠牲にした訳ではないと思います。他のテロリストと同様、一般市民もまたカミンスキ委員長にとっては生贄《いけにえ》の羊に過ぎなかったはずです」

「何故だ」

　大統領はすっかり身動きできなくなったカミンスキを見下ろして訊いた。

「レフ・カチンスキやわしが君に何をしたというのだ」

「あんたたちがポーランドの元首だからだ。あんたたちはルドルフを、わたしの一人息子であるルドルフを殺した」

「ルドルフ？」

「今更忘れたとは言わせん。三年前、パキスタン国境の村でポーランド兵士七名による村民の虐殺事件が起きた。それを止めようとした若い自国の兵士もろともな。自軍兵の狂気に晒されて嬲《なぶ》り殺しにされた若い兵士がルドルフ・カミンスキだ」

　大統領の顔が瞬時に強張った。

「アメリカ兵の告発で事が明るみになっても、軍当局と政府は情報を秘匿し、軍部と国の体面を守るため七人の処分をうやむやにした。ルドルフは単に戦死扱いにされた。更に政府はわたしにも圧力をかけた。音楽院学長の地位に留まりたければ口を閉ざしていろと。息子は二度殺されたのだ。一度目は自軍兵に。そして二度目はあんたたちに、ポーランドという国家に」

カミンスキの目は昏く輝いていた。

岬は物憂げに言葉を継ぐ。

「前大統領の死によって、警備態勢は以前より厳重となりました。如何に音楽院学長という肩書をもってしても官邸には簡単に近づくことができない。そんな中、カミンスキ委員長が大統領と接触できる数少ない機会がショパン・コンクールの授賞式だったのです」

「テロリストに身を堕とした理由は所詮復讐だったか」

「復讐のどこが悪い。それではあんたたちが遠い異国に兵士を派遣している理由はいったい何だ。要は国の体裁や利益のために肌の色が違う人間を無差別に殺しているだけじゃないか。あんたにわたしの復讐を嗤う資格などない」

カミンスキは唾を吐きかけたが、生憎と大統領の顔まで届かなかった。大統領は彼を虫けらを見るような目で見下ろすと、ズボンの裾をぱんぱんと振り払った。

「この男を連行していけ。第一級の国家反逆罪だ」

カミンスキは男たちに拘束されて引っ立てられる。

真横を通り過ぎる際、ヤンは堪らず声を発した。

「先生」

カミンスキは一瞬だけヤンを見た。

い。

無言のまま寂しそうに笑っていた。

きっとそれで良かったのだと思う。今のカミンスキから何を言われても泣きたくなるに違いな
そして立ち去るかつての恩師を見送っていた時、ヤンは視界の隅にその顔を発見した。

どうしてあんなところに――胸騒ぎを覚えてその人物の許に駆け寄る。

ヴィトルドは特設会場の端で人混みに紛れるようにして壇上を見ていた。

「父さん、こんなところで何してるんだ」

「息子がショパン・コンクールで優勝したんだ。授賞式に父親が顔を出すのは当然だろう」

「だったら父親らしく最前列に座るもんだろ。どうしてこそこそ隠れるみたいに」

そこまで言いかけた時、ヤンはあることに思い至った。

「父さん……あんた、知ってたんだな！　〈ピアニスト〉がカミンスキ先生だってことを」

「ああ。知っていたさ」

ヴィトルドは眉一つ動かさずにそう言った。

「毎日、彼の後をついて回った。審査委員長という立場からお前を援護してもらうためにな。するとどうだ。カミンスキの行く先々で事件や事故が起こる。あいつの息子の死が国から理不尽な扱いを受けていたのも知っていたから、あいつがテロリストであることは薄々と分かった」

既に犯人として連行されるの目撃したせいだろうか、ヴィトルドは冷酷さを隠そうともしない。

「僕が護られている、巻き添えには合わないと断言していたのはそれが理由だったんだな」

「そうだ。カミンスキがお前を息子代わりに見ていることも知っていたからな。あいつがどんな破壊活動をするにしろ、お前にだけは怪我をさせんだろうと踏んだ。事実その通りになった」

「それを知っていて、どうして先生を止めてくれなかったんだ」

「止めてどうなるものでもないだろう」

ヴィトルドはそう嘯《うそぶ》いたが、ヤンは父親の言葉に虚偽を聞き取った。

「取引の材料にしたのか」

「……何だと」

「先生がテロリストであることと僕のコンクールでの成績を取引にしたんじゃないのか！」

言葉にしてしまってから心が黒くなった。最前まで抱いていたプライドがずたずたに引き裂かれるような思いがした。

「それが心配だったか、ヤン。それなら安心しろ。もちろんそれは考えていたが、取引を提示する前にカミンスキはお前に栄冠を与えた」

父親の言葉をどこまで信用していいのか分からなくなっていた。結果発表の際、自分の手を握ってくれたカミンスキの温もりの方がまだ信じられる。

「だから、お前の優勝は正当なものなのだ。胸を張るがいい」

「ありがとう。嬉しくて涙が出るよ」

話が終わるとヴィトルドはやおら両手を広げた。

「ヤンよ、これでお前は立派にステファンス家の誇りだ。一緒に家に帰ろう。そして祝杯を上げよう」

「祝杯はあんた一人で勝手にやってくれ。僕はもう二度とあの家には戻らない」

ヤンは父親に背を向けた。

そうだ、もっと早くにこうするべきだったのだ。

「ヤン！」

背中にヴィトルドの声を浴びたが、遂に振り返ることはなかった。


翌日、ヤンはワルシャワ・フレデリック・ショパン空港のイミグレーション《出入国ゲート》に立っていた。

「それで結局、アパートは見つけられたんですね」

「うん。小っちゃい部屋なんだけど、ピアノさえ入ればオーケーかなって」

ヤンが答えると岬はすっかり安心した様子だった。

「あなたなら一人でやっていけますよ」

本当に、どうしてこの男は他人の心配ばかり——。

「ミサキこそこれからどうするんだい」

「さあ。帰国したらまた代理教員のクチでも探さないといけませんね」

「二つ残念なことがある」

「はい？」

「カミンスキ先生があんなことになって、正直僕は今でも優勝の価値を見いだせないでいる」

自分の評価にカミンスキの思惑が作用していたのではないか。その疑念は未だ払拭されていない。払拭されない限り、栄冠も偽りのものでしかない。

「これは個人的見解ですが、自分の教え子の採点には加われないというルールは協議の中で厳然とあったはずです。カミンスキ委員長が自身の思惑を無理に捻じ込むことは不可能だった。あなたの優勝は至極正当な評価だった。それはわたしが保証します」

岬はそっとヤンの肩に手を置いた。

「でも」

「認められた者が卑下してはいけません。それは正当に評価してくれた人たちを侮辱することですからね。あなたや榊場さんやエリアーヌさん、ファイナルに残った人たちがそれぞれに卓越した才能の持ち主だというのはカミンスキ委員長の本音だったと思います」

「そんなに冠が信じられないのなら信じなくても構いません。でも自分の力だけは信じなくては。あなたはもっと自分を好きになるべきです」

「自分を好きに？」

「自分を好きになる。自分の音楽を好きになる。現実から逃げないためにそれは絶対に必要なことなんです」

「……これがあと一つの残念なんだよな」

「はい？」

「どうして君はポーランドに生まれなかったのかな。そうすれば僕の先生になってくれる可能性もあったのに」

「それで師弟一緒にショパン・コンクールに出場する訳ですか」

岬が噴き出すとヤンもつられて笑った。

その時、搭乗のアナウンスが聞こえてきた。

「お世話になりました」

岬はキャリーカートを持ち替えて頭を下げた。

世話になったのはこっちの方だ――改めてそう言おうとしたが、岬はすぐ踵を返して搭乗口に向かっていた。

どうやらこの男に逡巡とか名残は無縁のようだった。

「元気で！」

去りゆく背中にそう声を掛けると、岬は一度だけ手を振ってくれた。

またどこかで逢えればいいのに。

そう思いながら一階ロビーまで下りてくると、待合所に掲げられた大型モニターの画面が急に切り替わった。

『たった今、入ってきたニュースです。先ほどパキスタンのザルダーリー大統領から世界に向けて緊急メッセージが発信されました』

パキスタン大統領からの緊急メッセージ？

ヤンは足を止めた。

モニターは更に粗い粒子の画面に切り替わり、眼鏡をかけた快活そうな国家元首を映し出す。

『アースィフ・アリー・ザルダーリ大統領です。ショパン・コンクールのファイナリスト、ヨウスケ・ミサキ。このメッセージを見てくれているか』

突然出てきた岬の名前に口が開いた。

『君には礼を言わなくてはいけない。二十日のことだ。アフガニスタン領内でパキスタン市民二十四人がタリバンの人質になっていた。そして救出を依頼したアメリカ軍が敵の攻撃に手をこまねいている時、君の演奏するショパンが戦場に流れたのだ。たった五分間の演奏だった。しかしその五分間、砲撃も銃撃も一切止んだ。あのタリバンがそのピアノの旋律が流れているうちは一発の弾も撃たなかった。そう、ただの一発もだ。お蔭で二十四人の人質はその隙に乗じて脱出することができた』

大統領の語尾が微かに震えていた。

『とても不思議な話だ。だが、これが音楽の力なのだろう。ミサキよ。コンクールの審査員たちは君に何も与えなかったと聞いた。だが君のピアノは我々に奇蹟をもたらしてくれた。君の奏でたノクターンで二十四人もの命が救われたのだ。審査委員たちが与えないのなら我々が君に感謝と栄誉を与えよう。本当にありがとう、ミサキ。君の音楽がいつまでもショパンの魂と共にあることを願う』

最後まで見ずにヤンは今来た道を引き返した。

力の限りに走る。

旅行者たちの間をすり抜け、掻き分け、元の場所に急ぐ。

君に伝えなければならない。

至極正当な評価だって？

それは君のためにある言葉だ。テロの脅威に警察やコンテスタントたちは何も為す術がなかった。戦争の狂気に唯一対抗できたのは君のノクターンだけだった。

君こそが真の優勝者なんだ。

やがてヤンはようやくイミグレーションに戻った。

しかし、いくら探しても、岬の姿はもうどこにも見当たらなかった。

【謝辞】

本作を執筆するにあたり、ピアニストの仲道郁代さんから監修をいただきました。

この場を借りて御礼申し上げます。音楽作品、演奏描写に関しての文責は、すべて著者にあります。

〈参考文献〉

『ものがたりショパン・コンクール』イェージー・ヴァルドルフ著　足達和子訳　音楽之友社　一九八八年

『ショパン〈作品篇〉』属啓成著　音楽之友社　一九八九年

『ショパン』浅香淳著　音楽之友社　一九九三年

『ドキュメント　ショパン・コンクール　その変遷とミステリー』佐藤泰一著　春秋社　二〇〇五年

『CDでわかる　ショパン鍵盤のミステリー』仲道郁代編　ナツメ社　二〇一〇年

『月刊ショパン二〇一〇年七月号』ショパン　二〇一〇年

『チャイコフスキー・コンクール――ピアニストが聴く現代――』中村紘子著　新潮社　二〇一二年

〈参考CD〉

『ショパン：12の練習曲作品10・作品25（全曲）／3つの新練習曲』
ヴラディーミル・アシュケナージ（ピアノ）DECCA　二〇〇三年

『ショパン：4つのバラード／4つのスケルツォ』
ヴラディーミル・アシュケナージ（ピアノ）DECCA　二〇〇三年

『ショパン：マズルカ集』
ヴラディーミル・アシュケナージ（ピアノ）DECCA　二〇〇九年

『ショパン：ワルツ集（全曲）』
ヴラディーミル・アシュケナージ（ピアノ）DECCA 二〇〇三年

『ショパン：ピアノ・ソナタ第2番〈葬送行進曲付き〉・第3番／幻想曲』
ヴラディーミル・アシュケナージ（ピアノ）DECCA 二〇〇九年

『ショパン：夜想曲選集』
ヴラディーミル・アシュケナージ（ピアノ）DECCA 二〇〇三年

『ショパン：ポロネーズ集』
ヴラディーミル・アシュケナージ（ピアノ）DECCA 二〇〇九年

『ショパン：ピアノ協奏曲第1番・第2番』
ヴラディーミル・アシュケナージ（ピアノ） 二〇〇三年
ベルリン・ドイツ交響楽団
ヴラディーミル・アシュケナージ（指揮）
ロンドン交響楽団
デイビィッド・ジンマン（指揮）
DECCA 二〇〇三年

中山 七里（なかやましちり）
1961年、岐阜県生まれ。『さよならドビュッシー』にて2010年第8回『このミステリーがすごい!』大賞受賞。他の著書に『おやすみラフマニノフ』『連続殺人鬼カエル男』「『このミステリーがすごい!』大賞10周年記念　10分間ミステリー」『しあわせなミステリー』『さよならドビュッシー前奏曲（プレリュード）　要介護探偵の事件簿』『5分で読める!　ひと駅ストーリー　乗車編』（以上、宝島社）、『魔女は甦る』『ヒートアップ』（以上、幻冬舎）、『贖罪の奏鳴曲』（講談社）、『静おばあちゃんにおまかせ』（文藝春秋）、『スタート!』（光文社）がある。

※本書の感想、著者への励まし等は下記ホームページまで
http://konomys.jp

いつまでもショパン

2013年1月24日　第1刷発行

著　者:中山七里
発行人:蓮見清一
発行所:株式会社宝島社
〒102-8388 東京都千代田区一番町25番地
電話:営業　03(3234)4621／編集　03(3239)0599
http://tkj.jp
振替:00170－1－170829　(株)宝島社
組版:株式会社明昌堂
印刷・製本:図書印刷株式会社

ISBN 978-4-8002-0551-3

『このミステリーがすごい！』大賞シリーズ　好評既刊

【宝島社文庫】
死亡フラグが立ちました！ カレーde人類滅亡!?殺人事件
七尾与史

24万部突破のベストセラー、シリーズ最新刊！　呪いの映像の真相を追う、オカルト雑誌の貧乏ライター・陣内と天才投資家の本宮。やがて恐ろしい計画に辿りつき……。

四六並製
飯所署強行犯係　事件ファイル
中村　啓

上半身だけ焼けたオカルト研究者の死体や資産家老人の失踪、忽然と消えたホームレス……。強行犯係の榎木は神出鬼没な署の清掃係・トーマスとともに事件を追う！

四六並製
AR 推理バトル・ロワイアル
伽古屋圭市

「参加するだけで最低三万円」。女子高生の加奈は、新作ゲームのモニターに参加する。現実世界と仮想世界が混在する館で、生き残りをかけた二日間がはじまった！

四六上製
ラブ・リプレイ
喜多喜久

東大農学部院生の奈海は、想いを寄せる本田の死体を発見する。死神に時間を巻き戻すチャンスを与えられた奈海は、彼の死因をつきとめ、彼を救うことを決意する！

『このミステリーがすごい！』大賞シリーズ　好評既刊

四六上製

猫色ケミストリー　喜多喜久

猫になってしまった大学院生の理系女子・スバルは、同級生の明斗と元の姿に戻るため奔走する。猫の餌から、研究室で違法な合成事件が起きていることに気づき……。

四六上製

海鳥の眠るホテル　乾　緑郎

カメラマン志望の千佳。妻の介護に専念する靖史。廃墟に棲む、記憶を失くした男——。三人の記憶と現実がひとつのファインダーに収まったとき、世界は反転する。

【宝島社文庫】

珈琲店タレーランの事件簿
また会えたなら、あなたの淹れた珈琲を　岡崎琢磨

女性バリスタの趣味は——謎解き。京都の一角にある珈琲店「タレーラン」で、青年は理想の珈琲とバリスタに出会い、思いも寄らない状況に巻き込まれていく……。

【宝島社文庫】

保健室の先生は迷探偵!?　篠原昌裕

教師の惨殺シーンを描いた「殺人画」が、私立山瀬学園高校内に掲げられた。校長は、熱血養護教諭・遥と変わり者の美術教師・椎名に犯人捜しを命じる——。

『このミステリーがすごい！』大賞シリーズ　好評既刊

【宝島社文庫】

公開処刑人森のくまさん　堀内公太郎

ネット上に実名を晒された悪辣なレイプ犯や鬼畜な教師が、次々に処刑されていく――。掲示板に犯行声明を出す「森のくまさん」を名乗るシリアル・キラーの正体は⁉

【宝島社文庫】

Sのための覚え書き
かごめ荘連続殺人事件　矢樹　純

のぞき見探偵誕生！　因習が残る山村の、雪に閉ざされた「かごめ荘」で起こる連続殺人。事件の謎を解くのは、他人の秘密をのぞかずにはいられない窃視症患者？

四六上製

ケルベロスの肖像　海堂　尊

大人気メディカル・エンターテインメント、いよいよフィナーレ！「東城大学病院を破壊する」――送られてきた脅迫状。田口&白鳥は病院を守ることができるのか。

四六上製

玉村警部補の災難　海堂　尊

バチスタ・シリーズでお馴染み加納警視正&玉村警部補が難事件に挑むミステリー短編集。ずさんな検視体制や最新の科学鑑定、闇社会専門の歯科医などを描く全四編。

『このミス』大賞受賞作家 中山七里《なかやましちり》の本 好評発売中!

定価:本体600円+税

本がいちばん! 宝島社文庫

さよならドビュッシー 前奏曲《プレリュード》

要介護探偵の事件簿

『さよならドビュッシー』以前の物語——
脳梗塞で「要介護」認定を受けた
玄太郎おじいちゃんが、
5つの難事件解決に挑む!

脳梗塞で倒れた玄太郎おじいちゃんは、「要介護」認定を受けたあとも、車椅子で精力的に不動産の会社を切り盛りしていた。ある日、彼の手がけた物件から死体が発見されて……。

定価:本体600円+税

本がいちばん! 宝島社文庫

連続殺人鬼 カエル男

吊るされた全裸女性、バラバラ殺人…
「カエル男」が街中を恐怖に染める。
中山七里が見せた新たなる一面、
戦慄のサイコ・サスペンス!

口にフックをかけられ、マンションの13階からぶら下げられた女性の全裸死体。傍らには稚拙な犯行声明文。それが、恐怖の殺人鬼「カエル男」の最初の犯行だった。はたしてカエル男の目的とは、正体とは!?

『このミステリーがすごい!』大賞は、宝島社の主催する文学賞です。(登録第4300532号)

宝島社 お求めはお近くの書店、インターネットで。 宝島社 検索